인생 3막에 도전하라!
다시 태어난 것처럼

의사로 30년, 장애인 국가대표 골프 선수로 새로운 인생을

인생 3막에 도전하라! 다시 태어난 것처럼

초판 1쇄 인쇄 2023년 09월 15일
초판 1쇄 발행 2023년 09월 22일

지은이   김미경
펴낸이   김헌준
편 집   류석균   디자인 전영진
펴낸곳   소금나무
        주소 서울 양천구 목동로 173 우양빌딩 3층 ㈜시간팩토리
        전화 02-720-9696 팩스 070-7756-2000
        메일 siganfactory@naver.com
        출판등록 제2019-000055호(2019.09.25.)

ISBN 979-11-983831-1-2 03810

소금나무는 ㈜시간팩토리의 출판 브랜드입니다.

인생 3막에 도전하라!
다시 태어난 것처럼

의사로 30년, 장애인 국가대표 골프 선수로 새로운 인생을

김미경 지음

소금나무

새로운 인생을 꿈꾸는 것에는 용기가 필요하다

늘 그대로인 일상에서 단지 점처럼 작은 행동 하나가 어느 날 시간이 지나고 나면 엄청난 사건의 시작이었다는 것을 알게 되고, 한꺼번에 많은 것을 바꾸어 놓을 수 있다는 사실을 알게 된다. 그저 생각만 하다가 시간을 다 흘려보내고 아쉬워하는 사람이 대부분이지만 내 사전에는 그런 일이 없다.

인생을 살다 보면 좋은 일도 많고 어렵고 힘든 일도 많다. 인생은 매일 눈 뜨는 그 순간부터 무엇인가를 선택하게 된다. 결국, 선택의 연속이면서 그 누구도 자신을 대신할 수 없는 것임을 깨닫게 된다.

의사로서의 일도 그렇다. 의사 대부분은 의무가 많은 공공의료에 관심이 별로 없다. 보건소에서 열심히 일을 하다가도 어느 순간 일을 접고 다른 길로 가는 사람을 많이 보았다. 적은 보수지만 그래도 의지를 가지고 일하려고 했던 사람들도 열악한 보건의료환경에서 혼자 분투하다가 접고 다른 길로 갔다. 그만큼 쉽지 않은 곳이고 견디기도 수월하지 않다. 다들 힘들다고 하는 보건소와 의료원을 찾아다니면서 일한, 의료계에서는 보기 드문 사람은 나 같은 사람일 것이다. 나는 의사로서의 열정으로 지역사회 의료환경 개선을 위해 인내심을 가지고 일을 추진하면서 보람도 찾은 보기 드문 사람이었다.

나는 경주시 보건소에서 23년 10개월, 김천의료원에서 6년이라는 시간을 보냈다. 무엇과도 바꿀 수 없는 수많은 값진 경험을 하게 되었고, 의사로서 그저 평범하지 않은 일을 한 것도 사실이다. 그 덕에 다양한 사람을 만났고, 그 속에서 지역사회 내에서 살아가는 많은 사람에게 관심을 가지고 볼 수 있었던 천직이었다.

의료원장으로 일하는 동안 공공의료라는 열악한 현실을 알게 되었다. 이루 말할 수 없을 만큼 어려움이 내 앞에 놓여 있었지만, 운이 좋게도 400여 명의 직원과 온갖 힘을 모아 제대로 된 의료원을 만들어 본 것만으로도 뿌듯한 보람으로 가슴 가득 벅찼다. 그 어려운 일을 해내었다는 자부심으로 행복했던 그 모든 시간이 나의 마음속에 아름답고도 귀한 추억으로 남아 있다.

코로나19가 전 세계를 휩쓸고 가지 않았다면 지방의료원이 있는지도 모르는 사람이 많았을 것이다. 아무도 관심이 없는 공공의료 현장을 30년 동안 지켜오면서 수많은 일을 겪었고, 그 일이 나의 인생에서 얼마나 깊이 자리 잡고 있었는지 나의 전부라고 알고 살았다.

반면 골프는 그냥 좋아서 젊었을 때부터 해오던 운동이었다. 내 인생에서 그나마 좋아하는 운동이 있다는 게 다행이었고, 잘하진 못해도 조금이라도 여가 시간이 주어지면 골프장으로 달려가는 내가 좋았다. 혼자 하는 운동이라 생각하지만, 골프장까지는 친구들과 함께 가야 한다. 친구들과 어울리면서 함께하는 시간이고, 운동만이 아니라 세상 사는 이야기도 하는 시간이라 더 좋았다. 골프를 통해서 다양한 사람들과 친구가 되기도 하고, 언제나 골프를 좋아하는 사람들은 함께 즐기기를 좋아하다 보니 아무런 연관이 없어도 골프만 있다면 친구가 될 수 있다.

일하는 동안은 오직 주말이 돌아오기를 기다리는 것이 일상이었다. 골프를 잘하지는 못했지만, 기회만 있으면 하고자 했고, 골프를 하자고 연락해오면 어김없이 했던 운동이었다. 어떤 핑계도 되지 않는 언제나 오케이인 그런 유일한 운동이었다.

넘어지면 쉬어가라는 말이 있다. 지금의 나에게는 꼭 그런 시간처럼 느껴졌다. 한 번은 쉬어가야 할 즈음 주체할 수 없는 많은 여유 시간은 내가 가장 하고 싶어던 것으로 나를 이끌었다. 하루도 거르지 않고 골프 연습장에 다니게 되었고, 자신감을 가질 때쯤 그냥 그것에 머무르는 게 아니라 새로운 시도를 하게 만들었으며 색다른 선택을 하게 되었다. 그것도 아주 우연히. 지금 생각해도 그 엉뚱하고도 기발한 아이디어가 나에게 있었다는 게 신기하다.

호주 퍼스에 열리는 호주절단장애인 골프 대회에 참가 의사를 전하는 메일을 보냈다. 답장이 온 바로 그날이 내 인생에서 어떤 의미를 지니게 될지 그때는 아무도, 또 나 자신도 알지 못했다.

그날은 내가 우리나라의 몇 안 되는 아마추어 장애인 골프 여자 선수가 되는 날이었다. 우리 지역에서는 단 한 명뿐인 유일한 선수가 되었다. 아무리 찾아도 찾을 수 없었던 선수이며, 그것도 스스로 발굴되어서 나온 선수라 많은 사람의 지원을 받을 수 있었다. 그날부터 난 귀한 장애인 골프 선수가 된 것이다.

내 인생에서 직업은 오직 의사 하나인 줄 알고 살았다. 의사가 천직인 줄로만 알고 산 것이다. 그런데 이제는 아마추어 장애인 골프 선수가 되었다. 대회에 참석해도 되겠느냐는 그 한 통의 메일을 보낸 이후에 생긴 수많은 일은 상상하기 힘들 정도로 흥미롭고 재미로 가득했다.

사람들은 의사로서 뭐가 부족해서 골프 선수를 하느냐, 이제 골프만 칠 것이냐, 하면서 갑자기 많은 관심을 보여 주고 있는 게 현실이다.

골프는 내가 가장 좋아하는 운동이고, 의사로서의 일은 30년 동안 손에서 놓아보지 않았던 나의 일이다. 잠시 우선순위를 바꾸어 보는 것은 어떨까? 조금이라도 젊을 때 골프 선수로 살아보는 것도 나쁘지 않을 것 같았다. 이제 진정한 인생 3막이 시작된 것 같다.

prologue
새로운 인생을 꿈꾸는 것에는 용기가 필요하다

 PART 01

인생 3막, 내 사랑 골프

 PART 02

인생 2막, 나답게 산다는 것

◖◗ PART 03

인생 1막, 더 이상 외면하지 않는다

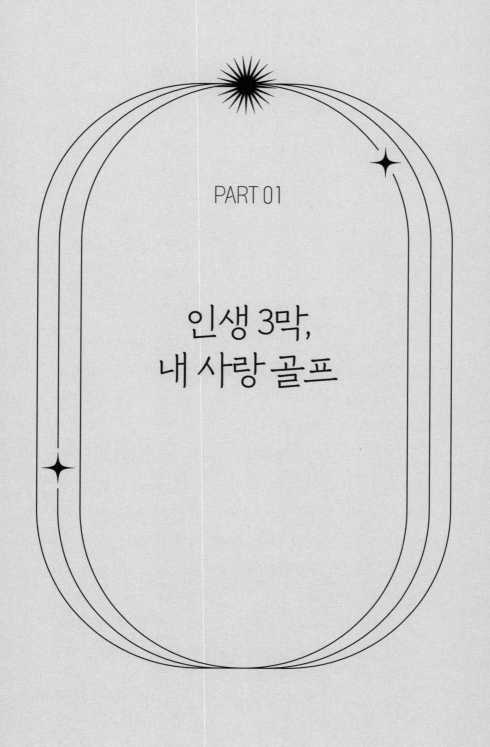

PART 01

인생 3막,
내 사랑 골프

그래도 다시 앞으로,
골프의 매력

골프를 인생에 빗대어 표현하곤 한다. 그린에 꽂힌 깃대를 향해 조금씩 나아가는 와중에 벙커에 들어갈 수도, 해저드에 빠질 수도 있다. 그럼에도 불구하고 공을 다시 살려 홀컵까지 집어넣어야 하는 게 골프라는 운동이고, 이 지점이 우리 인생과 닮았다.

경기에 나서기 전 수없이 채를 휘두르며 연습하지만, 우리 앞에 놓인 공은 디봇에도 있고, 오르막이나 내리막에 걸려 어설프게 칠 수밖에 없는 경우도 있으며, 심지어 박세리 선수의 유명한 장면처럼 물속에 들어가야 하는 상황도 발생한다. 그러나 어떠한 어려움을 만나든 드넓은 땅 위에서 한 치의 양보도 없이 팽팽하게 맞서며 앞으로 또 앞으로 나아가야 한다.

2보 전진을 위한 1보 후퇴를 위해 뒤로 공을 쳐서 더 나은 길을 모색하기도 하고, 컨디션이 좋지 않은 날은 롤러코스터 타듯 예측할 수 없는 공의 궤적으로 인해 도저히 받아들일 수 없는 스코어를 기록할 때도 있다. 어느 날은 양파였다가 어느 날은 버디를 기록하면서 최고와 최악의 점수가 반복된다. 이런 것이 내 마음을 힘들게도 하지만 매일 똑같은 샷을 하고, 똑같은 점수나 매번 최고점을 경신할 수 있다면 그 누구도 골프의 매력에 빠지지 못할 것이다.

깊은 수렁에 빠진 공처럼 도저히 건져낼 수 없을 것 같은 상태를 마주치기도 하지만 그렇기에 다시 한번 도전하고자 하는 욕심을 불러일으키는 것, 이제 골프를 그만둘 때가 되었나 싶다가도 다시 한번 채를 휘둘러 공이 깃대와 가까워지게 만들고 싶은 것, 그것이 내가 느낀 골프의 매력이다.

나의 실력은 매번 오락가락하는 듯하지만 결국 점점 향상하는 모습을 보인다. 연습하지 않은 날에는 어김없이 삐끗하기도 한다. 오늘 한 실수를 내일 하지 않게 하는 것, 그렇게 내가 가진 약점들을 조금씩 줄여나가는 것, 연습하지 않으면 얻을 수 없는 그 달콤한 결과가 바로 골프에 있다.

공이 깃대에 조금 더 가까워지려면, 그리고 그 꿈을 이루려면 매일 조금씩이라도 연습하고 채를 휘둘러야 한다. 시간이 오래 걸릴지언정 골프는 노력의 시간을 절대 배신하지 않는다. 그렇게 홀컵에 들어간 공은 골프가 내게 준 노력의 대가이자 선물이다.

취미에서 국가대표로

✦

골프의 매력에 빠져 한참 페어웨이를 누비고 다닐 때 꿈 같은 일이 벌어졌다. 얼굴이 발갛게 달아오를 정도로 흥분되는 일이었다. 그래, 골프는 내 노력을 절대 모른 체하지 않는다!

일본 DGA에서 개최한 2개의 골프 대회에서 모두 여자부 1위를 거머쥔 것이었다. 5월 15일과 16일 양일의 우승으로 목에 건 금메달은 찬란한 햇빛에 반사되어 더욱 반짝거렸다. 많은 일을 겪으며 훈장처럼 남은 사건이 여럿 있었지만, 운동으로 번쩍이는 메달을 건 것은 처음이라 믿기지 않았다.

기세를 몰아 제2회 US Adaptive Open 엔트리를 신청했고, 96명 중 1명으로 당당히 출전권을 받았다. 이 경기는 2023년 7월에 미국 노스캐롤라이나주 파인허스트 CC에서 개최된다. 꿈에서나 종종 공을 날렸던 파인허스트 CC에서 당당히 국가대표로 출전할 수 있다니, 하루 종일 가슴이 두근거렸다. 03275, 내가 가진 숫자가 그곳에서도 빛날 수 있게 최선을 다해야겠다는 다짐뿐이었다.

그 다짐을 든든히 뒷받침해 준 많은 사람, 늘 관심 속에 응원과 격려를 보내 준 사람들에게 무척이나 감사하다. 특히 김 프로와 함께 라운딩하면서 세대는 달라도 골프로 통하는 진심을 무척이나 깊게 느꼈다.

경주 지역에서 연습장으로는 최상인 선리치 CC의 1번 티잉 그라운드 옆에는 의젓한 느티나무가 한 그루 있다. 널찍하게 만들어 주는 그늘에서 휴식을 취하며 앞으로 갈 길을 생각해 보는 것은 늘 상쾌한 시작이다. 전날 내린 비로 수분을 한껏 머금고 있는 페어웨이가 아침 햇살에 반짝거리고, 정갈한 길이로 정리된 잔디는 짙은 색으로 물들인 부드러운 카펫을 보는 것 같은 기분이다.

아직 잠에서 깨지 않은 바람, 산등성이 따라 흐드러지게 핀 금계옥, 줄줄이 늘어져 하늘거리는 띠풀들이 소풍 온 것 같은 기분을 더해 준다. 이 아기자기한 아름다움도 골프를 하면서 느끼게 된 것이다. 감사하게도 이 모든 것을 안고 나는 미국으로 향한다.

골프 사랑의 시작

✦

내가 골프를 시작하게 된 계기는 아주 사소했다. 처음부터 골프가 미친 듯이 좋았다기보다는 어딜 가든 골프장만큼 안전하게 걸을 수 있는 곳이 없었다. 그렇게 골프장 풍경에 익숙해질 무렵 우연히 동네 골프 연습장에 들르게 됐고, 나도 골프를 잘할 수 있을지 호기심이 들었다. 그래서 연습장에 있는 프로에게 골프를 시작할 수 있을지 테스트를 해달라고 대뜸 부탁했다.

"선수 하실 건가요?"

"아니요. 친구들과 함께 취미로 운동할 생각이에요."

"프로 선수할 거 아니면 친구분들과 얼마든지 재미있게 잘 칠 수 있죠."

그 한마디가 계시라도 되는 것처럼 내 마음에 꽂혀 그날 바로 골프채를 풀세트로 장만했다.

그러나 장비부터 장만한 초보자는 장비를 묵혀 두기만 한다고 했던가. 마땅한 기회가 없던 내게 어느 날 김 매니저님이 지인들과 함께 필드로 나가자고 제안했다. 제대로 할 줄 몰랐던 시절이었지만 일단 해보자는 마음으로 장만해 둔 골프백을 메고 골프장으로 따라나섰다.

처음 갔던 그 골프장에는 100m 정도 되는 꽤 큰 해저드가 있었다. 일단 한번 쳐보라는 말에 드라이브로 툭 쳤는데 공이 훌쩍 해저드를 넘어가고 있는 게 아닌가?

"이야, 너 골프 천재네."

우스갯소리로 건네받은 칭찬이 그날 나를 '골프 천재'로 만들었다. 농담이 진실이 되는 것을 증명이라도 해야 할 것처럼, 무리하지 않고 과하지 않게 조금씩 꾸준히 골프를 하기 시작한 순간이었다. 그 한마디가 30년 뒤 나를 아마추어 골프 선수로 만들지는 그 자리의 그 누구도 몰랐을 것이다.

그때부터 나는 골프와 사랑에 빠졌다. 유독 골프를 좋아했던 것은 넘어져도 다치지 않고 뛰어다닐 수 있는 잔디 위를 오래도록 걷는다는 것, 그리고 그때마다 발끝에 전해지는 느낌이 카펫 위를 거니는 것처럼 부드러웠기 때문이었다. 게다가 유독 골프에는 도전 정신을 가득 불러일으키는 무언가가 있었다.

'골프 천재'가 되기로 결심한 내게 골프장은 평생 놀 수 있는 곳이었고, 그 골프에 진심을 다하기로 다짐했다. 누군가 제안하면 절대 거절하지 않고 무조건 따라나서면서 그렇게 30년 골프 사랑이 시작되었다.

드디어 첫 버디!

✦

동해안이 한눈에 내려다보이는 감포 제이스 CC는 한동안 내가 가장 가고 싶었던 골프장이었다. 페어웨이는 좁고 짧아서 여성 골퍼에게 수월했고, 동해안을 끼고 있어서 한여름 밤 시원하면서도 바다 옆 푸르른 골프장에서 공을 치고 있다는 특별한 맛을 선사했다. 드문드문 보이는 오징어잡이 배에서 뿜어내는 화려한 조명이 눈을 즐겁게 하는 데다가 근처에서 시원한 물회 한 그릇 먹고 열정 넘치게 운동을 시작하기에 제격이었다.

다른 골프장보다 이곳이 내게 특별한 이유는 첫 버디를 기록한 곳이기 때문이다. 여름이다 보니 해지는 시간이 늦었고, 슬슬 어둑해지는 골프장에 라이트가 한두 개씩 켜지고 있었다. 해가 동해안 수평선을 넘어 사라지고 있었지만, 그 사실을 제대로 알지 못한 채 골프에 푹 빠져 있었다. 언덕 위에서 내려다보이는 파 3홀에서 100m 거리, 7번 아이언으로 찍어 친 공이 깃대 옆으로 데굴데굴 굴러갔다. 버디 하기에 알맞은 거리에 놓인 공을 퍼트로 툭 건드렸을 뿐인데 홀컵으로 쏙 빨려 들어가면서 청량하게 땡그랑 소리를 만들어냈다. 첫 버디였다.

너무나 기쁜 나머지 아무것도 생각하지 못하고 대뜸 사부에게 전화를 걸어 상기된 목소리로 이 사실을 알렸다.

"제가 버디를 했어요."

신난 목소리에 사부는 지금 어디에서 운동하고 있냐고 잠에 젖은 목소리로 물었다. 다시 생각해 보니 늦은 시간 주무시고 있는 사부를 겨우 버디 하나로 깨웠구나 싶어 무척 부끄러운 마음이 들었다. 내겐 소중한 기록이지만 누구에게나 그런 것은 아니다. 아뿔싸, 이런 실수를 하다니.

평소에는 절대 하지 않을 실수를 범할 만큼 그렇게 골프에 빠져 있었고, 그만큼 기분이 날아갈 듯 행복했다. 한밤중 동해안 바다 옆에서 만들어 낸 그 버디가 나의 첫 번째 버디이자 가장 흥분되었던 7번 아이언 샷이었다.

골퍼들이 농담처럼 하는 말이 있다. 드라이브는 쇼, 아이언은 스코어, 퍼트는 돈이라는 말이다. 나는 그중 뭐니 뭐니 해도 아이언 샷을 가장 잘하고 싶다. 그런데 그 아이언 샷이 만들어 낸 첫 버디라니.

그 이후에도 수많은 버디를 만났지만, 내 기억에 강렬하게 자리 잡은 버디는 그것뿐이다. 저마다 각자의 이유로 기억에 남는 순간이 있겠지만 그날 날씨와 바다 그리고 그 기분까지, 나에게는 그 첫 버디가 가장 소중하게 남아 있다.

Hole In One

2017년은 개인적으로 기억과 추억이 많은 계절이다. 잔인하고 일순 불행했으며, 또한 행복감에 잔뜩 젖어 있었기 때문이다.

김천의료원 원장으로 근무하게 되면서 집을 떠나 관사에서 혼자 살고 있을 때였다. 샤워 후 화장실 밖으로 나오다 미끄러져 왼쪽 대퇴골두에 금이 가는 골절상을 입었다. 그 길로 의료원에 신세를 질 수밖에 없는 부상이었다. 의료원 세 분의 정형외과 과장님께서 오랜 논의를 하였고, 주치의인 장 과장님께서 놀라운 솜씨로 수술해 준 덕분에 빠르게 회복할 기회를 얻었다.

과장님께서는 정형외과 의사로서 만났던 환자 중에 내가 가장 부담스러웠다고 했다. 물론 의료원장을 직접 수술해야 한다는 부담감이 상당했을 것이다. 반면 의사 말을 가장 잘 듣고 주의사항을 잘 실천하는 성실한 환자였다고도 평가하셨다. 그때까지도 내 온 신경은 다시 골프를 할 수 있을지에 가 있었기 때문에 의사 선생님들의 말을 그대로 따르며 빨리 낫기만을 기다릴 수밖에 없었다.

입원한 지 6주 만에 퇴원했고, 필드는 언제쯤 나가면 좋겠냐고 조언을 구하니 운동하는 것이 회복에 더 도움이 된다고 해서 주치의의 허락 아래 곧장 대학 동기 골프 모임으로 향했다.

친구들이 사는 대구와 내가 있는 경주 사이에 가장 만나기 좋은 곳이었던 청통 CC에서 월 1회 모임을 가지며 거의 5년 동안 매주 주말 골프를 즐겼다.

수술 후 두 번째 라운딩은 그해 9월의 어느 일요일이었는데 주황색 티셔츠를 입고 골프장에 나섰던 기억이 선명하다. 여느 때와 같이 기분 좋게 운동하기 좋은 날이었고, 공 치고 수다 떨며 즐거운 시간을 함께한 평범한 날이었다.

7번 홀은 파 3홀이었는데 깃대까지 130m 정도 거리였다. 5번 우드로 평소와 같이 힘차게 치고 나니 다들 수다 떠느라 바빠 공의 행방을 쫓지 못했다. 나도 마찬가지였다. 홀컵 뒤쪽으로 넘어갔나 싶어 다 같이 공을 찾느라 분주하게 잔디를 살펴보았다. 그래도 눈에 띄지 않아 의아해하던 찰나, 이게 웬걸. 내 공이 홀컵 안에서 발견된 것이다.

홀인원이었다. 홀인원, 홀인원이다!

그것도 우리 모임에서 나온 첫 홀인원이었다. 수없이 많은 라운딩을 했지만, 홀인원에 대해서는 어떤 기대도 품고 있지 않았는데, 이렇게 평범한 날 행운이 제 발로 내 곁으로 찾아온 것이다.

다리가 부러졌다 붙은 지 얼마 되지 않아 다시는 공을 칠 수 없으면 어떡하지 전전긍긍하고 있을 때였는데, 그런 걱정을 단번에 날려 주는 마법 같은 샷이었다. 마른 땅에 단비 같은 달콤한 순간이었다. 부상 후 골프를 하면서도 마음 한편에 내심 가지고 있던 걱정이 한순간에 사라지게 되었다.

한동안 나는 수술을 잘못해서 뼈가 삐딱하게 붙은 바람에 홀인원을 한 게 아니냐며 짓궂게 웃으면서 의료원 이곳저곳에 자랑을 뿌리고 다녔다. 홀인원을 기념한다고 친구들이 돈을 모아 사 준 금목걸이로 잔뜩 뽐을 내기도 했다. 타이틀리스트 골프공을 예쁜 박스에 담아 제작해 아는 사람들에게 꼭 자랑을 덧붙여 돌렸고, 기념 라운딩을 하기 위해 친구들을 경주로 초대해서 유명한 경주 한우와 함께 만찬을 즐기며 잊을 수 없는 추억을 한 칸 더 쌓기도 했다.

홀인원이 쉽지 않은 기회이다 보니 몇몇 친구는 홀인원 보험에 가입해 두어 보험료를 받아 그 기쁨을 즐기기도 했다. 하지만 나는 그런 것이 있는 줄도 몰랐고, 앞서 말했듯이 홀인원은 꿈에도 생각하지 않았기 때문에 상당한 경제적 출혈(?)을 겪었다. 그래도 웃음이 절로 날만큼 너무나 행복했다. 친구들이 지겨워해도 개의치 않고 종종 말할 정도로 말이다.

그 후 나는 다시 한번 만날 홀인원을 위해 보험에 가입했다. 한 번에 홀컵으로 빨려 들어가는 공을 한 번 더 보기 위해서.

채를 쥐고 드넓은 대지를 바라볼 때마다 공이 홀컵 안으로 마법처럼 빨려 들어가는 상상을 한다. 어쩌면 그 순간 홀컵 안으로 공이 빨려 들어간 것이 아니라 골프의 매력에 다시는 헤어나올 수 없게 내가 빨려 들어갔을지도 모른다.

인생사 새옹지마라 하였는데 안 좋은 일이 있으면 좋은 일이 이렇게 찾아오기도 한다니 선조들의 옳은 지혜라는 생각이 든다. 남들이 보면 겨우 홀컵에 공이 한 번에 들어간 홀인원 하나일지 몰라도, 그 덕에 일 년 내내 일만 하느라 바빴던 삶에 시원하고 강렬한 추억을 한 페이지 끼울 수 있었다. 언제든 들여다보고 싶으면 펼쳐 볼 수 있는 책갈피처럼.

아무도 모르는 비밀 한 가지를 털어놓자면 나의 첫 책 책갈피가 온통 주황색인 것은 바로 이런 일이 있었기 때문이다. 나의 행운의 색이 나에게, 그리고 나의 책을 읽는 모두에게 꿈같은 행운과 용기를 선물해 주기를 바란다.

해외 어르신들과의 라운딩

✦

호주 퍼스 완너루 CC에서 연습 라운딩을 했을 때의 일이다. 우리 앞 조에서 80대 어르신 두 분이 라운딩하고 계셨는데 옆에 바퀴 달린 카트가 덩그러니 놓여 있었다. 시간이 남아 그분들과 가벼운 환담을 하다가 아쉽게도 계속 라운딩을 해야 해 헤어졌었는데 다양한 기분이 들었다. 우선 나이 지긋한 두 분이 여전히 골프를 즐긴다는 사실에 놀랐고, 캐디도 없이 골프채만 실을 수 있는 카트를 몰면서 가볍고 즐거운 마음으로 운동하는 것에 놀랐다. 한국 골프 문화와는 사뭇 달랐다.

내가 아는 K 시장님은 90세를 바라보는 연세임에도 여전히 골프장을 신나게 누비면서 건장함을 몸소 드러내시는 분이다. 시장님께서 어느 일요일에 골프 한 번 같이 하자고 연락을 주셔서 거절은 생각하지도 않고 곧장 골프장으로 달려갔다.

클럽하우스에는 시장님의 지인이 많이 모여 있었는데, 뭐가 그렇게 재미있어 할아버지와 골프를 하느냐는 짓궂은 질문을 하는 사람도 있었다. 이 연세에도 이렇게 건강한 분들이 많다면 나는 일자리를 잃게 된다고 큰소리치면서, 경주에서 오랫동안 보건소장을 했기에 시민 건강 증진과 질병 예방이 나의 일인 만큼 이건 내가 꼭 해야 할 일이라고 너스레를 떨며 대답했다.

그분들을 요즘 다시 골프장에서 뵈면 어깨가 축 처져 있고, 근육이 예전만 못해서 아무리 건강해도 세월 앞에 장사 없다는 말을 실감하게 된다. 비거리가 많이 줄어 함께 칠 수 없다는 분들에게 영국 귀족처럼 치마 입고 저랑 같이하면 된다고 큰소리치면 웃음이 한 번씩 번졌다. 우스갯소리였지만 진심이었다. 건강에 무리가 올 나이에도 골프를 할 수 있다는 것은 가장 건강한 할아버지, 할머니라는 증거다. 4명이 한 조를 이루어 공을 치기 때문에 가장 약속을 잘 지키는 할아버지, 할머니라는 증거도 될 수 있다. 그런 사실들이 난 참 좋다.

나는 호주 퍼스에서 그날 결심했다. 80대 중반을 넘어서도 골프를 즐기는 어르신들을 보며 나도 그 나이까지 어떻게든 골프를 사랑해야겠다고 말이다.

한국에서 골프는 고급 운동이라는 인식이 강해서인지 진입 장벽이 생각보다 높은 것 같다. 골프가 보편화한 호주나 일본 등의 나라는 저렴한 비용으로 접근할 수 있어서 아침에 9홀이라도 가볍게 운동하듯 즐길 수 있다. 우리도 그런 문화를 형성하려면 어떤 해결책을 내놓아야 할까?

어려운 일도 풍풍한 상상력으로 묘안을 짜내서 해결하는 내가 또다시 불도저 같은 성질로 고민거리를 쌓게 되었다.

나의 첫 팬심

✦

2021년 봄, 어느 일요일. 넥센 세인트나인 FR을 시청하던 중 한 선수가 내 눈길을 끌었다. 다른 선수에 비해 체구가 작았는데도 불구하고 샷 하나하나가 보통이 아니라는 게 느껴졌다. KLPGA뿐만 아니라 LPGA에서도 우승 경험이 많은 베테랑 선수를 상대하면서도 기죽지 않고 자기만의 샷에 충실한 선수였다. 바로 이제는 KLPGA의 간판선수가 된 박민지 프로다.

텔레비전을 통해 봤을 뿐인데도 눈을 뗄 수 없이 강렬하게 다가왔다. 드라이브 거리는 평균이었는데, 내가 가장 관심을 가지고 연습하는 아이언 샷이 지금까지 본 것 중에 가장 완벽해 보였다. 단숨에 팬이 된 나는 박 프로를 깨알같이 조사하기 시작했다. 박 프로는 1998년생으로 아들과 동갑이었다. 어린 나이에도 당차고 시원시원하게 샷을 하는 것을 보니 당장이라도 골프장으로 달려가고 싶은 마음이 들었다.

그 샷을 현장에서 직접 보지 않고서는 성에 차지 않을 것 같아 양양 설혜원 CC에서 열리는 대회로 향했다. 편도 3시간이 걸리는 장거리였지만 박 프로를 보겠다는 일념으로 도착한 골프장에서 9홀을 따라다니며 그녀의 샷을 자세히 지켜보았다. 텔레비전에서 보는 것만으로도 즐거웠지만, 골프장에서 대회를 지켜보니 더욱더 현장감이 넘쳤고, 다양한 선수의 샷을 가까운 거리에서 볼 수 있다는 것이 큰 장점이었다. 순위가 높은 선수들의 퍼트는 물론 그린에 올리는 재주도 배우고 싶을 만큼 현장에서의 관람은 남달랐다. 자주 보고 싶은 마음에 경기하는 곳은 왜 이렇게 항상 먼 것인지 투덜거림이 절로 나왔다.

출출함을 느껴 도착한 클럽하우스에는 한두 자리만 손님이 있고 거의 비어 있었다. 한가로이 주위를 둘러보며 식사를 하다가 내 앞으로 다가오는 선수 때문에 놀라 벌떡 일어날 뻔했다. 바로 박민지 프로였다. 그녀는 나를 모르지만 나는 그녀를 너무나 잘 알고 있어 오래전부터 알고 지냈던 사람인 것처럼 아는 체하는 실수를 저지를 뻔했다. 가까운 테이블에 앉은 박 프로를 곁눈질로 살펴보다가 용기를 내어 다가갔다.

"저랑 사진 한 장 찍을 수 있을까요?"

박 프로는 웃으며 자리에서 일어나 내 부탁에 응해 주었는데 그 짧은 시간 사이에서도 다부진 강인함이 풍겨 나왔다. 반면 그 앞에 선 나는 한없이 작아지는 기분이었다. 박 프로에 비하면 나는 아주 별거 아닌 사람이라는 생각에 목소리도 자연스레 작아졌지만, 함께 찍은 사진 한 장에 대단한 친근감을 느끼며 뿌듯해지기도 했다. 누군가에게 명함을 주고 자연스럽게 함께 사진 찍는 것에만 익숙했지, 나를 모르는 누군가에게 사진 한 장 같이 찍자고 말한 것은 처음이었다. 팬이란 이런 것이구나, 난생처음 느끼는 팬심이었다.

실제로 박 프로의 경기를 보고 함께 사진까지 찍은 후 나는 더더욱 바빠졌다. 유튜브를 통해 박민지 프로의 모든 경기를 찾아보고, 팬클럽에 가입해 글도 남기며 팬으로서 할 수 있는 것들을 적극적으로 하기 시작했다. 그녀의 샷을 연구하고 따라 하기도 했다. 몸에 익지 않아 팔도 엉덩이도 아팠지만, 어설프게나마 비슷해 보이면 그게 뿌듯해 행복한 시간을 보낼 수 있었다.

그러던 어느 날, 팬클럽 회장이 박민지 프로와 팬들의 만남을 주선했다. 중부 지역에 어마어마한 눈이 며칠째 계속되었지만 오로지 그녀를 향한 팬심으로 눈을 헤쳐가면서 수원으로 향했다. 30여 명의 팬이 모여 박 프로의 이야기를 듣고 식사도 함께하면서 앞으로의 거취에 대한 설명도 들었다. 박 프로가 큼지막하게 사인해 준 분홍빛 우산은 여전히 내가 가장 좋아하는 물건으로 늘 골프백에 들어 있을 정도다.

텔레비전에 박 프로가 나오면 그렇게 좋아하는 골프도 잠시 미루고 그의 모든 샷을 즐기며 보는 게 낙이 되었다. 내가 보는 눈이 정확히 들어맞았는지 박 프로는 그해 6승, 그다음 해에도 6승을 거머쥐어 팬층이 급격히 두터워졌다. 소박하게 응원하던 내 마음이 뒤로 밀린 느낌이었지만 그래도 그녀가 승승장구하는 게 보기 좋고 행복했다.

아, 골프는 내가 하는 것 외에도 내가 보며 즐길 수 있는 다방면적인 운동이구나. 그렇게 나의 첫 팬심은 영원히 박민지 프로를 향하게 되었다.

첫 번째 챔피언 등극

그 작은 골프공. 어디를 치든 뭐가 그렇게 달라지냐 하는 사람들도 있겠지만, 골프를 오래 즐기다 보면 눈으로 보지 않아도 공의 궤적이 느껴진다. 공이 가장 정확한 위치에 맞았을 때 손바닥으로 전해지는 그 느낌이 좋아 늘 그 위치를 염원하게 된다.

코로나19가 전 세계를 강타하면서 비대면 시대에 살다 보니 타인을 마주하지 않고 해 볼 만한 취미가 많지 않았다. 그래서 자주 찾게 된 곳이 집 앞 스크린 골프장이었다. 오전에는 사람이 적어 혼자 스크린을 바라보며 매일 골프를 했다. 하루 30분 연습, 그 후 18홀 라운드를 도는 게 하루의 루틴이었다. 시장도 스크린 골프장에 들렀다가 가고, 모임이 끝난 후에도 스크린 골프장에 들렀다가 집으로 가는 등 성실한 개근 우등생의 면모를 뽐냈다.

그전에는 한 번도 이렇게 운동에 몰두해 본 적이 없었다. 그만큼 좋아하는 운동이 없었으니 당연한 일이었다. 하루 종일 치는 것도 아닌데 눈에 보이게 팔뚝 살과 어깨 주변의 지방이 빠졌고, 허리둘레가 10cm나 줄어들었다. 손에는 골프채를 쥐는 모양대로 굳은살이 배겼다. 나는 정말 즐거워서 운동하는 것이었는데 몸이 건강해지고 강인해지는 느낌이 확실하게 들어 더욱 즐거웠다.

매일 혼자서 골프를 하다 보니 누군가와 겨뤄 보고 싶은 마음이 들었다. 혼자 해도 즐겁고 누군가와 함께 설렁설렁 해도 즐거운 게 골프이지만, 역시 한 번쯤은 경기에 나서 보고 싶은 것이 사람 마음 아니겠는가.

인터넷으로 검색해 보니 호주의 퍼스에서 열리는 Australia Amputee Open의 개최 일정이 나와 있었다. 하고 싶은 게 생기면 묻지도 따지지도 않고 바로 도전해 보는 내 성격을 누가 모르겠는가. 즉시 메일을 보냈다. 저는 골프를 무척이나 사랑하는 사람이고 그곳에서 열리는 경기에 꼭 함께하고 싶다는 메시지였다.

그런데 호주 대회 회장이 직접 답장을 주셨다. 아주 러블리하게 환영한다는 내용이었다. 정말 경기에 참여한다는 생각에 심장이 두근두근 뛰었다.

메일을 받은 날 바로 항공권을 결제한 후에 대회 장소 근처의 호텔과 차량을 예약하고, 비자 신청을 하다 보니 자꾸만 조급해졌다. 날짜는 꽤 남았는데도 종일 신경이 대회에 가 있어 가슴이 벌렁거렸다.

경기도 경기지만, 이 기회에 호주 퍼스 주변을 둘러보고 와야겠다 싶어 차곡차곡 여행 계획을 쌓아가는 것도 너무 설레였다. 꼼꼼하게 정리하다 보니 노트 한 권 분량이 나올 정도였다. 지나고 보니 거의 완벽했다고 생각했음에도 2%가 부족해서, 2주간의 호주 일정은 수많은 우여곡절을 겪으며 한 권의 소설로 탈바꿈해도 무리 없을 정도가 되었다.

해외는 출장으로 여러 번 다녀왔고 가족들과 함께 전 세계를 다녀 보았지만, 혼자서 이렇게 골프 투어를 위한 여행은 처음이었다. 지난 삶은 늘 계획한 대로만 지키며 살아온 탓에 낯설고 조금은 무모해 보이는 엉뚱스러운 여행을 기획한 것이 다소 의외의 선택 같았다.

그러나 가슴 속 깊은 곳에서 울리는 그 소리는 뭘까? 살아있다는 느낌이 확 드는 그런 심장 떨리는 소리가 들렸다. 그것은 나직했지만, 자신의 출전을 응원하는 그런 소리같이 들렸다. 약간은 흥분되면서도 남들은 전혀 들을 수 없는 그런 소리로 나 자신은 설레고 있는 것이 아닌가?

드디어 고스란히 나만의 삶이 남았구나. 이제는 하고 싶었던 모든 일이 하나씩 할 준비가 되었다는 느낌으로 만족스러웠다.

호주의 퍼스라는 곳은 유명 관광지가 아니라서 외국인이 접근하기 쉬운 지역이 아니었다. 싱가포르를 경유해 물어물어 무거운 가방을 둘러메고 퍼스의 와네루 골프 클럽까지 찾아갈 수 있었다.

연습 라운드를 2번 했는데 그린은 너무 빨랐고, 벙커가 군데군데 너무 많아 그린 위에 공을 올리는 게 여간 어려운 일이 아니었다. 딱딱한 벙커는 그전에는 한 번도 경험해 보지 못한 것이었고, 한 번 들어가면 빠져나오기가 매우 힘들었다. 한국에서 연습했던 것 같이 쳐내면 다시 반대편 벙커로 들어가기에 십상이었다.

그래도 연습 라운딩을 할 때까지는 주변 감상도 하고 여유도 부리곤 했는데, 막상 실제 경기가 시작되자 너무 큰 시련들이 닥쳤다. 처음 겪는 경기인데 너무 무리한 선택을 한 것 아닌가? 샷을 하면서도 스스로 이런 질문을 던지게 되었으니까.

골프는 물론 실력이 중요하다. 그래도 어느 정도는 운도 필요한데, 칠 때마다 필드 위에 존재하는 벙커에 전부 다 공이 들어가는 것 같았다. 벙커에서 탈출하기 위해 냉탕 온탕을 번갈아 가며 채를 휘둘러야 했다. 한국에서는 한 번도 경험해 보지 못했던 것을 연속으로 이겨내다 보니 18홀을 어떻게 돌았는지, 제정신을 붙잡고 있었는지 의문이 들 정도로 힘이 들었다.

뭔가 해낼 수 있는 가망이 없다고 생각했지만, 의지만은 무너지지 않았다. 어쨌든 꺾이지 않은 마음으로 우승컵을 들어 올릴 수 있었다.

지나고 보니 그런 고통마저도 아름다운 추억으로 미화되고, 시련을 극복했던 순간들은 내 골프 인생에 귀한 자산이 되었다. 초보가 무작정 경기를 하겠다고 호주 퍼스까지 갈 용기가 어디서 나왔을까? 지금 생각해도 놀랍다.

나는 나를 잘 알고 있는 사람이다. 코로나19로 수많은 사람이 매너리즘에 빠졌던 시기였다. 내게는 분위기를 전환할 계기가 필요했고, 그 계기는 오로지 나만 만들 수 있었다. 이제까지 늘 그래 왔던 것처럼 그 누구도 만들어 줄 수 없었다.

국내에서 열심히 살았던 내가 무작정 도전한 호주 여행의 결과는 처음으로 들어 올린 챔피언 트로피였고, 내 골프 역사의 새로운 출발점으로 남기 충분한 장면이었다.

Just do it. 유명 스포츠 회사의 슬로건이다. 될까 안 될까, 상황이 이러니저러니 고민하지 말고 일단 도전하라. 퍼스에서 우승컵을 들지 못했더라도 그 역시 나에겐 소중한 경험이었을 것이다. 조금이라도 마음이 가는 것이 있다면, just do it!

일본 후쿠이에서
거머쥔 금메달

호주에서 돌아온 지 한 달도 안 되었을 때 이미 나의 과거 미화는 시작되었다. 힘든 것보다 행복했던 순간만 기억에 깊게 남은 것이다. 세계 대회를 더 경험하고 싶은 마음이 자꾸만 간절해지던 내게 제1회 일본 그랑프리 선수권 대회가 일본 아와라시 에치젠 CC에서 열린다는 소식이 들렸다. 출전 신청서가 테이블 위에 올려져 있었다. 남편이 밤새 검색해서 메일을 보내 받아 둔 것이었다. 그의 도움 없이는 골프 투어를 시작할 수조차 없었는데 그 마음이 너무나 고마웠다.

그 마음 위에 신청서를 올려놓고 작성해 일본 장애인골프협회에 보내고 골프 여행 계획을 짜기 시작했다. 항공권을 결제한 뒤 교토를 중심으로 관광 일정을 짰고, 인근 호텔을 예약하는 등 모든 과정이 그 자체로 즐거웠다.

일본에 도착해 계획했던 것을 하나씩 해 나가며 무엇이든 직접 해 봐야 하는 것의 중요함을 몸소 깨달았다. 오사카에서 예약해 둔 차량을 찾아 교토로 출발했는데, 막상 운전을 직접 해 보니 도로 폭이 너무 좁아 익숙하지 않았다. 오른쪽에서 운전하는 것도 어색했고 표지판도 전부 낯선 글자라 이해하기 어려웠다. 그나마 한국보다 제한 속도가 낮아 조금씩 적응하며 운전할 수 있었다.

이제 골프 투어를 다니려면 누구의 도움을 받을 것이 아니라 무엇이든 내가 직접 부딪혀 봐야 한다. 예약부터 운전, 운동, 관광까지 만능이 되지 않으면 어디든 다닐 수가 없다. 꼭 골프 투어에만 해당하는 문제가 아니다. 어떤 일이든 남의 손을 빌려 한 일은 내 몸에 체득되지 않는다. 직접 시행착오를 겪고 변경도 해 보고 돌발 상황도 겪으면서 한 단계씩 성장해 나가다 보면 비로소 새로운 것을 시작할 때도 두려움 없이 맞설 수 있게 된다.

내가 직접 예약하고 찾아 두었던 교토 관광지를 구경하다가 체력 소모를 잔뜩 해 기절하듯 잠들었다. 여행은 색다른 환경에서 자기 자신과 새로운 만남을 가지는 것이라 했던가. 설렘으로 가득 차 피곤하면서도 행복했다.

다음 날 일찍 아와라시로 가 에치젠 골프장에서 연습 라운딩을 했다. 역사가 오래되어 낡은 느낌은 있었지만 섬세하고 깔끔하게 유지해 온 좋은 골프장이었다. 페어웨이는 나무랄 데 없이 좋았지만, 그린은 생각보다 너무 빨랐다. 스코어를 지킬 방도가 필요한데 겨우 한 번 연습해 보고 그 해결법을 찾을 수는 없었다. 먼 곳까지 왔는데 잘할 수 있을까 또 걱정이 앞섰다.

내 걱정이 무색하게 1라운드가 시작되었다. 일본 후미에 선수와 호주의 커어스티 선수, 자원봉사하는 일본의 시나 선수까지 4명이 함께 시작했다. 모두 나보다 훨씬 젊은 선수들이라 부단히 노력해야겠다는 생각이 들어 한 타 한 타 평소보다 더욱 심혈을 기울여 쳤다. 분명 최선을 다한 것은 기억하는데 어떻게 라운드를 마무리했는지는 기억이 나지 않을 정도였다.

이미 끝난 경기는 마음속에 묻어 두고 푹 휴식을 취하려고 하는데 여자부 우승이라는 연락이 왔다. 감사하면서도 놀랐다. 내일도 좋은 성적을 내야 한다는 압박감이 슬그머니 몰려와 피곤한데도 쉽사리 잠이 오지 않았다. 거의 뜬눈으로 밤을 지새웠지만 뿌듯함에 심장이 세차게 뛰었다.

두근거림은 아침까지 계속되었다. 2라운드가 시작되었는데 첫 홀부터 드라이버 샷이 왼쪽으로 당겨져 페어웨이를 놓치고 말았다. 겨우 보기로 막아냈는데 그 후부터는 어떻게 쳤는지 기억도 나지 않는다. 특히 9번 홀에서는 연습 라운딩 때 벙커에 빠졌던 바로 그 똑같은 자리에 공이 그대로 들어가 버렸다. 벙커 턱이 너무 높아서 최대한 올려서 친다 한들 탈출이 쉽지 않아 보였다. 어쩔 수 없이 깃대 쪽이 아닌 그 반대쪽으로 공을 쳐 냈다. 2보 전진을 위한 1보 후퇴였다. 한 타 잃을 각오를 하고 쳐 낸 공이었는데 그 각오가 정확히 맞아 들었는지 1라운드보다 2라운드 스코어가 더 좋았다.

경기의 열기는 뜨거웠다. 아무도 양보할 수 없는 경기였기에 모두가 치열하게 임했다. 나는 이곳 골프장에서 제대로 라운딩한 경험이 없는 만큼 그동안의 구력으로 마지막 홀까지 힘차고 섬세하게 채를 휘둘렀다. 마지막 홀까지 돌았을 때는 정말 모든 힘을 다 쏟아부었다고 자부할 수 있었다.

모든 경기가 끝난 뒤 클럽하우스에 앉아 대기하고 있는데 갑자기 모두의 시선이 나에게 쏠렸다. 의아해서 주변을 둘러보니 내가 우승자였다. 일본어로 행사가 진행되다 보니 내 이름을 불러도 제대로 알아듣지 못한 것이었다. 최선을 다했지만 우승하리라고는 기대하지 못했는데 또다시 행운의 여신은 내 손을 들어 주었다. 아니, 내 노력이 만들어 낸 튼튼한 계단이 내가 여기까지 올라올 수 있게 도와준 것이다.

시상대 가장 높은 곳에서 내 목에 금메달이 두 개나 걸렸다. 올림픽에서 금메달을 목에 건 선수들의 마음을 이해할 것 같았다. 뿌듯했고 감사했으며 힘들었고 즐거웠으면서 노곤했지만 행복했다. 그간 흘린 땀이 메달 안에 모두 응축된 것만 같았다. 이제 US Adaptive Open에 참여할 수 있는 확률이 한층 더 높아졌다.

도전하지 않으면 아무것도 얻을 수 없다. 채를 크게 휘두르지 않으면 공은 앞으로 나아가지 않는다. 홀컵을 향하지 않으면 절대 공은 그곳까지 도착하지 않는다. 첫 퍼트는 엉망이어도 마지막 퍼트는 절대 처음과 같지 않다.

연습과 연습을 통해, 끝없는 도전 정신을 통해 더 나은 샷을 몸에 익히는 것이 가장 중요하다. 그 집념과 꾸준함으로 나는 또 영원히 지워지지 않을 나의 골프 역사를 한 줄 더 새겼다.

동료들의 응원을 모아

✦

최 과장은 경주가 고향인 내과 의사인데 경주에서 공보의를 하던 14년 전 함께 근무했다. 조용하지만 자기 일에는 최선을 다하는 최 과장은 골프를 좋아해 기회가 있을 때마다 종종 운동을 함께하던 동료다. 그는 나의 호주 우승 소식을 듣고 축하한다는 문구를 넣은 수건 12장을 특별 제작해 집으로 보내 주었다. 앞으로 우승 수건은 본인이 제작해 주겠다는 호언장담과 함께. 제 일처럼 축하해 주는 동료가 있다니 무척이나 힘이 났다.

이 사실 또한 자랑하고 싶어 의과대학 동기들과 함께한 골프 모임에 수건을 들고 갔다. 나를 포함하여 12명이 모여 한정판 수건이라고 나누어 주니 최 과장의 정성에 감탄하면서도 부러워해 괜히 내 어깨가 한 번 더 으쓱거렸다. 골프도 파5에서 투온을 하다가 버디를 할 정도로 일품으로 잘하는 친구라 더욱더 그랬다. 세심하기 이를 데 없는 믿을 만한 동료가 나와 취미도 함께 공유할 수 있다니 얼마나 좋은 일인가?

또 골프 친구이자 나의 주치의인 전 과장은 재활의학과장으로 근무하고 있다. 내가 꼭 주례를 서야 한다고 신신당부한 그의 간곡함 때문에 결국 주례까지 섰던 경험이 있다. 한번 같이 골프를 하자고 초대했더니 갓 태어난 아이를 돌봐서 오랫동안 골프를 하지 못해 실력이 부족할 것 같다고 겸손을 부렸다. 하지만 막상 필드에서 드라이버 샷 거리가 내 예상을 뛰어넘을 정도로 훌륭했다. 파3에서 샷으로 홀컵 가까운 곳까지 붙이더니 기어이 버디에 성공했다. 푹 쉰 결과가 이 정도라니, 예전에는 얼마나 훌륭한 샷을 했던 건지 궁금해질 정도였다.

골프를 하다 보면 단지 공을 치는 것뿐만 아니라 서로 사는 이야기를 나눈다. 골프 우승 이야기, 미국에 가게 된 이야기, 갤러리로 갈 때 챙겨야 하는 것 등 서로의 경험을 공유하고 더 나은 미래를 함께 도모한다. 골프는 유독 운동 시간이 긴 종목이라 거의 5시간 정도를 함께하게 되는데, 좋은 파트너를 만나 함께 운동하면 일주일 내내 즐거워지는 힘을 가지고 있다. 개인적인 수다뿐만 아니라 예전보다 샷이나 퍼트, 어프로치가 많이 좋아졌다는 객관적인 평도 놓치지 않고 더해 준다. 발전을 위해 꼼꼼히 보아 주는 모습이 무척이나 고마웠다.

제2회 US Adaptive Open 경기까지 남은 시간은 한 달, 응원하고 격려해 주는 사람들의 힘이 조금씩 모여 간다. 금방이라도 레벨 업을 할 수 있을 것 같이 힘이 넘쳐 흐르는 기분이다.

아름다운 샷이
만들어지기를 바라며

✦

한 달밖에 남지 않은 시간, 아침에 눈을 뜨면 이제는 몸이 자동으로 골프장으로 향할 준비를 한다. 무의식적인 습관이 든 모양이다. '다음에도 이런 기회가 있을까?' 하는 생각이 들면 아무리 힘들어도 몸을 일으키게 된다. 다 지나고 나서 뒤돌아보고 아쉬워하면서 그때 조금 더 열심히 할 걸 후회해 봤자 결과는 바뀌지 않는다. 그때 하지 않은 사람은 절대 좋은 결과를 얻을 수 없으니까.

객관적으로 좋은 스코어를 얻지 못하더라도 스스로 후회 없는 멋진 경기를 하고 돌아오고 싶은 마음이 크다. '절대 후회하지 않는다'는 마음을 앞세워 지금 이 순간 아낌없이 최선을 다하고 나서 담담히 결과를 맞는 편이 훨씬 낫다.

나의 인생 2막은 오로지 일만 알고 일만 하던 시간이었다. 그리고 이제야 열린 나의 인생 3막은 내가 원하는 운동을 마음껏 하고, 심지어 좋은 결과를 얻을 수 있게 된 순간이다. 내가 얻어낸, 그래서 내게 주어진 이 기회에 감사하며 절대 놓치고 싶지 않다. 프로 선수가 아닌 아마추어 선수답게 스코어나 순위에 연연하는 것이 아니라 자신과의 싸움, 새로운 나에 대한 도전이라는 의미로 경기에 임하고 싶다.

나흘 연속으로 골프를 친 날이었다. 6월이라 바람이 시원하게 불어도 해가 중천에 떠 있는 시간에는 한여름이라 해도 모자랄 정도로 후덥지근하고 뜨거운 날씨였다. 그러나 실제 경기를 생각하면 어리광을 부릴 수 없다. 연습 라운딩까지 포함하면 4일 내내 골프를 쳐야 하는데 이를 버틸 수 있는 든든한 체력이 뒷받침되어야 한다. 한국보다 훨씬 더운 날씨에서 경기를 펼쳐야 할지도 모르기 때문에 더위에 적응할 수 있도록 디테일한 전략도 필요하다.

스스로 판단해 보기에 드라이브 거리가 조금 늘어난 것 같고, 롱 퍼트도 꽤 좋아졌다. 여전히 어설픈 샷도 더러 있고 실수를 하기도 하지만 나날이 앞으로 나아가고 있다는 느낌을 받는다.

골프 선수로서 좋은 샷을 하는 것이 가장 중요하겠지만, 그 좋은 샷이 나오는 근간에는 여러 가지 요인이 있다. 튼튼한 체력, 안정된 정신, 경험과 노하우, 순간적인 판단력과 결단력 등이다. 이제 단순히 취미만이 아닌 아마추어 선수로서 한국의 자존심을 지키기 위해 경기에 나서기 때문에 이 모든 것을 단단히 갖추어야겠다는 다짐을 한다. 그래서 매일 조금씩 자신을 다듬고 깎아나가고 있다. 오늘의 경험치가 모여 경기에서 가장 아름다운 샷이 만들어지기를 바라면서.

셀프로더를 타고
골프장으로

셀프로더, 일명 어부바라 불리는 차를 알고 있는가? 다시 생각해도 아찔한 하루였다. 서두르면 언제나 탈이 난다는 걸 알고 있지만, 귀한 지인과 매니저가 골프장에 일찍 와서 기다리고 있어 얼른 가야겠다는 생각이 앞서 급하게 준비하다 보니 나도 모르게 서두르게 되었다.

운전대를 잡고 속도를 평상시보다 조금 더 내는데, 코너를 돌 때 퍽 하는 의심스러운 소리가 났다. 확인해 보니 작은 개울 턱에 바퀴가 세게 부딪친 모양이었다. 차 바퀴에서 바람이 빠지고 있으니 긴급 출동을 요청하라는 메시지가 차량 화면에 나타났다. 서비스 센터 직원에게 전화를 걸었더니 서행하면서 보험 회사에 사고 접수를 하란다. 급할 때는 일의 순서가 어떻게 되는지도 모를 정도로 정신이 없어서 전화번호를 찾는 사이에 차는 이미 자동차 전용 도로에 진입하고 있었다.

그러는 사이 차량 센서에서 더는 오류 메시지가 뜨지 않아 이제는 괜찮겠지, 하는 안일한 마음에 계속 골프장으로 향했다. 그런데 웬걸, 더 운전을 지속할 수 없을 만큼 차가 요동치기 시작했다. 급하게 갓길에다 차를 세우고 보험 회사에 연락한 후 견인차를 기다리는데 그 시간이 꼭 영겁처럼 느껴졌다. 그제야 차량을 제대로 확인해 보니 바퀴가 너덜너덜해져 있었고, 큰 사고가 나지 않은 게 다행일 정도였다. 숨을 가다듬고 열을 식히면서 마음을 천천히 가라앉혔다. 이제 어떻게 해야 하지?

한참을 더 기다리니 셀프로더라는 10톤 트럭, 일명 어부바라고 불리는 차가 도착해 내 고장 난 차를 실었다. 그때 나는 이미 마음을 먹고 있었다. 트렁크에서 골프채를 꺼내 운전석 옆자리에 싣고 견인차 기사님에게 골프장으로 데려다 달라고 부탁했다. 기사님께서는 한참을 쳐다보더니 살다 살다 별일이 다 있다며 이 차를 타고 골프장에 가 본 경험이 없다고 난감해했다. 그럴 만도 했다. 누가 대형 트럭 뒤에 차를 얹고 골프장으로 향한단 말인가. 그러나 약속은 약속이고, 내 인생에 골프 약속을 지키지 못하는 일은 있을 수 없었다.

간곡하게 부탁하니 기사님께서 너털웃음을 지으며 골프장으로 핸들을 돌렸다. 집에 가서 쉬지 이 상황에 공을 치러 가냐는 말이 꼭 나를 골프에 푹 빠진 사람처럼 여기는 듯했다. 완전히 틀린 말은 아닌지라 할 말이 없어 창밖만 쳐다보며 골프장까지 조급한 마음을 꼭 붙잡고 있었다.

골프장에 들어서자 캐디들이 무슨 일인가 하고 커다란 트럭 주변으로 몰려 왔다. 나는 시간이 조금 늦었으니까 바로 준비를 부탁한다고 당부를 하고서는 얼른 클럽하우스로 뛰어들어갔다. 혼자만의 운동이 아니라 다 같이 하는 운동이니 약속은 어떤 상황이든 유효하다. 몸을 다치지 않았으니 그 약속을 지키는 게 나에게는 우선이었다.

그날 스케줄을 이상 없이 소화하고 나와 보니 자동차는 벌써 바퀴를 교체한 채 잘 주차되어 있었다. 이렇게 빨리 정비가 되다니. 여러 사람이 도와준 덕분에 아무 일 없었다는 듯 운동 스케줄을 소화할 수 있었다. 끝나고 보니 급하게 골프장으로 향했던 내 모습이 이상하거나 우습게 보일 수도 있겠다 싶은 생각이 들었다.

나는 골프 한 번 한 번이 모두 소중했고, 경기를 앞두고선 한 치의 변명도 대지 않고 이렇게까지 해 운동을 했다. 그 덕인지 서툴렀던 샷이 조금씩 다듬어지면서 이제는 웬만해선 부끄럽지 않을 샷을 할 수 있는 정도가 되었다. 벙커나 해저드로 공을 자주 보내다 보니 짧은 샷에 대한 트라우마가 생겨 늘 길게 쳐 그린을 넘기는 경우가 많았는데, 자신감이 붙으니 거리가 점점 짧아졌다.

나 자신을 믿자. 샷도, 자신감도 점점 좋아지는 기분이 놀랍다.

골동품 아이언

30년 경력의 캐디라는 말은 곧 골프채만 봐도 몇 타쯤 치는지 얼추 맞힐 수 있는 능력이 있다는 것이다. 수많은 골퍼와 그들의 샷을 보아 왔기 때문에 그가 하라는 대로만 치면 백발백중일 정도다.

하루는 그 캐디가 내 골프 가방에 들어 있는 채를 유심히 살펴보더니 이런 골동품 골프채가 있냐며 혀를 내둘렀다.

"요즘 가벼우면서도 치기 쉬운 새로 나온 아이언이 널려 있는데 대체 왜 이걸 고수하세요?"

"골프 시작한 이래 여태 사용한 거라 손에 익어 바꿀 생각이 없어요. 아무리 좋은 게 널렸다고 한들 다시 손에 익히기가 말처럼 쉽지 않아요. 그리고 이 채는 솔이 얇아서 똑바로 치기도 쉽고 제가 힘이 있어서 세기 조절도 충분히 가능합니다. 나름대로 골프 고수가 쓰는 채예요. 게다가 호주에서도 일본에서도 우승할 때 사용한 골프채인걸요."

물건을 오래 쓰다 보면 손에 익기도 하고, 그 물건에 역사가 담겨 아무래도 새것으로 쉽게 교체할 마음이 들지 않아 이렇게 둘러대고 말았다.

드라이브는 뱅 제품을 사용했다. 반발력이 좋아 비거리도 꽤 잘 나와 만족하며 사용했는데, 공인 인정받은 제품이 아니라고 해서 울며 겨자 먹기로 바꾼 이력이 있다. 그 후 3번 우드, 5번 우드, 5번 유틸리티도 교체했지만, 아이언만은 도저히 바꿀 마음이 들지 않았다. 아이언은 다른 채보다 다루기가 어렵고 내가 유독 아이언 샷에 신경을 쓰기 때문이었다.

그러나 오랜 경력을 가진 캐디의 말을 들으니 마음속에서 계속 고민이 올라오기 시작했다. 바꿔야 하나? 소신 있게 사용하던 것을 써야 하나? 이렇게 고민하던 때 함께 운동하던 지인이 자신의 최신형 아이언을 한 번만 사용해 보라고 권하였다. 물론 선수가 연장 탓을 할 수는 없지만, 그래도 내 손에 익은 것이 최고라고 생각하면서 지인의 채를 한 번 크게 휘둘러 보았다. 그런데 아니, 이럴 수가! 내가 설정한 방향대로 비거리도 쭉쭉 나아가 정말 만족할 만한 샷이 나오는 것이 아닌가.

당장 내 골프 가방의 지퍼를 채우고 그분의 골프채로 라운딩을 마쳤다. 감사하게도 마음을 써 주신 덕에 지인의 골프 가방을 통째로 내 차에 넣고 집으로 돌아올 수 있었다. 집에서 휴식을 취하는데 새 골프채의 성능이 궁금해 견딜 수 없어 바로 집 앞에 있는 스크린 골프장으로 달려가 채를 꺼냈다. 정말 터치감이 뛰어났고, 부드럽게 휘둘렀는데도 공이 쭉쭉 뻗으면서 생각보다도 훨씬 더 멀리 날아갔다. 평소 110m 거리를 맞출 채가 없어 늘 고민 중이었는데 그 고민을 해소할 수 있을 만큼 완벽한 거리였다.

그 길로 아이언 채를 교체했다. 새로운 것을 접하기 두려운 마음이 있었는데, 이렇게 가벼우면서도 만족할 만한 거리가 나온다면 바꾸지 않을 이유가 없었다.

나이가 들수록 물건이든 사람이든 새로 접하는 것에 대해 이유 없는 거부감이 생기곤 한다. 어렸을 때는 무엇이든 따지지 않고 경험하고 도전해 보곤 했었는데, 미지에 대한 두려움이 새로운 도전을 가로막는 게 분명했다. 30년 경력의 캐디 말 한마디가 뇌리에 깊게 박혀 한 번 시도해 보았던 것이 오랫동안 묵혀 두었던 고민을 해결해 주었다. 그 계기가 없었다면 아직도 오래된 첫 아이언 채를 사용하고 있었을지도 모른다.

꼭 골프뿐만 아니라 세상에 대한 전반적인 도전 정신이 생긴다. 변해야 한다고 늘 입버릇처럼 말하고 다니지만 익숙함에 대한 관성 때문에 벗어나기 쉽지가 않다. 그런데 이번에는 내게 찾아온 새로움에 푹 빠졌다. 그러면서 편하고 실용적인 것이 너무나 많은데 오랫동안 익숙함을 고집스럽게 붙들고 있던 마음을 반성하게 된다. 새로운 것 역시 사용하다 보면 익숙해지기 마련이다. 어렵고 낯선 것들도 가까이하다 보면 친근해지는 것이 당연한 절차이다.

오늘도 손에 클럽을 익히려고 연습에 매진했다. 그 새로운 느낌이 마음에 딱 든다. 새로움에 도전하는 것을 마다하지 말아야겠다. 비록 실패하더라도 그것마저 내 귀중한 경험의 자산이 될 테니까 말이다.

9라운드,
27명의 동반자

대한골프협회에서 공인 핸디캡과 최근 8라운드 스코어 카드를 최대한 빠른 시일 내에 제출해 달라고 연락해 왔다. 여주 스카이밸리 CC에서 국내 선발전에 참여해 US Adaptive Open 출전이 최종 결정되었지만, 출전 자격을 갖추기 위해서는 코스레이팅이 되어 있는 골프장에서 8라운딩을 마친 후 스코어 카드를 보내 줘야 미국으로 전송할 수 있다고 채근을 했다.

최근에도 지인들과 라운딩을 자주 하기는 했지만, 스마트 스코어에 기록하지 않아서 공식적인 핸디캡을 알 수 없었다. 그래서 갑작스러운 8라운딩 스코어 카드 요구가 난감하게 느껴졌다.

경주에서 코스레이팅이 인정되는 골프장은 블루원 디아너스 CC와 마우나 오션 CC 두 곳뿐이었다. 바로 다음 날부터 2주간에 걸친 라운딩 계획을 세워 예약했다. 하지만 급하게 진행하다 보니 주로 새벽이나 늦은 밤 시간대에나 가능했다. 여유롭게 9라운딩으로 계획을 했지만, 동반자로 모셔야 할 분만 27명이나 되었다. 갑작스럽게 27명이나 되는 많은 분을 어떻게 모시지? 걱정이 태산처럼 밀려 왔다.

미국 경기에 참여하는 것도 우여곡절 끝에 결정되었는데, 남은 숙제를 하기에는 절대적으로 시간이 모자란 느낌이었다. 주중에도, 이르거나 늦은 시간에도 달려오실 27명을 2주 안에 채운다는 것이 말처럼 쉬운 일이 아니었다.

먼저 전국에 걸쳐서 라운딩했던 분들께 함께할 의사가 있는지 조심스럽게 여쭈었다. 너무 갑작스럽다 보니 함께하지 못해 미안하다는 분이 많았다. 그래서 범위를 대폭 넓혀 골프를 한다는 말을 들었던 모든 분께 한 분씩 연락을 드렸다. 고맙게도 두 번 나오겠다는 분들도 계셨다. 많은 분의 노력 덕에 어느 정도 계획한 대로 진행할 수 있게 되었지만, 실제 라운딩을 하는 것은 몹시 어려운 일이었다.

일정을 맞추다 보니 어떤 날은 하루에 36홀을 돈 적도 있고, 새벽 티업 시간에 맞추기 위해 잠도 거의 못 잔 상태로 달려간 날도 있었다. 이제는 체력과 시간의 싸움이었다.

그렇게 많은 분의 도움을 받아 2주에 걸쳐 스코어 카드 8번 핸디캡을 적어 전송하고 나니 앓던 이를 뺀 듯 홀가분하고 시원했다. 무모할 수도 있는 요구에 기꺼운 마음으로 응해 주신 분들께 진심으로 감사드린다. 그 도움이 없었더라면 선발까지 되어 놓고도 경기에 참여할 수 없었을 것이다. 나의 부족함을 너그러운 마음으로 메꾸어 주신 모든 분에게 항상 감사할 수밖에 없다.

요즘은 골프를 할 때마다 동행한 분들에게 스마트 스코어에 가입하고, 스코어를 모아 자신만의 핸디캡을 미리 준비해 두라고 일러 놓는다. 사람 일 어떻게 될지 모르지 않는가. 나 역시 그렇게 많은 라운딩을 했음에도 불구하고 기록을 남기지 않아 핸디캡을 받기 위해 부산을 한껏 떨었던 시간을 생각하면 아직도 머리에 쥐가 날 것 같다.

무엇보다 평소에 주변 사람들에게 잘하자는 마음을 다시 한번 되새긴다. 평소에 잘해 두어야 갑작스럽게 타인의 도움이 필요할 때 부탁을 드려 보고 도움의 손길을 받을 수 있다. 연락 한번 없다가 갑자기 도움을 요청한다고 해서 그게 계획대로 잘 될 리 없다.

혼자서만 이룰 수 있는 꿈은 없다. 서로 모자란 부분을 채워 주고 같이 걸어 주며 모두의 꿈을 위해 한 걸음씩 함께 나아가자. 나 역시 다른 사람의 어려움에 기꺼이 공감하고 격려할 것이다. 사랑하고 사랑을 베풀 수밖에 없는 이유가 자꾸 늘어만 간다.

필드가 약보다 좋다

요즘 내게 오는 연락은 온통 라운딩에 관련한 것뿐이다. 약속도 가장 우선순위가 골프이기 때문에 골프 스케줄이 가장 먼저이고, 그다음 비는 날짜에 다른 일정을 잡는다. 경기를 앞두고 연습에 매진하기 위해서도 그렇지만, 무엇보다 필드에 올라서면 속이 뻥 뚫리는 시원한 기분이 들기 때문이다.

1번 홀은 대부분 탁 트인 파 5나 파 4인 경우가 많은데, 드넓게 펼쳐진 페어웨이를 보면 초원에 있는 듯 기분이 상쾌해진다.

한동안 나의 절친 골퍼 한 명이 매우 아팠다. 암 진단을 받고 항암 치료를 받는 동안 어떠한 실질적인 도움을 줄 수 없어서 굉장히 미안하고 속상했다. 필요한 것이 있으면 언제든지 연락하라는 말을 남기고 기다렸는데 어느 날 골프장에 함께 가자고 연락이 왔다. 드넓은 페어웨이에 서면 삶의 모든 시름과 아픔을 잊을 수 있다고 했다. 무엇이든 해 주고 싶은 마음뿐이었는데, 게다가 골프장에 가자는 요청이라니. 당장에 알겠다고 대답하고 일주일에 두세 번 함께 라운딩하러 갔다. 의지 가득하게 병마와 싸우고 있는 모습이 보기 좋았고, 그토록 좋아하는 골프장에서만이라도 정말 즐거운 기억만 가져갔으면 하는 바람에 우스갯소리를 잔뜩 하며 기분 좋게 운동했다. 덕분에 나 역시 많이 웃을 수 있었고, 연습량이 많이 늘어 샷이 눈에 띌 정도로 정교해졌다.

거의 일 년을 그렇게 함께 골프를 했고, 절친은 많이 회복되어 일상으로 복귀하였다. 건강을 되찾고 다시 일을 시작한다는 소식에 너무나 기뻐 흐뭇한 미소가 절로 나왔다. 지금도 일정이 맞으면 라운딩을 하러 가는데 실력이 늘었다고 좋아하는 모습에 내가 다 기뻤고, 나 자신도 많이 성장하고 발전한 덕분에 감사한 마음이 가득 넘친다.

골프를 정말 사랑하기에 거리와 시간도 상관없이, 동반자가 누구인지도 관계없이 나에게는 항상 긍정의 대답이 튀어나온다. 골프를 좋아하기만 하면 된다. 라운딩은 다 함께 시작하지만, 샷을 할 때만은 철저하게 혼자 결정하고 행동한 뒤 그 결과를 겸허히 받아들이는 운동이라 좋다.

타인의 발전을 기뻐하지 않고 시기하는 것이 아니라 오롯이 나에게 집중하고 자신과의 싸움에 몰두할 수 있어 행복하다. 언제나 자신의 몫을 결제하기 때문에 경제적으로도 부담되지 않으니 얼마나 좋은 운동인가.

이전에도 여러 번 생각했지만, 언제 어디서나 좋아하기만 한다면 누구나 골프를 즐길 수 있는 환경이 마련되면 좋겠다. 으리으리하게 챙겨 입고 큰맘 먹고 가는 것이 아니라 일상생활에 녹아든 생활 체육으로 즐길 수 있게 된다면 얼마나 좋을까. 물론 앞과 뒤 조 사이에 껴서 오도 가도 못하는 상황이 될 때는 조금 답답하기도 하다. 그러나 누구나 초보 골퍼 시절이 있음을 기억하고 서로 조금씩 양보하며 샷을 날린다면 모두가 하하 호호 즐거운 추억을 쌓을 수 있지 않을까.

필드 위에서 그 누군가와도 건강하게 오래도록 만나고 싶다.

Come Back Home

Come Back Home. 다시 집으로 돌아왔다. 김천의료원에서 3년 만 일하려고 했는데 재임을 하는 바람에 6년 동안 뼈가 빠질 정도로 일하 다가 모든 것을 내려놓고 집으로 돌아왔다.

할 수 있는 모든 것을 쏟아냈기에 아쉬움이나 후회는 전혀 없다. 내 게 주어진 일에 최선을 다하고 마무리하며 미련 없이 정리하고 깔끔하 게 집으로 돌아온 것이다. 몇십 년을 일하다 보니 자연스럽게 몸에 익은 습관은 관성으로 깊게 자리 잡아 평범한 일상을 영위하는 데 시간이 조 금 걸렸다.

이제 여유롭게 골프에 집중해 볼까 했더니 친구들은 아직 대부분 현 역이라 주말이 아니면 모이기 쉽지 않았다. 그래서 옛 직장 동료들에게 연락해 골프를 하자고 제안했다. 퇴직자 중 세 분만 골프를 해 월 1회 모여 함께 운동하기로 했다. 다들 괜찮은 시간을 말해 주면 내가 예약을 하는데, 투덜거림이나 지적이 튀어나와도 아무 말 없이 꾹 참는다. 가끔은 밥도 사 드린다. 일에서 벗어난 이상 계급장 뗀 것이고, 이제 나는 그들의 상사가 아니다.

가끔 예전 이야기를 하면 그때는 왜 그랬냐고 핀잔을 듣기 일쑤다. 타임머신을 타고 돌아가 내 행동을 막을 수도 없으니 지금 와서 어쩌란 말이냐며 큰소리도 치고, 다 그럴 사정이 있었다고 쩔쩔매며 변명이라도 하면 한바탕 웃음소리가 흐른다. 다 지난 이야기니 심각했던 사건들도 재미있었던 추억이 된다.

너무나 오랜 시간 봐 왔기 때문에 서로에 대해 잘 알고 숨기는 것도 없다. 예전에도 할 말 못 할 말 가리지 않고 직언을 해 주셨고, 나는 그런 점을 좋아했다. 가끔은 나도 모르는 나의 속마음을 정확히 짚어내 주셔서 놀랄 때도 있었다. 같이 운동하다 보면 예전 이야기, 동네 이야기가 끊이지 않는데, 그들을 처음 만났던 나의 20대 후반 시절을 아직도 기억해서서 놀랍고 부끄러울 따름이다.

한 분은 우승하느라 고생했다고 시아버지도 안 드린다는 겨울 이기고 나온 귀한 부추로 떡을 해서 가져오셨다. 든든하게 먹고 힘차게 샷을 하라는 응원도 빼먹지 않으신다. 라운딩 예약하고 스케줄 조율하고, 또 세상 돌아가는 이야기를 즐겁게 풀어 놓으며 고맙다는 이야기도 더해진다. 이분들과 함께 있으면 핀잔을 들어도 좋고 놀림을 받아도 좋고 칭찬을 들어도 즐겁다. 이토록 나 자신 그 자체로 있게 할 수 있는 사람들이 또 어디 있으랴.

그분들과 같이 근무할 때의 일이다. 정신없이 일만 하다 보니 자꾸만 수렁에 빠져들어가기만 했던 적이 있었다. 진료실에 근무하는 김 여사님께 전화를 걸어 어쩌면 좋겠냐고 조언을 구했다.

"그렇게 하실 분 아니잖아요. 고민하지 말고 소신껏 하세요."

하는 대답과 함께 뚝 전화가 끊겼다. 그런데 그 한마디가 내게는 무척이나 용기가 되었다. 그녀의 사전에는 상사에 대한 아부라는 단어는 없고, 아무리 상사라 한들 잘못하면 똑 부러지게 쏘아붙이곤 했다. 나도 여러 번 쏘여 아주 따끔했지만, 위로와 격려를 건네는 데에도 도가 튼 분이었다.

인연은 우연이 아니라 필연인 모양이다. 이런 분들과 함께할 수 있어 오랜 시간 관계를 유지하고 일터에서도 꿋꿋하게 버틸 수 있었다. 게다가 이제는 운동까지 같이 즐길 수 있으니 이 얼마나 감사한 인연이란 말인가.

오늘도 일찍 골프장에 와서 준비해 두고 그녀들을 기다린다. 오늘은 어떻게 해야 모두가 행복해질까? 나는 단지 집으로 돌아왔을 뿐인데 그녀들은 무척이나 행복해한다. 그녀들이 행복해 나도 함께 행복해진다. 행복한 인연이 많아 매 순간이 행복하다.

연습 또 연습

✦

해가 지날수록 봄과 가을은 짧아지고 여름과 겨울만 그 형태가 짙어진다. 살랑거리는 봄이 온 지도 얼마 되지 않았는데 금세 살갗에 달라붙는 햇볕이 따끔하다.

골프 선수로 등록한 지도 벌써 3개월이 되었다. 마음을 단단히 먹고 임한 지는 얼마 되지 않았지만, 하루하루가 일 년처럼 꽉 찼던 숨 가쁜 시간이었다.

외국에서 경기하기 위해서는 먼저 한국에서 아마추어 골프 선수로 등록해야 한다. 때는 3월 초, 신체 등급, 진단서 등 갖추어야 할 서류가 꽤 있는데, 경북 지역에서 유일하게 모든 서류가 발급 가능한 곳은 경산의 한 요양병원이었다. 진단받기 위해 예약을 하려고 하니 스케줄이 꽉 차서 처리가 거의 불가능해 보였다. 마냥 기다릴 수 없어서 여기저기 찾아보니 그나마 집에서 가장 가깝고 빠르게 진단받을 수 있는 곳이 대전

충남대학교 재활의학센터였다. 그래도 진료 예약이 수월하게 되어 두 시간이 넘는 거리를 달려 건강진단을 받고 필요한 서류를 발급받을 수 있었다. 이것이 내 인생 3막의 서막이었다. 드디어 이 나이에 아마추어 골프 선수로 정식 등록된 것이다.

한국골프협회에 등록한 이후에 미국 또는 유럽의 골프 투어를 위해서는 WR4GD를 인정해 주는 EDGA에 패스 넘버를 받아야 했다. 혼자 받아 보려고 고군분투를 했더니 엉뚱한 길로 갔는지 EDGA로부터 선택을 하라는 답변을 받았다. 참여하고자 하는 것이 선수로서인지 의사로서인지 확인해 달라는 것이다. 잘못된 번지수를 찾았구나 싶어 아는 교수님의 도움을 받아 다른 곳에 신청하니 제대로 넘버를 발급받을 수 있었다. 패스 넘버 3275, 세계인들과 견주어 볼 수 있는 나만의 숫자였다. 한참이나 숫자를 입으로 되뇌어 보니 가슴이 벅차올랐다.

지난 시간을 되돌아보면 아쉬운 점이 한두 개가 아니었다. 선수 등록하기 위해 이곳저곳 물어 찾아다니는 것도 쉬운 일이 아니었다. 협회에서 조금 더 적극적으로 개방해서 어느 지역에서나 접근하기 쉽게 다양한 의료기관에서 진단받을 수 있는 방향으로 발전되었으면 좋겠다. 협회에서 꾸준히 관심을 가지고 지원하다 보면 선수도 늘어나고 골프 저변도 확대되는 그런 날이 오겠지.

이런 나와 같은 상황에 맞닥뜨린 사람이 생긴다면 꼭 있는 힘껏 도움을 주어야지 생각하며 필드로 나섰다. 더위가 만만치 않다고 해 중무장을 했는데, 땡볕에 운동하는 사람이 가득했다. 날은 덥지만 그만큼 무럭무럭 푸르게 자라는 나무와 꽃을 보는 재미가 있다. 시원하게 물을 빨아들이는 것을 보니 나도 그 안으로 뛰어들고 싶을 정도였다.

바꾼 골프채를 가지고 연습을 하던 중 캐디가 늘 가지고 다니던 채처럼 잘 맞는다고 칭찬을 해 무척이나 흐뭇했다. 그렇게 새 채로 연습에 매진했으니 이제 내 것이 되었나 싶다. 내가 가장 부족한 부분은 어프로치인데, 늘 해왔던 쳐올리는 방식 대신 범프 앤 런을 처음으로 시도해보았다. 굴리는 샷은 처음이라 감각이 없어서 만족스러운 모습이 나오지는 않았지만, 타수를 줄이기 위해서는 꼭 필요한 기술이다. 아이언 다루는 기술이 아직은 모자랐기 때문에 마음이 자꾸만 조급해진다.

그러나 어쩔 수 없다. 나의 강점인 연습 또 연습, 무한 연습에 돌입하는 수밖에. 지금 당장은 나아지는 것 같지 않더라도 매일 조금씩 분명히 전진할 것이다. 분명 그럴 것이다.

지난 금요일에는 앞 조에서 샷을 하는 것을 봤다면서 한 여성 골퍼가 말을 걸어왔다. 어떻게 하면 잘 칠 수 있는지 물어와 꾸준히 하는 것이 가장 중요하다고 여러 번 강조했다. 그녀는 대구에서 매주 금요일마다 선리치 골프장에 온다고 했다. 그녀가 치는 것을 멀리에서 지켜보니 나무랄 데 없이 훌륭했다. 앞으로 멋진 골퍼가 되겠구나 싶었다. 처음 골프를 시작할 때 초면인 누군가에게 이런 부끄러운 칭찬을 받을 수 있을 것이라 상상이나 했는가?

꾸준히 연습하다 보니 아직 모자란 점이 한참이어도 누군가에겐 따라잡고 싶은 모습으로 성장하게 되었다. 그녀 또한 성실히 운동하다 보면 지금의 그녀 같은 사람을 훗날 만날 수 있을 것이다. 내가 그랬던 것처럼 말이다.

골프는 매너의 운동

한 번쯤 꼭 같이 라운딩하고 싶은 분이 계셔서 이전부터 여러 번 요청을 드렸지만 10년 전 골프를 그만두었다며 늘 거절이 돌아왔다. 골프만큼 좋은 운동이 없지 않냐며 권해도 이제 골프는 진절머리가 난다고 한다. 예전에 접대 골프를 하도 많이 해서 이제는 즐거운 기억이 남아 있지 않다고 했다.

한번은 사업상 중요한 분들을 모시고 필드에 나갔는데 갑자기 비가 오기 시작했다고 한다. 날이 궂으니 그만하고 가고 싶은데 그분들께서 아랑곳하지 않고 빗속에서 라운딩을 계속 진행해서 비를 쫄딱 맞고 나니 한동안은 골프채를 쳐다보기도 싫었다고 한다.

나에게 골프는 즐거운 기억으로만 가득 차 있는데, 누군가에게는 동반 골퍼가 사업에 영향을 주는 귀한 사람이라 의견 한번 내지 못하고 끌려다닌 힘든 기억으로 남아 있던 것이다.

라운딩하다 만난 한 친절한 캐디가 이런 말을 해 주었다. 골프를 꽤 잘 하시는 분이 사업상 귀한 손님들을 모시고 골프장에 왔는데, 귀한 분이 '왜 그렇게 잘 치냐'고 던진 한마디에 일부러 이상한 샷을 휘둘러 못 치는 척을 했단다. 귀한 분의 공을 찾으러 숲속으로 해저드로 몸을 던져 헤집고 다녔다고도 한다. 그런 것을 보고 삶이란 이런 것인가 싶어 안쓰러웠다며, 늘 즐겁게 치는 사람보다 이런 사람이 더 많다고 덧붙였다.

사업이 뭐라고 기꺼운 마음으로 즐기는 운동마저 그렇게 해야 하나? 그 마음이 이해가 되면서도 이제는 취미로도 즐길 수 없을 만큼 골프에 학을 떼게 되었다니 나로서는 무척이나 마음이 아렸다. 내게는 새로운 인생을 열어 준 시발점이자 꿈이고 희망인데, 누구에게는 절망으로 남는다니 속상하다.

골프는 스코어보다도 매너가 중요한 운동이다. 초보 시절 아무것도 모르고 필드에 나갔을 때 눈에는 거리밖에 보이지 않아 퍼팅 라인을 밟는 줄도 모르고 친 날도 많았다. 홀컵 주변에서 내 쪽으로 퍼트를 한 적도 있고, 멀리건을 주지도 않았는데 그냥 하나씩 멋대로 친 적도 있었다. 지금 돌이켜 보면 부끄러운 일들이지만 함께 나갔던 분들께선 너그럽게 봐 주셨다. 이제는 경기력뿐만 아니라 골프를 하며 갖추어야 할 매너도 하나씩 배운다.

캐디의 이야기 중에 이름만 들어도 벌벌 떨릴 정도로 매너가 좋지 않은 초보 단골손님이 있었다고 한다. 거리가 얼마이고 라인이 어떻고 친절하게 가르쳐 드려도 자신의 실수를 캐디 탓으로 돌리며 불같이 화를 내는 사람이었다. 예전에는 캐디들끼리 사인으로 이런 '진상' 골퍼들의 가방에 별표를 그려 넣었다고도 한다.

이제는 내 스코어도 눈에 들어오고 뭘 해야 할지도 보이지만, 골프를 처음 시작하고 한참 시간이 지날 때까지도 룰을 제대로 모르고 멋대로 굴던 시절이 있었다. 지금은 매너도 여유도 배우고 조급해하지 않는다. 드라이브 거리가 늘어나면서 여유가 생기니 다른 분들의 공을 찬찬히 봐 드릴 시간도 생겼다. 여유가 매너를 만든다는 사실을 이제야 체감한다.

골프채를 다시 쳐다도 보기 싫다던 분과 언젠가 한 번은 꼭 같이 라운 딩을 하고 싶다. 매너 있는 사람들과 운동을 하면서 실은 골프가 이렇게 즐거운 운동이었음을 느낄 수 있다면 좋겠다. 아주 오랫동안 함께.

긍정적으로 생각하면
모든 게 천운

옥류봉에서 불어오는 바람은 한여름에도 에어컨이 필요 없을 만큼 맑고 시원하다. 우리 둘째가 여기에서 돌을 지냈으니 26년쯤 이곳에서 살았다. 다른 곳으로 이사를 할까 생각은 여러 번 했지만, 이 맑고 시원한 공기를 두고 떠날 수 없어 지금까지 미적거리고 있다는 게 더 옳다. 그만큼 많은 추억이 담긴 동네다.

얼마 전 주차장에서 위층에 사시는 어르신을 만났다. 연세가 70을 넘기셨는데도 늘 곱게 다니는 분인데 김천에 돌아와서 어떻게 지내냐고 살갑게 물으셨다. 골프에 푹 빠져 있는 이야기를 들려 드렸더니 같이 라운딩을 할 수 있냐고 물으셨다. 동기생들 골프 모임에 가기로 했는데 드라이브 거리가 짧아 연습이 필요하다는 이유였다. 같은 단지에 산 지 오래되었고 이런 운동 제안은 언제나 환영이다. 당연히 가능하다고 곧장 말씀드렸다.

그런데 당장 내일이나 모레에 골프를 하고 싶다 하셨다. 요즘은 골프 스케줄이 빡빡하게 짜여 있어서 예약이 어떻게 될지 모르겠다며 노력은 해 보겠으나 장담할 수 없다고 말씀드렸다. 부족한 실력을 연습으로 메꾸고 싶은 그 마음을 나 또한 잘 알고 있어서 아무리 바빠도 어르신의 부탁을 꼭 들어 드리고 싶었다.

어렵게 예약을 하고 여기저기 연락해 동반자를 모았다. 사정을 여차여차 설명하니 다들 좋아하며 흔쾌히 참여해 주었다. 그렇게 하루가 지났는데 어르신께서 갑자기 운동을 못 가게 되었다면서 위약금을 내겠다고 말씀하시는 게 아닌가? 오랫동안 투병하던 오빠가 오신다고 하는데, 그럴 수도 있지 생각하면서도 난감했다. 해약도 안 되는 주말 예약에 동반자도 어렵게 모았는데 어떻게 하나.

한 지붕 이웃끼리 골프를 할 수 있다는 즐거움과 아쉬움을 잠시 미뤄두고 당장 하루 남은 골프 모임을 어떻게 해야 할지 고민에 빠졌다. 위약금을 부담한다고 하셨지만, 그렇게 하고 싶지는 않아 부지런히 주변에 전화를 돌려 대신할 분을 모셨다. 더 잘 치고 싶다고 부탁을 하셨던 그 마음과 갑작스럽게 생긴 사정으로 위약금까지 내겠다고 하신 마음이 와 닿아 그 마음의 짐을 덜어 드리고 싶었다.

우여곡절이 있었지만, 위층 어르신 덕에 보고 싶었던 사람들을 모시고 운동할 수 있어서 내심 기분이 좋았다. 이런 기회가 쉽게 오는 것은 아니니까. 긍정적으로 생각하면 모든 게 천운이다.

핑계 없는 무덤 없다

골프는 멘탈을 유지하는 게 중요한 운동인데 오늘따라 집중이 잘 안 되었다. KLPGA 셀트리온 퀸즈 마스터즈 경기가 있고, 바쁜 스케줄이 있는 분들을 급조해서 모셨으니 운동하기 최적의 상태라고 할 수 없었다. 그렇지만 날씨는 무척이나 좋았다. 구름 한 점 없는 푸른 하늘에 시원한 바람도 간간이 불어서 눈도 마음도 탁 트였다. 그래서 집중력과 관계없이 더할 나위 없게 즐거운 라운딩이 되었다.

풀 세트로 맞춘 혼마 골프채로 두 번째 라운딩을 돌았다. 연습할수록 채가 손에 익어 드라이브 거리도 조금씩 늘어나 만족할 만했다. 충분히 투온이 가능했지만, 라이가 좋지 못해 거의 엣지에 공이 떨어지는 바람에 파세이브보다는 보기로 마감했던 퍼트가 많았다. 아쉬움은 있었지만, 이 정도면 만족스러웠다.

경기 내용도 그러했지만, 워낙 좋아하는 분들을 모신 날이다 보니 시간이 너무 빨리 흘러간 것처럼 느껴질 정도여서 끝내기가 아쉬웠다. 동반한 분들도 실력이 비슷해 재미있게 경쟁 구도가 만들어져 다 함께 즐거운 시간을 보냈고, 다음 약속을 잡고 헤어졌다. 늘 흔쾌히 시간을 내어 주셔서 감사드린다.

이날 집중이 잘 안 되었던 이유로 나는 화장대에 두고 온 선글라스를 들었다. 유독 퍼트가 20cm 짧거나 길었는데 머리 위에 선글라스가 없어서 고개를 고정하지 못해 깻잎 한 장 차이로 홀컵을 벗어났다는 나의 우스갯소리에 동반자들이 기가 막힌다며 이유도 가지가지라 했다. 장인은 도구 탓을 하지 않는다지만 도구 외에도 108개 핑곗거리가 있는 걸 어쩌겠는가?

또 다른 이유로는 KLPGA 셀트리온 퀸즈 마스터즈가 열리는 날이었기 때문이다. 내가 열렬히 좋아하는 박민지 프로가 우승권에 있었는데 무슨 일이 있었는지 13라운드에서 진행이 더뎌지고 있었다. 분명 중간중간 확인을 했는데도 이유를 알 수 없었다. 박민지 프로 팬클럽에 누군가 오늘 우승 확률이 63%라고 올렸는데 나는 100% 우승한다고 반박 댓글을 달았다. 만약 오늘 우승해서 3연패를 한다면 내가 한턱낸다고 큰소리 떵떵 쳤기 때문에 여간 신경 쓰이지 않을 수 없었다.

그런데 라운딩 후 식사를 하러 가는 길에 박민지 프로의 우승 소식을 접했다. 역시 박 프로답다고 생각했다. 집에 돌아와 텔레비전을 켜니 경기 재방송을 해 주고 있었는데, 마지막 연장전에서 홀컵을 360도 빙그르르 돌아 들어가는 이글 퍼트를 보고 심장이 두근거리다 그대로 멎어버리는 줄 알았다.

"아무것도 생각 안 하고 푹 쉬고 싶다. 숨이 안 쉬어질 만큼 울렁거리고 긴장되었다."라고 하는 그녀의 인터뷰를 보니 울컥하는 마음이 들었다. 천둥과 번개, 비가 몰아쳤고 낙뢰로 중간에 경기가 중단되었던 모양이다. 그런 최악의 조건 속에서도 얼마나 몰입하고 집중했으면 우승이라는 결과를 가져왔는지, 자신의 모든 걸 쏟아붓고 잔뜩 피곤해하는 그녀의 모습이 진정 아름답고 멋졌다.

진심을 담아 축하 메시지를 팬클럽에 올리며 한턱낼 방법을 찾았다. 일단 현장 응원을 하러 가신 분들께는 경주의 명물 황남빵을 한 통씩 보내드리겠다고 올렸다.

어떤 상황이든 최선을 다한 그녀의 모습이 너무 아름다운 데에 비해 나는 오늘 이런저런 핑계를 대고 흔들렸다. 반성하는 마음이 들었지만 그래도 좋았다. 내가 좋아하는 선수가 우승했고, 끝이 좋으면 원래 뭐든 좋은 게 아니겠는가. 덩달아 행복함만 가득한 하루다.

습지로의 산책

✦

라운딩을 시작한 지 4시간도 되지 않아 18홀을 다 돌았다. 앞 조에서 밀리고 뒤 조에서 기다리는 상황도 없이 빠르게 진행된 라운딩이었다. 앞뒤로 조급해지지 않으니 샷도 불안하지 않고 깔끔했다. 여유가 있으니 피칭 앤 런도 해 보고 범프 앤 런도 복습할 수 있었다. 행운이 찾아온 날이었다.

한 달 후에는 미국 노스캐롤라이나주의 파인허스트 CC로 간다. 오매불망 기다리는 US Adaptive Open이 열리는 곳이다. 얼마 전 우연히 소설 〈가재가 노래하는 곳〉을 읽었는데 이 책의 배경이 바로 미국 노스캐롤라이나주의 바클리 코브다. 얼마나 감명 깊게 읽었는지 몇 권을 더 사서 지인들에게 나누어 주었다. 여행사로부터 비행기 표를 받으며 그곳으로 가게 된 것이 운명이 아닐까 생각했다.

〈가재가 노래하는 곳〉은 습지에 사는 한 여자의 이야기이다. 가족들이 다 떠난 후 여섯 살 아이 카야가 습지에서 홀로 자라는 과정을 그렸는데, 상세하게 묘사된 소설 속 배경이 신비하고 아름답다. 문명이 잃어버린 생명력이 흘러넘치는 곳이었다. 카야는 혼자 살아가며 사랑을 배우고 글도 그림도 배워 간다. 얼마나 재미있었던지 시간 가는 줄도 모른 채 순식간에 읽어버렸다. 오랜만에 읽은 정말 매력적인 소설이었다. 언젠가는 이런 습지 속으로 산책을 떠나고 싶다는 열망이 나를 미국까지 이끈 것은 아닐까?

나는 여행을 준비할 때마다 하는 하나의 루틴이 있다. 내가 가고자 하는 도시를 배경으로 한 소설이나 영화를 다섯 편 정도 찾아서 보는 것이다. 그곳의 문화를 조금이나마 엿볼 수 있고, 도시 이곳저곳이 익숙해져 여행하는 동안 낯선 느낌이 줄어들어 더욱더 즐겁다.

특히 영화에 나온 곳을 지날 때면 괜히 반가운 마음이 든다. 노스캐롤라이나주를 배경으로 한 영화로는 〈노트북〉과 〈가재가 노래하는 곳〉 두 편을 보았는데 벌써 기대감이 잔뜩 부풀어 오른다. 마음은 이미 영화 속으로 풍덩 빠져 있는 중이다.

전국체전 예선전에서
만난 멋진 골퍼들

오늘은 골프협회의 요청을 받아 영천 오션힐스 CC에서 열리는 전국체
전 경북 예선전에 참여했다. 지난번 해외 골프 경기에 참여하기 위해 선
수 등록을 하러 골프협회에 갔을 때 김 전무가 매우 고마워했다. 여성
골퍼를 오랫동안 찾았지만 없었다며 '스스로 발굴돼 나온 선수'라고 제
발로 와 줘서 고맙다는 말이었다. 오늘도 참여하는 여성 골퍼는 나 하나
뿐이었다.

오션힐스 CC 클럽하우스는 반원 모양이라 어디에 서서 보더라도 넓
은 페어웨이가 한눈에 내려다보이는 시원한 곳이었다.

참가한 분들과 인사를 하다 보니 대부분 다른 대회에서 눈인사를 나
누어 어느 정도 안면이 있는 사이였다. 예천에 사시는 장 프로님은 이전
에 함께 식사를 했던 분이라 무척 반가웠다. 처음으로 국내 경기에 참
여했을 때 함께 라운딩했던 이 프로님도 다시 만날 수 있어 마음이 들떴

다. 출전한 팀은 이렇게 한 팀이 전부였다.

시간이 일렀는데도 불구하고 땅에서 뿜어내는 열기로 고온다습해 후덥지근했다. 그런데도 그린은 햇빛에 바싹 말라 공을 받기보다는 런이 많이 걸렸다. 온그린을 하고 좋아했던 것도 잠시, 조금 더 굴러서 엣지에 걸리거나 완전히 뒤로 넘어가는 경우도 많았다. 좋은 스코어를 장담하기에는 너무 어려운 환경이었다. 그래도 잠깐 허리를 펴고 하늘을 올려다보면 옅은 구름이 가득해 연한 푸른빛을 뿜는 한 폭의 그림이 보이니, 욕심내지 말고 즐겁게 치자고 스스로 다독였다. 연습을 겸해 결정한 출전이지만 모든 운동에 최선을 다하고 싶었다.

그런데도 무슨 벙커가 이렇게 많은지 모든 홀 주변에서 한 번에 올리기가 쉽지 않았다. 그린 앞에 하마처럼 입을 떡 벌리고 있으니 직접 공략하기가 쉽지 않아 돌릴 수밖에 없었다. 이 골프장의 시그니처 홀은 유명한 프로 골퍼 비제이 싱이 직접 설계한 파 3홀이었는데, 검은빛의 모래가 벙커를 가득 채운 멋진 곳이었다. 그만큼 어려운 곳이어서 벙커에도 여러 번 빠지고 해저드에도 많이 들어가다 보니 보기로 세이브를 하기도 힘들었다.

이 프로는 역시 훌륭한 파워를 가지고 있었다. 이전에 함께 쳤을 때도 샷이 참 멋졌는데 이날 보니 그때보다 한층 더 높은 수준이었다. 그의 샷에 감탄하다가 내 샷을 놓칠 뻔할 정도였는데, 그만큼 멋있게 우승컵을 거머쥐었다. 이렇게 골프를 잘 치는데 왜 일본에 오지 않았냐고 물었더니 "생계를 책임지는 가장이라 스폰서 없이는 해외 경기에 가기가 힘들다"는 대답이 돌아왔다. 해외 골프 경기에 가면 우승을 따놓고도 남는 실력인데 생계를 이유로 대니 머리로는 충분히 이해하면서도 아쉬움이 가득 찼다. 함께 해외 순회하러 갈 수 있도록 스폰서를 찾아 주든지 다른 방면의 길을 알아봐야겠다.

이제 다른 장애인 선수들을 보면 비단 남의 일이 아닌 내 일처럼 느껴진다. PGA나 LPGA 선수에게는 스폰서를 자처하는 곳이 많겠지만, 장애인 골퍼에게는 관심도가 현저히 떨어지고, 골프협회에서 지원해 줄 수 있는 예산도 몹시 미미하다. 전에도 익히 알고는 있었지만, 그래서 현실적으로 해결할 수 있게 무엇이라도 해야겠다는 생각이 든다. 전국체전뿐만 아니라 세계 무대에서도 실력을 펼치고자 하는 골퍼들의 꿈을 이루는 데 일조하고 싶다.

오늘의 평계를 대 보자면 골프장에는 벙커가 65개나 있었다. 그것을 제외하면 단점을 찾기가 어려운 훌륭한 골프장이지만 어쨌든 익숙하지 않다 보니 코스를 결정하는 데 힘이 들었다. 언제쯤 낯선 골프장에서도 거리낌 없이 훌륭한 코스를 잡아 멋진 샷을 날릴 수 있을까? 이런 질문을 나 자신에게 할 때마다 대답은 늘 같다. 연습, 연습, 또 연습뿐이다.

그동안 연속 라운딩을 하고 오늘도 루틴과 다르게 두 시간이나 일찍 일어나 경기에 참여하다 보니 나도 모르게 신경이 많이 쓰였는지 돌아오는 길에 눈꺼풀이 무거웠다. 더 운전하다가는 사고가 날 것 같아 차를 갓길에 세우고 쪽잠을 잤는데, 겨우 5분 잠들었는데도 기분이 상쾌할 정도로 맑아졌다. 컨디션 관리도 실력이라는 말이 있다. 언제든 버틸 수 있는 체력 또한 함께 갖추어야겠다.

공 친 날?
공 친 날?

시원한 빗줄기가 쏟아지는 날이었다. 연일 연습에 매진하고 있었지만, 강행군도 하루쯤 쉬며 체력을 보충해야겠다 싶다. 예전에 소나기는 일단 피하고 봐야 한다는 말을 실감 나게 경험한 적이 있었다. 잠시 비켜 있으면 언제 비 왔냐는 듯 아무렇지 않은 얼굴로 해가 불쑥 고개를 내밀지만, '이제 괜찮겠지' 하며 버티고 서 있다가 몇 분 지나지도 않아 머리부터 발끝까지 물에 빠진 생쥐 꼴이 되는 것이다. 한 번 체감하고 나니 오늘 하루는 빗줄기를 피하고 보는 게 상책일 것 같다.

여유가 생긴 김에 운동한다고 미루어 두었던 미국 여행 계획을 마무리하려고 자료들을 꺼내 들었다. 계획은 계획일 뿐 아무리 섬세하게 짜 놓는다 하더라도 현지에 가서는 무용지물이 될 때도 있다. 그래도 큰 틀을 만들어 두고 그 안의 작은 계획들은 융통성 있게 변경할 수 있도록 하면 큰 어려움은 피할 수 있다.

지난번 호주 퍼스에서 고속도로를 달리던 중 휴대전화 배터리가 다 되어 내비게이션이 꺼진 적이 있었다. 그렇지 않아도 운전석이 오른쪽에 있어 익숙하지 않아 온 신경을 쏟고 있었는데 내비게이션이 되지 않으니 어디로 가야 할지 순간적으로 눈앞이 깜깜해졌다.

차량에 부착된 기계는 영어로만 안내해 도무지 이해하기 어려웠다. 다행히 금방 고속도로 휴게소가 나왔고, 마트에서 차량용 충전기를 구매해 다시 내비게이션을 켤 수 있었다. 이런 경험이 있다 보니 보조 배터리도 가장 큰 용량으로 구매하고, 휴대전화 필름도 깔끔하게 새로 붙였다. 이제야 준비가 끝난 기분이다.

소나기가 온다는 재난 문자가 와서 그런지 분황사 앞을 지나가는데 주차장이 텅 비어 있었다. 늘 자동차가 빼곡하게 들어차 있어 다음을 기약하며 매번 지나쳤는데 기회다 싶어 주차하고 곧장 발걸음을 옮겼다.

사람 하나 없는 경내는 고즈넉하고 조용했다. 차분하게 가라앉은 공기가 마음을 안정시키고, 사찰 주변을 둘러싼 나뭇잎이 신선한 공기를 뿜어내고 있었다.

한참 그렇게 혼자만의 시간을 누리는데 갑자기 하늘에 먹구름이 드리우더니 또 소나기가 세차게 내리기 시작했다. 재빨리 집에 돌아가는데 빗줄기가 세졌다 약해졌다 하다가 결국에는 언제 그랬냐는 듯 맑은 하늘로 돌아온다. 하늘도 갈팡질팡하는 요즘이지만 덕분에 마음의 준비는 든든히 했다.

내 인생의 복권

✦

전날 쏟아진 비로 골프장에 수많은 꽃이 고개를 내밀었다. 키 작은 코스모스가 유달리 시선을 끌었고, 짙은 노란빛 테두리를 가진 붉은색 꽃이 잔뜩이었다. 골프장에 오니 꽃 구경도 실컷 한다. 눈이 색색으로 가득 차니 1번 홀부터 버디를 하면서 즐거운 시작이 되었다. 4m 남은 거리에서 오른쪽 홀컵을 노리고 쳤는데 컵 안으로 또르르 떨어졌다.

기분 좋게 다음 홀로 가는데 캐디가 미국 가는 여비에 보태라며 복권 한 장을 준다. 버디를 한 모든 사람에게 주는 복권이란다. 당첨되면 약간은 기부하라고 웃으며 말하는 성의가 고마워 라운딩이 더욱 즐거워졌다.

그 후 여러 번의 버디 기회가 있었다. 이미 잿밥을 받아서 그런가. 복권 한 장 더 받으려고 시도를 하다 보니 평소보다 좌측으로 공이 조금씩 당겨지며 깃대를 빗겨 나갔다. 캐디가 꼭 집어넣으려는 욕심 때문에 백

스윙이 조금 더 길어 무의식적으로 당기다 보니까 왼쪽으로 계속 빠진다고 딱 집어 조언해 주었다. 1.3 : 1이 더 좋은 퍼팅 스트로크이고 차라리 2 : 1로 가는 느낌이면 좋은데, 백스윙에 힘이 더 들어가서 버디를 놓친다고 귀띔해 준다. 나조차도 제대로 보지 못하는 것을 유심히 보고 조언해 주니 얼마나 고마운지, 게다가 틀린 말 하나 없이 전부 정답이다. 아닌 척 시침 떼고 있었지만, 주머니 속 든 복권에 눈이 돌아간 욕심 많은 나를 질책했다.

결국, 복권은 딱 한 장밖에 받지 못했다. 버디를 처음 한 번밖에 하지 못했다는 소리다. 무조건 집어넣을 욕심만 가지지 않았더라도 몇 장은 더 챙겼을 텐데 욕심이 모든 것을 망쳤다. 무념무상으로 공에만 집중해야 깔끔하게 홀컵 안으로 들어갔을 텐데 아쉬움이 많은 라운딩이었다. 그래도 내 자세만 보고도 무슨 생각을 하는지 꼭 집어서 맞혀 주는 멋진 캐디와 함께 운동할 수 있어서 영광이었다.

이제는 단지 개인의 우승만을 위해 운동하는 것이 아니라 국가대표로 뽑힌 만큼 한국의 자존심을 지킨다는 마음으로 열심히 연습해야겠다. 정말로 조금씩 드라이브 거리도 늘어나고 버디 기회도 나날이 많이 생기고 있어 발전하는 나의 모습에 만족스러워지는 요즘이다.

그래도 정신이 다른 데 조금 가 있다고 금세 샷이 무너지는 것을 보면 그렇게 연습해도 여전히 수행이 부족한가 보다. 어떤 상황에서도 항상 정신은 공에만 향할 수 있게, 멘탈이 조금 무너지더라도 몸은 무너지지 않게 마음 단단히 붙잡고 연습해야겠다. 그러면 홀컵은 항상 반갑게 나를 맞아 주지 않을까?

없어서 못 먹고,
안 줘서 못 먹고

날이 하루가 다르게 무더워져 간다. 9홀을 다 돌고서야 클럽하우스로 와 보니 외부 온도가 33도란다. 가열하게 뜨거워지는 땅을 식히기 위해 비라도 한줄기 뿌려지면 좋으련만. 그러나 운동할 때만은 온도가 몇 도 인지 개의치 않을 정도로 열심히 공에 집중했다.

롱 아이언을 안정적으로 치기가 어려웠다. 자꾸 고개를 벌떡 들어 샷을 하니까 6번 아이언이 30m나 모자라게 나온다. 그렇다고 유틸리티를 사용해 칠 거리는 아니다. 아이언만 안정적으로 칠 수 있으면 훨씬 나을 텐데 잘 맞다가도 이렇게 한 번씩 미스 샷이 나온다. 이유를 알고 있어도 단번에 고치기가 어려우니 이 얼마나 노력의 운동인가. 열심히 했다고 하지만 갈 길이 아직도 멀다.

정교한 샷 연습도 중요하지만, 무엇보다 중요한 것은 체력 관리이다. 식사도 든든히 하고 중간중간 간식도 확실히 챙겨 수분 부족을 막아야 한다. 매일 라운딩하는 것도 성실한 체력이 받쳐 주지 않으면 불가능한 일이다.

오늘은 소풍 가는 기분이 들 정도로 간식거리를 충분히 챙겨서 라운딩 중간마다 먹으며 잡담을 나누었다. 샷보다는 음식에 관한 이야기가 전부일 정도로 사담을 나누는 것이 너무 즐거워 시간 가는 줄을 몰랐다. 매니저님은 제주도 사는 지인이 보내 준 오메기떡을 하루에 세 개씩만 가지고 오는데, 떡 하나에 수박이나 블루베리를 곁들여 먹는 시간은 아주 평온하다.

선리치 CC에서 9홀을 다 돌면 이른 점심을 간단하게 먹는데 요즘에는 시원한 잔치국수에 온 신경이 가 있다. 우리 아버지께서 국수를 드시지 않아 어릴 때는 국수를 먹어 본 기억이 없다. 어머니께서 시집을 가서 보니까 집안 농사가 많아 저녁에 커다란 가마솥에 한가득 국수만 삶았다고 했다. 젓는 것만으로도 팔이 아팠는데 국수를 드시지 않는 아버지의 밥상을 따로 차려야 하는 게 더 힘들었다고 한다. 당시에는 그게 하도 얄미워 분가하면 매일 국수만 삶아 줘야지 다짐하기도 했단다. 이유는 알 수 없지만, 그 정도로 아버지는 밥만 드셨다.

그래서인지 우리 집엔 국수에 관한 에피소드가 큰 가마솥으로 하나는 나온다. 큰언니가 결혼한 후의 일이다. 시어머니가 저녁으로 국수를 먹자고 하신 뒤 볼일을 보고 오셨는데, 언니가 미리 준비한다고 국수를 삶아 대접에 담아 두었다가 보니 떡이 되어 있었단다. 국수 한 번을 먹어 본 적이 없는데 국수 삶고 준비하는 것을 어떻게 알겠는가?

나 역시 집을 떠나 대구로 유학 간 후에 친구들과 처음으로 국수를 먹어 보았다. 당시 모임에서 식사를 주문한다고 하면 스파게티보다는 리소토를 시키곤 했다.

남편은 국수를 너무 좋아해서 토요일에는 늘 국수를 먹었는데, 한번 입맛을 들이고 나니 국수 먹는 맛이 좋았다. 게다가 간편하고 시원하게 술술 넘어가니 요즘 같은 날에는 점점 더 국수가 당기곤 한다. 9홀을 돌고 와 잔치국수를 시원하게 들이키다 보면 더운 날씨에 쌓인 허기가 한 번에 씻겨 내려가는 듯하다.

매번 국수만 먹는 것 같아 미안한 마음에 매니저님께 좋아하는 음식을 물었더니 못 먹는 것 두 가지 빼고 다 좋아한다는 답이 돌아왔다. 없어서 못 먹고, 안 줘서 못 먹고. 이 두 가지만 제외하면 된다고 한다. 무난한 식성을 유머로 풀어내는 솜씨에 크게 웃으며 또 한 수 배웠다. 나도 그 두 가지만 빼고 잘 챙겨 먹으면서 미국 불볕더위에 견딜 체력을 단단히 쌓아야겠다고 다짐한다. 준비해야 할 게 한둘이 아니다.

나의 꿈이었던,
나의 꿈인, 나의 꿈일

우리 집 뒤 큰마을에서 개 짖는 소리가 크게 들린다. 수십 호가 사는 작은 마을인데 이름은 큰마을이다. 그 큰마을 뒤 옥류봉 산등성이에서 불어오는 바람은 언제 스쳐도 시원하다. 에어컨이 따로 필요 없을 만큼 선선한 바람에 개골개골 개구리 우는 소리도 섞여 들어온다.

코로나19로 나의 인생은 다시 한번 새로운 도전을 하게 되었다. 24시간 책임감에 눌려 살았고 눈코 뜰 새 없이 바쁘게 일을 해야 했다. 상황이 조금 안정되고 그 자리에서 물러난 것만으로도 한숨 돌리는 선물이었다.

팬데믹 상황 동안 많은 사람을 훌륭한 일꾼으로 키웠던 능력은 다시 자신을 단련할 수 있는 감독으로 진화했다. 책도 읽고 여행도 해 보고 시간의 제한 없이 인생의 경험을 착실하게 쌓았다. 무엇인가 새로 시도해 볼 때마다 너무 즐거웠다.

마음먹는다고 단숨에 이루어지는 것은 없다. 운동 며칠 한다고 달라지는 것 없고, 며칠 쉰다 해도 달라지는 것 없으며, 좋은 것 나쁜 것 며칠 먹는다고 크게 영향을 받지도 않는다. 그러나 그것을 한 달 두 달 조금씩 기간을 늘려서 하다 보면 스스로 느끼지는 못해도 확실하게 변해 간다. 내게 골프는 그런 인고의 시간이었다. 일주일을 연습해도 나아질 방도가 보이지 않았는데 거기에 절망하지 않고 계속 꾸준하게 연습을 하니, 한 달에 1%씩 천천히 꾸준하게 좋아지는 것이 눈에 보였다.

그렇게 스스로 90점 정도는 된다고 생각했을 때 다음 단계의 문이 열렸다. 아니, 정확하게 말하면 내가 그 문을 찾아 열었다. 호기심에 Australia Amputee Open 대회의 장에게 보낸 메일 한 통이 경주 충효동의 이름 없는 취미 골퍼를 세계 랭킹을 받는 아마추어 골프 선수로 변화시켜 주었다. 노력을 바탕으로 한 작은 용기가 내게 인생의 3막을 선사해 준 것이다.

고등학교 1학년 동창들과 대구에서 모임이 있었는데, 서로 40년 동안 함께하면서 때로는 경쟁하고 때로는 의지하며 어깨를 맞댄 사이다. 내 출전 소식을 듣고 아낌없는 지지와 격려를 보내 주었다. 이 친구들은 내가 다쳤다는 사실을 분명 알고 있었지만, 아무 걱정 없이 뛰어놀던 고등학교 시절 역시 마음으로 기억하고 있다. 나를 편견 없이 봐 주어서 함께 있으면 항상 마음이 편해진다. 그럴 수밖에 없을 정도로 평온한 일상에 안주하는 기복 없이 안온한 친구들이다.

하지만 나는 그렇게 살 수 없었다. 나의 20대를 기억하는 대학 친구들은 나의 사고를 직접 보았는데, 불행과 절망의 늪에서 허우적거리던

20대의 나를 어떻게 생각하고 있을까. 절망과 분노로 입을 꾹 다물고 슬픈 눈으로 바라보던 사람으로 기억하고 있을까. 타인이 보기에 나는 잔잔한 바다였을지 모르지만, 마음속은 어지럽게 흔들리는 폭풍 전야였다. 어디로 튈지 모르는 브레이크 고장 난 불안감 그 자체였다.

나의 인생 감독을 자처하던 나는 스스로 분노와 슬픔에서 건져내는 영화 세트장을 만들었고, 예전에 가지고 있던 모든 습관과 성격을 버리고 다시 태어나야만 하는 그 무대 위로 올라갔다. 화려하게 재기하는 해피 엔딩을 결말로 적어 두고 자신과의 길고 긴 싸움에 도전했다.

지금 나의 삶이 모든 것을 이룬 성공적인 생이라고 볼 수도 있겠지만, 나는 스스로 도전해야 할 기회가 아직 잔뜩 남은 진행 중인 영화라고 생각한다. 그 기회 중 하나가 지금은 골프다.

친구들에게 내가 생각하는 특별한 부자의 기준을 이야기한 적이 있다. 돈이 많은 사람을 대부분 부자라고 하지만, 내가 생각하는 부자는 삶을 살아가면서 끝없는 호기심을 바탕으로 무한한 도전을 하는 사람이라고. 돈 대신 경험을 자산으로 그득히 쌓아 둔 것이 내게는 최고의 부자라고. 물려받은 유산이 돈이든 건물이든 그것으로 다채로운 삶을 색칠하지 못한다면 내 기준에는 부자가 아니라고 단호히 말했다.

"그럼 앞으로 골프만 칠 거야?"

요즘 만나는 사람들에게 이런 질문을 자주 듣는다. 아마추어 골프 선수가 된 이후부터 US Adaptive Open은 나의 꿈의 무대였다. 지금 내 눈앞에는 미국 무대로 떠나는 것밖에 목표가 없는 듯하지만 그렇다고 해서 그게 전부인 것은 아니다. 다른 해야 할 일을 남겨 둔 것도 없는데,

하고 생각하다가도 무언가가 눈앞을 스쳐 지나간다.

코로나19로 인해 전쟁 같았던 그 시간이 요즘 종종 떠오른다. 밤을 새워 온 병동을 감염 병동으로 만들어 환자들의 생명과 안전을 지켰던 눈물겨운 시간이 지금 외면당하고 있다는 사실이 무척이나 속상해 견딜 수 없다. 코로나19를 막기 위해 전력을 다했던 병상이었는데, 이제는 일반 환자들이 찾지 않아 경영난에 빠진 상황이 몹시나 마음이 아프다. 그곳에서 떠나와 새로운 꿈을 만났지만 언제 다시 돌아갈지 그것은 나도 모르는 일이다.

나의 꿈은 나의 삶 곳곳에 펼쳐져 있다. 나의 꿈이었던 것들, 나의 꿈인 것들, 나의 꿈일 것들은 각각 따로따로 있는 것이 아니라 서로 연관되어 존재한다. 그 모든 것을 이룰 수 있기를 욕심내 본다.

나의 골프 과외 선생님

골프 규칙은 한국 여자 오픈에서 배우고 있다. 경기를 보면서 규칙뿐만 아니라 마음가짐, 자세까지도 배울 수 있으니 훌륭한 교본이 아닐 수 없다.

이른 아침, 잠에서 깨 미루어 둔 청소를 했다. 집안일에는 영 서툴러 조금만 시도하려다 보면 여기저기 멍들고 베이기 일쑤다. 그래도 이것도 익숙해지겠지. 지금은 절대 다치면 안 되니 조금 더 신경 써서 행동해야 한다.

오늘은 한국 여자 오픈 최종 라운드가 있는 날이다. 작년처럼 현장에서 좋아하는 선수를 직접 응원하고 싶었는데 눈앞에 닥친 큰 경기 때문에 집에서 마음만 보냈다.

경기 장소는 일반인은 평소보다 7타는 더 쳐야 하는 어렵고 험난한 코스인 레인보우힐스 CC로, 비거리가 길고 정교한 샷이 특기인 선수들의 승률이 높았다. 별이 보이는 언덕이 있는 난해한 코스로 업 다운이 심해 예측이 어려워서 보기를 하지 않는 선수들이 없을 정도였다.

텔레비전을 통해 보는데도 손에 땀을 쥐게 하는 경기였다. 샷을 잘하는 선수도 공을 그린에 올리려다가 두세 번 흘러 멘탈이 흔들릴 정도로 공략이 어려워 보였다. 온탕 냉탕을 여러 번 오간 경험이 있는 나로서도 그 마음이 무척 공감되었다.

내가 가장 좋아하는 박민지 프로는 1홀에서 시원한 드라이브를 날리며 시작했지만, 두 번째에는 페어웨이를 지키지 못했다. 풀숲으로 들어간 공을 찾아 쳤는데도 빠져나오기가 쉽지 않아 보였다. 결국엔 공을 꺼내 페어웨이로 치면서 보기로 홀을 마무리했다. 첫 홀부터 보는 내가 숨막히게 긴장되었다. 그래도 3홀에서는 정말 멋진 샷을 보여 주며 버디로 홀을 지켜냈다.

프로 경기를 보면 경기 중 있을 수 있는 모든 상황을 전부 알 수 있다. 따로 규칙만 달달 외우지 않아도 될 정도로 많은 것을 배울 수 있는 시간이다. 특히 이날처럼 힘든 경기에서는 더 많은 규칙과 마음가짐을 얻을 수 있다.

나에게 골프에서 가장 어려운 것은 라이가 좋지 않은 상황에서 샷을 해야 하는 경우다. 경사가 있는 샷이 여간 어려운 게 아니었다. 특히 내리막길에서 휘둘러야 할 때는 언제나 슬라이스가 나오고 거리는 길게 빠졌다. 조준을 잘한다고 해도 페어웨이를 벗어나 러프나 벙커에 들어가기 일쑤다. 다 알면서도 그대로 행하기가 힘드니 골프는 할수록 어려운 운동이 분명하다.

프로 경기를 보면 괜히 나의 경기를 떠올리게 된다. 호주 대회에 나간 것이 내 생애 첫 경기 라운딩이었는데, 특별한 경험도 없이 무작정 도전한 것이다 보니 볼을 못 찾아서 처음으로 벌타를 받은 기억이 있다. 그때는 규칙도 제대로 몰랐고, 상대 타수는 물론 내 스코어도 제대로 세지 못할 정도로 미숙했다. 그래서 이런 흥미진진한 경기를 보며 모든 샷을 지켜보는 게 내게는 충분한 과외가 된다. 나도 이렇게 멋진 샷을 날려야 할 텐데.

내가 좋아하는 선수처럼 필드에서 멋진 폼을 만들어내는 나를 상상해 본다. 불가능은 없다.

미남의 기준

시원하게 펼쳐진 잔디밭을 마주하니 온도가 24도밖에 안 되는 선선한 날이다. 바람도 살살 불어 운동할 때 오늘만큼 좋은 날을 찾기가 어려울 것 같았다. 게다가 나를 응원하기 위해 지인인 최 회장님이 찾아와 주셨는데, 타이틀리스트 공 한 박스에 이것저것 배려해 주신 것이 한둘이 아니었다. 나의 꿈을 실현하기 위한 한걸음에 힘을 보태 주기 위해 바쁜 일정 속에 귀한 시간을 내어 주셨다.

날도 좋은 데다 앞뒤 조 모두 딜레이가 없어 3시간 만에 모든 라운딩이 끝났다. 아쉬울 정도의 시간이었다. 최 회장님께서는 파5 핸디캡도 어려운 홀에서 이글을 만들어냈다. 함께 많은 라운딩을 했는데 공을 치면 원하는 대로 쭉쭉 나아가게 만드는 제대로 된 고수였다. 함께 라운딩하는 것만으로도 깊은 가르침을 주었다.

최 회장님은 유머가 뛰어난 분이셨는데, 사생활과 드라이브는 아주 관계가 깊다며 호탕하게 웃으셨다. 조금 당겨쳐도 페어웨이 한가운데로 들어왔고, 도로에 맞아 다른 사람 같으면 충분히 에러가 났을 법한 샷도 치는 족족 페어웨이로 끌어당겨 왔다. 반듯한 사람은 언제나 바르게 공이 돌아온다는 유머도 함께였다.

내가 미스 샷을 하면 공을 던져 주시면서 다시 한번 쳐 보라고 하며 세심하게 자세를 봐 주었다. 경기가 끝나고 나서는 차비와 함께 보기 드문 지역 인재라는 칭찬을 아끼지 않으셨다. 정말 따뜻하고 배려 깊으면서도 쿨한 큰오빠 같은 분이라는 생각이 들었다.

이전에는 키 크고 호리호리한 잘생긴 남자를 미남이라고 생각했는데, 오늘부로 나의 미남 기준이 바뀌었다. 유머러스하면서도 센스 있고, 생색내지 않아도 배려가 넘치는 사람이 진정한 미남이다. 그런 의미에서 나의 오늘 라운딩은 엄청난 미남과 함께한 귀한 시간이었다.

나의 여정의 시작이자 끝이 얼마 남지 않았다. 아직도 엣지만 가면 덜컥거리기도 하고 스스로 못 믿어 그린을 홀쩍 넘기는 긴 샷을 날리기도 하지만, 그래도 날이 갈수록 샷이 정교하게 다듬어지고 있다. 긴장되는 것은 사실이지만 그만큼 기대하고 있다. 나는 잘할 수 있을 것이다.

내게 맞는 공을 찾아서

골프채도 그렇지만 요즘은 골프공도 너무나 다양하다. 어떤 것을 골라야 할지 모를 정도로 새로운 기능을 뽐내는 공들이 매번 나를 유혹한다. 축구공 무늬의 연두색 공으로 홀인원을 한 후로 캘러웨이 공을 오랫동안 사용했다. 꼭 행운의 공 같아서 항상 가방에 넣고 다녔지만, 요즘은 전과 같은 느낌이 들지 않는다. 채도 과감하게 바꿨으니 공도 바꿀 때가 된 모양이었다.

공을 바꾸기 위해 다양한 공을 연습 삼아 쳐 보곤 한다. 어떨 때는 스코어가 좋고 또 어떨 때는 나빠 이것이 골프채 때문인지 골프공 때문인지, 아니면 그저 나의 컨디션 탓인지 쉽게 판단할 수가 없다. 2피스 공과 3피스 공 중에 무엇이 더 좋은지, 이것과 저것 중엔 어떤 것이 더 나은지 사람마다 추천하는 공이 다르다. 그만큼 사람마다 자신에게 맞는 공이 다르다는 뜻일 것이다.

결국, 나 역시 나에게 맞는 공을 찾아야 한다. 골프샵에서 여러 가지 종류의 공을 골고루 샀다. 하루는 2피스, 하루는 3피스를 번갈아 가며 매번 새로운 공을 쳐 보았다. 타구감, 비거리, 스핀이 좋은 공을 찾아야 하지만, 그런 것을 정교하게 느끼기에는 아직 공에 대한 감각이 서툴러서 결정하기가 어렵다. 나는 공을 잘 잃어버리지 않는 편이라 더더욱 딱 맞는 공을 찾고 싶다.

모든 종목이 그렇듯 골프 역시 공에 대한 규격이 확실하다. 무게는 45.93g 이상이어야 하고, 지름이 42.67mm보다 작으면 안 된다. 코어에 쌓인 껍질이 두 겹이면 2피스, 세 겹이면 3피스로 나뉜다. 껍질의 재질에 따라서도 달라져 고무를 잘 다루는 타이어 회사에서 골프공을 제작하기도 한다. 이론적이든 예쁜 색이든 선택을 마치고 나면 그다음에는 자신의 플레이와 맞는 공을 선택해야 한다.

어떤 공으로 치든 드라이브 비거리는 비슷한데 아이언 비거리가 조금씩 달라 런이 많은 공이 좋은지, 스핀이 적당히 걸리는 공이 좋은지 고민이다. 내 느낌에 좋은 공을 고르는 게 최고라지만 그 느낌이라는 것이 매번 달라지는 것 같다. 스코어 관리에 도움이 되는 공, 느낌이 좋고 적당한 비거리가 확보되는 공, 스핀이 잘 먹는 공 등 선택의 기준을 작성해 이번 주 내로 최종 결정을 내야겠다.

장인은 도구 탓을 하지 않는다는 옛말은 거짓말 같다. 물론 장인은 어떤 도구로도 잘 해내겠지만 더 멋지게, 더 훌륭하게 해내기 위해서는 도구의 도움도 필요하다. 나와 궁합이 잘 맞는 공이 조만간 손에 딱 잡혔으면 좋겠다.

내 인생에 새겨질
소중한 추억

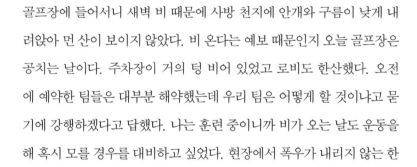

골프장에 들어서니 새벽 비 때문에 사방 천지에 안개와 구름이 낮게 내려앉아 먼 산이 보이지 않았다. 비 온다는 예보 때문인지 오늘 골프장은 공치는 날이다. 주차장이 거의 텅 비어 있었고 로비도 한산했다. 오전에 예약한 팀들은 대부분 해약했는데 우리 팀은 어떻게 할 것이냐고 묻기에 강행하겠다고 답했다. 나는 훈련 중이니까 비가 오는 날도 운동을 해 혹시 모를 경우를 대비하고 싶었다. 현장에서 폭우가 내리지 않는 한 라운딩을 할 것이다.

몇 날 며칠을 졸라서 우리 집 첫째 아이와 함께 라운딩을 나왔다. 함께 많은 것을 경험하고 싶은 내 마음을 아는지 모르는지 궂은 날씨에 열심히 투덜댄다. 해야 할 것도 많고 남편도 챙겨야 한다며 불만이 산더미다. 한 귀로 듣고 한 귀로 흘렸다. 오늘 약속을 한 이상 무조건 하는 거니까 나는 그저 즐겁다. 가끔 같이 운동하면서 곁에 두고 싶은 건 나의 욕심일까? 아직 골프에 푹 빠지기에는 이른가 싶다. 나는 이것조차 함께 보내는 시간이어서 행복한데.

골프는 잘 못 쳐서 싫다고 한 큰아이는 한 홀 한 홀 지날 때마다 샷이 좋아지더니 한 번은 드라이브로 180m나 보냈다. 조금만 더 연습한다면 200m는 충분히 갈 수 있을 것 같았다. 라운딩이 끝날 무렵에는 100타 이내로 쳤다면서 은근히 좋아하는 모습이 보기 좋았다. 못 쳐도 좋은 게 골프라서 그럴 줄 알았다며 같이 웃었다.

큰아이는 비가 와 풍성하게 올라온 초록빛이 예뻐서 좋고, 기대하지 않았는데 간혹 정타를 맞는 드라이브 샷과 우드 샷이 있어 좋다고 했다. 거기다 오늘 가져온 공도 거의 잃어버리지 않았고, 샷을 너무 멀리 날려 길을 벗어난 줄 알았는데 잔디 위에 얌전히 앉아 있었다며 즐거워하였다. 슬쩍 엿보니 루틴처럼 서너 번 연습해 보고 공을 치는데, 얼마 지나지 않으면 나보다 훨씬 더 잘 치게 될 것 같다.

나 역시 아이언 샷이 휘두른 만큼 정확한 거리를 날아갔다. 오늘따라 아슬아슬한 행운이 많이 비켜나 버디 기회를 여러 번 놓쳤지만, 끊임없이 도전하다 보니 파 세이브도 많이 했고 스코어도 만족할 수준으로 나왔다. 시작할 때는 날씨에 대한 걱정이 깊었는데 운동이 끝날 때까지 비한 방울 맞지 않고 깔끔하게 끝냈다. 우리가 4번 홀을 칠 때쯤에야 다음 손님들이 시작했다고 한다. 앞뒤 조 하나 없이 조용하고 특별한 시간을 누릴 수 있었다.

큰아이는 라운딩할 때 나오는 너무 다르다. 한 번 라운딩할 때마다 골프공을 30개는 챙기는 데 끝날 때쯤이면 남은 게 거의 없을 정도다.

좌우 여기저기 날아가 단숨에 잃어버려 로스트 볼을 미리 준비해 두지 않으면 내 공까지 싹 사라지곤 한다. 골프공 한 줄이면 충분히 라운딩을 마치는 나와는 다른 모습이다.

한편 큰아이는 오케이 문화를 이해하지 못했다. 공을 홀컵에 넣어야 하는 것이 골프인데 무조건 넣게 하는 것은 말도 안 된다는 것이다. 그렇게 하면 미완성이며 스포츠 정신에 어긋난다고 칼같이 선을 그었다. 미국에서 골프를 배운 탓에 골프 규칙을 지키는 게 몸에 배어 있어 스코어를 매기는 게 확실했다. 치는 것은 서툴러도 룰은 확실하게 알고 있었다. 꽤 오랫동안 명랑 골프를 즐기면서 해 온 나와는 반대다.

경기에서 50cm 거리도 못 넣을 때가 있다. 평소 1m 내외는 늘 오케이 사인을 받고 얼른 공을 치우는 게 습관이 되다 보니 경기할 때도 자연스럽게 손부터 뻗는 자신에게 당황한 적이 있다. 그렇게 되면 실격인데 오랜 습관이 무서운 일이다. 연습 때마다 홀컵까지 공을 넣는 것도 꼭 들여야 하는 습관인데, 큰아이와 함께 있으면 다시 한번 되새기게 된다.

이렇게 달라도 내가 좋아하는 골프를 큰아이와 함께하며 아주 오랫동안 누리고 싶다. 곧 서울로 이사 가면 얼굴 보기도 힘들 텐데 이렇게라도 만나 함께 라운딩하는 시간이 너무나 소중하다. 서로 투덜거려도 그 뒤에 따라오는 웃음이 보기 좋고, 멋진 샷을 날린 뒤 엄지손가락을 치켜드는 순간이 감동적이다. 좋아하는 사람과 좋아하는 운동을 즐겁게 하는 것, 게다가 날씨 덕에 한가로이 즐길 수 있는 것은 인생에 얼마 없을 소중한 추억이다. 큰아이에게도 먼 훗날 그렇게 기억되었으면 좋겠다.

아모르 파티

아이들이 어릴 때 함께 놀이공원에 가면 비눗방울 장난감이 곳곳에 널려 있었다. 총처럼 쏘는 것도 있고, 커다란 잠자리채처럼 후후 부는 것도 있었다. 비눗방울 하나만 있으면 얼마나 즐거워하는지 지켜보는 것만으로도 행복했다. 비눗방울을 잡겠다고 팔짝팔짝 뛰는 모습, 마당에서 빨래하는 날이면 둘러앉아 누가 가장 큰 방울을 만드나 내기했던 추억이 눈앞에 떠오른다.

오늘 선리치 CC에서 그때 동심의 세계가 다시 펼쳐졌다. 푸른 하늘 군데군데 몽글몽글한 구름만 있지 아무리 찾아봐도 바람을 느끼기가 쉽지 않았다. 프로 선수처럼 잔디를 뜯어 날려 보고 정교한 샷을 할 만큼 준비된 것도 아니었다.

그래서 정면을 바라보고 준비를 했는데 젊은 캐디가 약간 왼쪽으로 서라고 조언을 했다. 필드에 바람이 불어 그린을 놓칠 것 같았던 모양이다. 그걸 어떻게 알고 있나 싶어 돌아보니 잔잔한 공기 속에 동그란 비눗방울을 만들어 바람의 방향을 보여 주는 것이 아닌가? 조언을 받아들여 약간 왼쪽을 보고 쳤더니 거짓말처럼 공이 페어웨이 가운데에 안착했다. 비눗방울이 없었다면 바람 방향을 제대로 알지도 못하면서 고집을 피웠을지도 모른다.

바람을 알기 위해 비눗방울 스틱을 받아 홀마다 비눗방울을 만들어 날렸다. 바람 방향도 중요하지만, 꼭 동심으로 돌아가 소풍을 온 것 같은 기분이 들어 더 힘차게 동그란 방울을 채웠다. 그러면서도 바람의 방향을 고객의 눈앞에 보여 주기 위해 간단하지만 멋진 아이디어를 펼치는 사람이 어디 있나 싶었다. 자신의 직업에 충실하면서 효율적인 방법을 찾는 것을 보니 직업 정신이 투철하고 멋져 보였다.

니체를 좋아해 그가 쓴 책은 다 읽었는데, 그중에서 그의 이러한 철학을 가장 좋아했다.

'자기 자신을 극복하는 삶을 살아야 한다.'

삶이 고통스럽더라도 절망하지 말고 자신의 운명을 사랑해야 한다. Amor fati, 부정적인 것을 긍정적으로 가치 전환하여 자신의 삶을 받아들이는 적극적인 태도를 지녀야 한다는 말이다. 자기의 일에 최선을 다하는 젊은 캐디에게 내가 받아들인 중요한 삶의 철학을 비밀처럼 전수해 주었다. 받아들인다는 것은 어쩔 수 없이 흠뻑 젖는 수동적인 태도가 아니다. 고난을 긍정적으로 바꿔 나가는 적극적인 태도이다.

오늘도 다 함께, 아모르 파티.

골프는 나의 환상의 짝꿍

✦

중학교 시절 체육 시간에 운동장에 선을 그어 투포환 던지는 수업을 했다. 선수들이 사용하는 무거운 투포환은 아니었던 것 같지만 내가 던진 공이 그어 놓은 선을 훌쩍 넘어 날아갔던 기억이 생생하다. 아마 그대로 자랐다면 투포환 선수가 됐을지도 모르는 일이다.

투포환뿐만 아니라 어릴 때부터 공을 가지고 노는 것을 무척이나 좋아해 배구, 농구, 배드민턴, 탁구 등을 가리지 않고 즐겼다. 고등학교 시절에는 고교 야구가 상당히 인기가 있어 대회에 응원하러 갈 정도로 열의를 보이기도 했다.

상처는 시간이 지나면 아문다. 그러나 아문 상처 위, 달라진 신체 조건을 가지고 이전과 같이 살 수는 없었다. 사고가 난 뒤 20년 동안 들인 몸의 습관을 바꾸기가 쉽지 않았다. 의족을 만드는 기술이 지금처럼 발전하지 못해서 턱이나 장애물을 빨리 확인하지 못하면 쉽게 넘어지곤 했다. 물론 습관이 무섭다고 이제는 몸이 앞으로 움직이면 자연스럽게 균형을 맞춰 거의 넘어지지 않게 되었다.

그래도 공을 좋아하는 마음으로 내게 맞는 운동에는 무엇이 있을지 열심히 찾았다. 탁구도 배드민턴도 정말 좋아했지만 공의 속도가 너무 빨라서 대응하기가 어려웠다. 고도의 순발력이 필요했고, 빠른 속도로 달려드는 공에 대응하기 위해 몸이 나서다 보면 큰 사고가 날 수도 있었다. 그래서 제자리에서 심혈을 기울여서 할 수 있는 골프가 나에게는 딱 맞는 운동이었다.

드넓은 잔디 위를 마음껏 걷는 것은 내게 꼭 필요한 운동이었다. 게다가 타고난 팔 힘도 좋았고, 다른 사람들과 함께 라운딩하지만 내가 공을 치는 순간은 오롯이 혼자라는 것도 매력적이었다. 남을 이기기 위해 경쟁하기보다는 나의 실력을 향상하기 위해 부단히 노력해야 하는 것도 마음에 꼭 들었다.

어떤 사람들은 가만히 서서 공을 치는 골프가 무슨 운동이 되느냐고 한다. 하지만 온 신경을 집중해서 공을 치고 그곳까지 가서 다시 샷을 날려야 하는 골프는 시간도 오래 걸려 처음에는 한 번 라운딩하고 나면 녹초가 되어 집에 갈 수 없을 지경이 되기도 했다. 그래도 여러 번 라운딩하다 보니 운동이 끝나 집에 즐거운 발걸음으로 돌아갈 수 있게 되어 내 체력이 상당히 늘어났음을 짐작할 수 있었다.

같은 골프장에 와도 매번 다른 샷이 완성되기 때문에 지루하지 않고, 코스를 습득하며 자신과의 싸움에서 점점 우위를 점하는 것도 즐거웠다. 한국에는 경사가 있는 골프장이 많아서 자연스레 체력을 기를 수 있었고, 공에만 집중하느라 그렇게 움직이는 것이 피곤한 줄도 몰랐다. 몸이 불편해도 운동 스타일 덕분에 라운딩을 지연하지 않고 오히려 여유 있게 진행할 수 있었다. 내가 사는 도시 경주에는 골프장도 많이 있고, 조금만 부지런히 움직이면 얼마든지 골프를 할 수 있어서 여러모로 내게는 최적의 운동이었다.

홀을 하나 잡자면 한 팀을 꾸려야 라운딩을 시작할 수 있다는 것이다. 회원권이 있어도 친구들은 대부분 대구에 있으니 무용지물이었다. 경주를 벗어나서도 칠 수 있다는 마음가짐을 가진 후에야 친구들을 따라 전국 방방곡곡 다니며 꾸준히 골프를 할 수 있게 되었다. 그리고 보니 골프 덕분에 우물 안 개구리에서 탈출한 모양이다.

일본이나 호주에서는 경기장에서 카트를 몰고 페어웨이 안으로 들어갈 수 있어서 몸이 조금 불편해도 의지만 있다면 운동을 하는 데에 제한사항이 거의 없다. 그러나 한국 골프 대회에서는 카트 이용은 가능해도 페어웨이로 들어갈 수는 없다. 앞으로 많은 골프장이 이러한 여건들을 발전시켜 장애인 골퍼도 얼마든지 운동을 즐길 수 있게 되었으면 좋겠다. 넓은 잔디 위에서 공의 방향을 정해 채를 선택하고, 공이 홀컵으로 들어가 쨍그랑 소리를 만들어내는 유쾌한 경험을 누구든 할 수 있게 된다면 더욱더 좋겠다.

미국 대회에 참가가 확정되고 매일 운동하고 있는데 오늘이 16번째 라운딩이다. 공부하지 않고 좋은 성적만을 바라는 학생에게 타박하듯, 연습도 복습도 하지 않는 골퍼가 좋은 성적을 바라는 것은 언감생심이다.

시간을 엄청나게 투자해서라도 조금 더 나아지고 싶다. 연습만이 지금 내가 선택할 수 있는 유일한 길이다. 이런 기회는 쉽사리 다시 찾아오지 않을 것이다.

오늘도 나만의 연습, 나만의 방법으로 골프채와 골프공에 점점 익숙해지고 있다. 내 개인의 영광이기도 하지만 나를 보고 있을 누군가에게도 새로운 영광의 기회가 되기를 진심으로 바란다. 내가 골프를 만나 인생의 3막을 열었듯 누군가도 골프채를 잡을 용기를 얻었으면 좋겠다.

내가 만난 인생의 행운

✦

살아가면서 행운 같은 사람을 만난 적이 있는가? 그 사람으로 인해 삶이 송두리째 바뀐 적이 있는가? 내게는 망설임 없이 꼽을 수 있는 고마운 분이 계신다. 신세계 의지센터 허정용 사장님이 바로 그 사람이다. 그분이 만들어 주신 의족 덕분에 나의 삶의 질이 완전히 달려졌다.

아무리 좋은 회사에서 기능적인 의족을 만들더라도 그것이 사람의 몸에 온전히 달라붙지 않는다면 그 기능을 다 하지 못할 것이다. 환부를 감싸는 허 사장님의 소켓 기술이 의족과 나를 더욱 단단하게 연결해 주었다. 그 덕분에 활동성 또한 크게 좋아져 일상생활을 당연하게 누리는 것뿐만 아니라 아마추어 골프 선수로 다시 태어나게 해 주었다.

호주 대회에 참가했을 때 의족을 착용한 선수들이 내 곁에 모두 모여 내 의족의 기술력에 크게 감탄했다. 골프장을 거침없이 누비는 나의 모습을 보고 한국 기술의 섬세함을 인정하지 않을 수 없었다. 허 사장님의 손끝에서 나온 기술이 아니었다면 나는 골프 선수가 되겠다는 결심을 하지 못했을 것이다.

그는 어쩌면 나보다도 더 파란만장한 삶을 살았다. 비전 없었던 의족 사업에서 다들 떠나가고 홀로 남아 남이 알아주든 말든 개의치 않고 자신만의 기술을 완성했다. 세상이 알아주지 않는다고 해도 포기하지 않고 결국 빛나는 기술을 발전시킨 그가 너무나 존경스럽고 고마울 따름이다.

그는 그 누구보다도 자기 일처럼 나의 우승을 진심으로 축하해 주었다. 모두 허 사장님 덕이라고, 당신을 만난 게 내 인생의 행운이라고 격양된 감정을 전해 드렸더니 그는 오히려 나의 덕이라고 공을 돌린다. 끊임없이 섬세함을 요구하는 나 때문에 계속해서 연구하고 발전시키다 보니 기술이 좋아졌다고 하는 것이 아닌가. 실력뿐만 아니라 인품도 최고로 따뜻한 분인 걸 다시 한번 느꼈다.

호주에서 만난 선수들로부터 종종 허 사장님을 만나고 싶다는 연락을 받는다. 요즘은 의족 기술이 발달해서 의족을 착용한 채로 수영을 할 수 있을 정도로 뛰어난 제품이 많다. 하지만 섬세한 소켓 기술이 뒷받침되지 않는다면 사용하는 사람으로서는 불편을 감수할 수밖에 없다.

모르면 모르는 것이겠지만 이미 나의 편리함을 본 이상 그들에게도 더 편안한 움직임을 알려 주고 싶다. 내 인생의 행운이었던 허 사장님이 승승장구하기를 바라며, 내 핸디캡을 단숨에 가라앉혀 주었던 그 기술을 더 많은 사람이 만날 수 있기를 바란다.

운도 따라야 하는 골프

골프채를 주려고 팔을 내밀고 있어도 아무도 받아 주는 사람이 없다. 그렇게 한참을 서 있다가 오늘 셀프 라운딩을 하고 있다는 사실을 깨달았다. 캐디가 있는 것이 익숙하다 보니 캐디가 없어도 이렇게 채를 내밀고 있던 것이다.

지난번 호주 경기에 참여했을 때 하우스 캐디를 요청했더니 그런 것은 없다는 대답이 돌아왔다. 하우스 캐디라는 개념조차 없는 것이었다. 경기에 캐디가 필요하면 개인적으로 데리고 오는 것이지 골프장에 속해 있는 하우스 캐디는 단 한 명도 없었다. 그때는 몰랐지만, 이제는 해외 골프에서는 이런 상황이 익숙하다는 걸 잘 알고 있다. 그래서 더욱더 부지런하게 움직여야 한다. 채를 챙기는 것은 물론이고 그라운드를 파악하고 경기를 운영하는 것도 오롯이 혼자 해야 한다. 그러기 위해서는 캐디 없이 혼자 라운딩을 하는 것도 꼭 필요한 경험이다.

오늘 라운딩은 신라 CC에서 진행되었는데 권 약사님과 경주시 약사회 회장님이 함께해 주셔서 모처럼 옛이야기에 푹 빠져들었다. 내가 지역사회에서 오랫동안 일을 하는 동안에 다른 것에 신경 쓰지 않을 수 있었던 것에는 경주시 약사회가 반듯하게 시민들의 건강을 지켜준 것도 한몫했다. 그만큼은 경주시 약사회는 모범적으로 훌륭한 단체였다. 그리운 분들의 근황을 듣고 안부를 전하며 옛이야기에 웃음꽃이 활짝 폈다. 약사회에 재미있는 이야기가 없냐고 물었더니 이제는 본인들이 원로가 되어 잘 모르겠다고 한다. 우리가 벌써 원로라니? 나도 모르는 사이에 시간이 쏜살같이 지나가 있었다.

그래도 재미있는 이야기는 여전히 있었다. 어느 날 약국에 어떤 남성이 긴급한 음성으로 전화해 왔다고 했다.

"여성들이 주로 먹는 피임약을 먹어 버렸는데 어떻게 됩니까?"

어떻게 대답할까 고민하다가 무심히 이렇게 대답했단다.

"아마 임신은 안 되겠지요."

그러자 알겠다며 전화를 끊었다고 해 한바탕 웃었다.

이른 아침에 일어나야 해서 어제는 일찍부터 누웠는데 억지로 잠을 청해도 도저히 잠이 오지 않았다. 새벽까지 잠이 오지 않는다는 걱정으로 밤을 지새우다가 음악을 틀었는데 'I've been away too long' 이 흘러나왔다. 대학 시절 도서관에서 집으로 돌아갈 때마다 듣곤 했는데, 지금도 이 음악을 들으면 꼭 과거로 돌아간 것처럼 생생한 기억이 떠오른다. 빗장이 확 젖혀진 것처럼 그 시절 그리운 얼굴들이 눈앞에 떠다녔다. 내 인생에서 가장 어렵고 힘든 시간에 내 곁을 든든히 지켜 준 것이 바로 이 음악이었다.

회장님께서도 약국에서 여유 시간이 있으면 음악을 즐긴다며 닐 다이먼드의 'Sweet Caroline'을 크게 틀어 주셨다. 요즘 자기 전에 꼭 다섯 번은 듣는다는 'I can't stop loving you'도 함께 들었다. 밤하늘의 적막을 찢는 트럼펫 소리가 좋다고 하셨다. 다들 자신의 추억을 간직하고 있는 음악이 한두 개쯤은 있다. 그걸 함께 공유하며 감정을 나눌 수 있어서 앞 조를 기다리는 시간조차 풍요로웠다.

권 약사님은 일에 대한 열정이 대단하신 분인데, 골프를 '다 알고 있는 시험 문제인데 답을 딱 맞힐 수가 없는 것'이라고 정의했다. 평생 시험 문제라면 못 푼 것이 없는 분인데 골프만은 뜻대로 안 되는 모양이었다. 하긴 그러고 보면 우리가 모두 그랬다. 아무리 열심히 해도 실력이 쑥쑥 늘지 않으니 속이 답답하기도 하지만, 그만큼 우직한 매력이 있는 것이 골프라는 운동 아닌가.

신라 CC의 16번 홀에는 랑데부 홀인원을 기념하는 소나무가 멋지게 서 있다. 한 홀에서 한 팀의 두 명이 홀인원을 하면 랑데부 홀인원이란다. 홀인원도 확률이 어마어마하게 낮은데 같은 팀에서 또 홀인원이라니. 정말 운이 따르지 않으면 불가능할 행운이다.

우직하게 실력을 늘려가야 하지만 운도 따라 주어야 하는 골프. 정말 어렵고 또 어려워서 그만큼 특별하고 매력이 있다. 단번에 되지 않는 것이라 자꾸만 열심히 하고 싶은 욕심이 든다. 함께하며 응원해 주는 분들 덕분으로 그 욕심에 더욱더 세차게 불이 붙는다. 욕심을 갖게 해 주는 사람들이라니, 내 복이 참 많다.

US Adaptive Open
96명 리스트 발표

✦

날씨 예보는 틀리기 마련인데 오늘은 참 잘 들어맞았다. 조금의 어김도 없이 밤새 비가 내리더니 아침이 돼도 그칠 기미가 없어 보였다. 정오가 지나고 나서야 비가 그치고 먹구름이 사라지면서 조금씩 푸른 하늘이 드러났다. 운동하기에 딱 알맞은 날씨였다. 지금이라도 달려가 채를 휘두르고 싶지만, 마음이 앞서도 혼자서는 할 수 없는 운동이라 안 되는 건 안 되는 것이었다. 골프장에서는 해약해도 되고 골프를 해도 된다고 하는데, 아쉽지만 하루 쉬어 가는 것도 컨디션 유지에 도움이 되지 않을까. 올 장마가 길다던데 운동할 수 있는 날짜가 줄어들까 걱정이 된다.

미국 여행은 열흘로 짧다면 짧은 시간인데 준비해야 할 것은 산더미다. 비자도 렌트카도 제대로 준비되었는지 다시 한번 확인해야 한다. 근처 맛집도 확인하고 꼭 들러야 할 곳도 정리해 둔다. 그래도 여행은 준비할 때가 가장 즐겁다. 여행의 설렘을 가장 많이 느낄 수 있고, 또 얼마나 준비하느냐에 따라 시행착오를 줄이고 시간을 절약할 수 있기 때문이다.

US Adaptive Open 경기에 참여하는 96명의 리스트가 발표되었다. 참가하는 모든 사람을 알 수는 없지만, 일본에서 함께 라운딩했던 후미에 씨 이름도 보여 벌써 그리운 마음이 생긴다.

라운딩 여부가 결정되면 늘 하는 나만의 루틴이 있다. 보통은 라운딩 경험이 있는 골프장에서 운동하지만, 대회의 경우에는 전국 곳곳에서 개최되기 때문에 경험 없는 골프장도 많다. 처음 가 본 골프장과 경험 있는 골프장은 스코어가 5타 정도 차이가 난다. 그런 경우에는 집 앞 스크린 골프장에 들러 우선 스크린으로 라운딩을 하며 코스와 지형지물을 전반적으로 한 번 살핀다. 서너 번 정도 스크린으로 돌아보면, 실제와는 차이가 분명 있지만, 대략적인 코스 형태는 눈에 조금 익게 된다. 벙커와 해저드의 위치 등을 체크해 보는 것도 실제로 큰 도움이 된다.

미국에서 경기할 곳은 파인허스트 CC의 6번 코스다. 유튜브에 검색해 라운딩하는 모습을 모조리 다 찾아보았다. 그린도 좋고 페어웨이도 훌륭해서 보기만 해도 가슴이 탁 트이는데, 그곳에서 공을 칠 수 있다니 벌써 설레는 마음이 가득하다.

수많은 훌륭한 선수 사이에서 우승할 만한 실력은 못 되어도 그곳에서 함께 어깨를 나란히 하고 골프 경기를 할 수 있다는 사실만으로도 벅차고 행복하다. 이런 영광스러운 기회를 얻게 되었다는 것에 무궁히 감사하게 된다. 그렇게 되기까지 도와주고 격려해 준 많은 분을 위해서 오늘도 힘차게 채를 휘둘러야겠다는 생각뿐이다.

운동하니 건강해지고
건강하니 운동한다

새벽 천둥소리에 문득 잠에서 깼다. 근래 비가 끊이지 않았는데 오늘도 계속 비가 오면 월례회는 접어야 하나 잠깐 생각하다가 다시 잠이 들었다. 얼마 후 커튼 사이로 들어오는 햇빛에 눈이 부셔 벌떡 일어나 운동 갈 준비를 마치고 문을 나섰다.

골프장으로 가는 길에 하늘을 올려다보니 얼마 남지 않은 먹구름이 빠르게 사라지고 있었다. 몽글몽글한 구름이 가득했고 산마다 햇살을 잔뜩 받아 초록빛이 싱그러웠다. 오늘은 더 이상 비가 오지 않을 것이라는 확신이 들었다. 밤새 비가 쓸고 가서 그런지 공기도 먼지 한 점 없이 깨끗하고 산뜻했다.

동반자 한 분이 최근 태국으로 골프 여행을 다녀와서 신나게 여행 정보를 풀어주었다. 하루 종일 골프를 쳐도 가격이 아주 저렴하고 사람도 한산하고, 날이 덥기는 하지만 그 푸릇함마저 즐거움을 더해 준다고 나의 마음을 들뜨게 했다. 나 또한 당장 내일이라도 가고 싶은 마음이 들어 다음에 시간을 맞춰 함께 가 보자고 약속했다.

전지훈련을 다녀와서 그런가. 함께 오신 가족분의 샷이 확실히 좋아진 것이 티가 났다. 10일 동안 매일 18홀씩 쳤으니 실력이 쑥쑥 느는 것이 당연했다. 골프는 연습과 노력의 운동이라 하지 않았는가. 가지고 온 살구와 쑥떡을 나누어 먹으며 늘어난 실력에 연신 박수를 보냈다. 분명 운동을 시작하기 전에 아들 자랑, 손주 자랑은 하지 않기로 약속했는데 그 주제는 역시 빼놓을 수 없는지 연신 자랑이 이어진다. 화목하고 즐거운 운동이었다.

오늘은 내리막길에서 우드로 공을 쳤는데 오른쪽으로 치우치면서 굴러갔다. 고심해서 쳤는데 너무 오른쪽으로 향한 모양이었다. 조준을 잘해야 하는데 매번 다시 생각해도 막상 공을 칠 때가 되면 헷갈릴 때가 있다. 연습을 마무리하고 마음을 정리해야 할 시점에 이런 실수가 나오면 곤란하다. 골프는 첫 샷부터 마지막 샷까지 모두 연결되어 있어서 하나라도 실수를 하지 않는 것이 중요하다. 그러니 온통 운에 기댈 수 없고 연습량을 바탕으로 한 실력이 중요한 것이다.

다른 동반자 한 분도 공을 맞히는 게 힘들어 보였다. 원래 드라이브를 시원하게 날리던 분이었는데 오늘따라 앞으로 쭉 뻗기보다는 굴러가는 모양새다. 무슨 일이 있는 것이 분명해 물었더니 속이 조금 불편해서 내시경을 하고 약을 먹었다고 한다. 한 번에 확인하기 어려울 수 있으니 한 번 더 내시경을 해 보시라고 병원을 예약해 드렸다. 평소에 말수도 적고 남의 말을 옮기는 법도 없는 아주 점잖은 분인데 건강에 이상이 생긴 것 같으니 어찌 걱정이 되지 않겠는가.

이제는 아파도 병원에 가서 결과를 기다리는 게 두려울 나이다. 뭐 어쩌겠는가. 큰 병이라도 생기면 모든 것 그만두고 골프나 신나게 치자고 큰소리쳤다. 그전에 건강 관리를 미리미리 해 두어야 하는 건 당연한 순서다.

티잉 그라운드로 올라가는 길 좌측에 72홀 연속 라운딩 기념 식수가 있었다. 한 달 내내 다녀도 눈에 들어온 것은 처음이었다. 새벽 4시부터 시작해 늦은 저녁까지 72홀 라운딩한 것을 기념해 심은 나무라는데, 70대를 훌쩍 넘긴 분들이라는 사실에 매우 놀랐다. 얼마나 뿌듯하셨으면 기념 식수에 돌비석까지 세웠을까.

꾸준히 운동하다 보면 나이는 숫자일 뿐이라는 사실을 매번 깨닫는다. 더 나이 들어서도 열심히 운동해서 그런 체력을 유지하자고, 그런 건강을 갖고 살자고 다짐했다.

잘 안 되는 날인가 싶더니 그래도 18홀에서 20m나 되는 롱 퍼트에 성공했다. 안 되다가도 이렇게 하나씩 들어가 주니 다음에 또 와야 할 이유가 점점 늘어간다. 잘 되는 날도 있고 안 되는 날도 있으니 부단한 노력으로 잘 되는 날의 확률을 높여야 한다.

장마가 끝나야 쉬는 날 없이 연습할 수 있는 시간이 늘어날 텐데. 그래도 자연의 일을 인간이 어찌할 수 없으니 그냥 지켜보자. 그래도 중간중간 맑은 날 사람들과 만나 사는 이야기 나누며 운동할 수 있으니 어찌 행복하지 않으랴.

텅 빈 트렁크를 보면서

밤늦도록 이어진 비가 새벽이 될 때까지 여전히 내리고 있다. 오늘도 공치는 날이네. 비가 조금 쉬어가나 했더니 어김없이 장마가 계속된다. 먼 길을 라운딩하러 오실 분들을 생각하니 연기하는 게 낫다 싶었다. 비가 그친다 해도 수분을 잔뜩 먹은 잔디에서 올라올 연기를 생각하니 벌써 숨이 턱 막히는 기분이다.

이제 라운딩을 할 기회가 두어 번밖에 남지 않았다. 더욱 조급해진 마음으로 당장이라도 운동하러 가고 싶지만, 오늘은 체력을 보충하라는 뜻으로 알고 쉬기로 마음을 정했다.

한번 마음먹고 나니 시간이 너무 많이 남아돌았다. 무엇을 해야 할지 몰라 이 방 저 방 치울 것이 없나 기웃거리고, 하다못해 냉장고 문을 여러 번 여닫으며 심심한 입을 달랠 것을 찾았다. 매일 먹는 과일과 아이스크림도 거의 떨어져 가니 채워 놓아야겠다.

그동안 열심히 운동했으니 몸무게도 좀 줄어들었겠지 싶어 아무 걱정 없이 체중계에 올라섰더니 웬걸, 겨우 100g 빠졌다. 그 정도야 물 한 컵 안 먹어도 줄어드는 무게니 실은 하나도 변화가 없는 것이다. 이 더운 날에 이렇게까지 운동을 했으면 못해도 5kg 정도는 빠져야 하는 것 아닌가? 살이 전부 근육으로 교체된 거라고 믿어야겠다. 근육이 지방보다 무게가 더 나가니 지방이 사라지고 그 자리를 근육이 채운 것이라고 말이다. 아무래도 운동을 하면 입맛이 돌아 잘 챙겨 먹었더니 이렇게 된 것이 분명했다.

초반엔 똑같이 먹어도 운동하고 나면 몸무게가 쑥쑥 줄어들었는데 이제는 체질이 바뀐 모양이다. 그래도 몸무게가 줄어들었을 때는 항상 피곤하고 힘들었는데 적당히 체중이 불어나니 힘과 기력이 솟아나는 것 같아 만족스럽다.

체중계에서 고뇌까지 했는데도 시간이 남아서 스크린 골프장에 가 연습을 하고 우체국에 들러 바빠서 미루었던 우편물을 부치려고 집을 나섰다. 스크린 골프장 주차장에 차를 세우고 트렁크를 열었는데 비어 있었다. 순간적으로 몹시 당황해서 뒷좌석이며 트렁크를 샅샅이 찾아봐도 골프채가 없었다. 곰곰이 생각해 보니 원래 예약해 두었던 라운딩을 하기 위해 어제 골프장에 맡겨 두고 온 것이 기억났다.

연습에 정신이 팔려서 그런가. 이런 경우는 처음 있는 일이다. 라운딩을 못 갔으니 스크린에서라도 열심히 연습해야겠다는 생각뿐이었는데 이럴 수가 있나. 어디 본 사람이라도 있을까 봐 머쓱하게 다시 주차장을 빠져나갔다.

매번 정신을 똑바로 차린 채 산다고 생각했는데 가끔 이렇게 어설픈 행동이 나오면 스스로 한심해진다. 세상에 완벽한 사람은 없으니 실수 한 번 했다고 생각하자.

기분도 전환할 겸 넷플릭스에서 상영 중인 튀르키예 드라마를 봤는데, 배경이 아름답고 배우들의 연기가 돋보이는 로맨스 장르였다. 푸른 빛이 감도는 아름다운 바다와 석양에 젖은 하늘이 마음에 남아 가고 싶은 곳이 또 생겼다. 튀르키예에는 또 어떤 골프장이 기다리고 있을까.

선리치 CC에서의
추억을 마무리하며

조촐한 파티라도 열어야 하는 것 아닌가? 감사의 인사를 꼭 전하고 싶은데 어떻게 해야 할까 며칠을 고민했다. 장마 때문에 오늘 마지막 라운딩을 하고 나면 그동안 매일 출근해 온 선리치 CC에 언제 다시 올지 모를 일이다.

며칠 전 주문해 둔 수박 10통과 당근떡 5박스가 골프장으로 배달되었다. 물론 캐디나 직원이나 자신들의 일을 한 것뿐이라고 하지만 한 달 동안 이곳에서 보낸 시간은 나에게 너무 소중하고 귀한 것이라 그냥 헤어지기에는 아쉬운 마음이 컸다. 준비한 음식을 나누어 먹으며 함께한 추억을 기억해 주었으면 좋겠다는 마음을 담았다. 별것도 아닌데 골프장 회장님께서 고마워하면서 전화를 하셨다. 제가 받은 사랑과 감사를 그대로 전달한 것뿐이다, 원래 마음은 그렇게 돌고 도는 것 아니냐고 웃으며 응수했다.

US Adaptive Open에 가려고 마음먹었던 것이 지난 3월이다. 그사이 수많은 사람을 알게 되었고 그분들의 응원과 도움으로 꿈에 그리던 파인허스트 CC에서 경기를 펼칠 수 있다니, 경기를 코앞에 둔 지금도 믿기지 않는다. 일주일 뒤면 꿈같은 곳에 서 있게 될 것이다. 무턱대고 호주로 보냈던 이메일 한 통이 이렇게 큰 나비 효과를 불러일으켰다. 꿈은 이루어진다는 것은 역시나 틀린 말이 아니었다.

오늘도 비가 올 확률이 60%나 되었다. 머리 위에 먹구름이 드리워져 언제 비가 오더라도 이상할 것이 없었지만, 다행히 라운딩이 끝날 때까지 비는 꾹 참아 주었다. 대신 구름이 라운딩하는 내내 햇빛을 가려 주었고 바람까지 살살 불어 더위가 덜했다. 감사하게도 운동하기 좋은 날씨였다. 그동안 무척 더운 날씨 속에서 라운딩했지만 그만큼 가슴속에도 뜨거운 열정이 가득 채워졌다. 그리고 다치지 않고 포기하지도 않으면서 여기까지 묵묵히 왔다는 사실에 안도감이 들었다.

내 꿈을 이루는 길에 고귀한 걸음을 함께해 준 선리치 CC에서의 기억은 앞으로도 평생 잊을 수 없을 것이다. 오늘까지 11번이나 함께 라운딩해 주신 매니저님은 겨우 3개월 경력의 아마추어 골프 선수에게 아낌없이 특강을 전수해 주셨다. 앞으로 어떤 길을 걸어갈지는 나조차 미지수지만, 그 깨알 같은 팁들은 앞으로도 두고두고 기억해야 할 중요한 지점들이었다. 급작스럽게 요청을 드렸는데도 함께해 주신 19명의 귀한 분들과의 추억도 고귀하게 기억할 것이다.

라운딩을 마치고 클럽하우스를 나오는데 캐디들이 감사 인사를 전하며 함께 사진 찍기를 요청했다. 미래 우승자를 위하여 파이팅을 일제히

외치는데 그 따뜻한 응원에 가슴이 뜨거워졌다. 선리치 CC에서 평생 다시 얻지 못할 소중한 경험과 추억을 선물해 주신 회장님의 응원과 격려에 다시 한번 감사드린다. 혼자서는 살아갈 수 없는 세상에 힘찬 발걸음을 함께 내디뎌 주는 귀한 분이 이렇게 많다니, 정말 색다르고 고귀한 경험이었다.

내일도 비 예보가 있었지만, 경주가 달리 천년고도이겠는가. 한 달 동안 하늘을 유심히 지켜보며 기상청 예보와 비교해 본 결과 다소 차이가 있었다. 시간만 잘 잡으면 라운딩을 충분히 할 수 있을 것 같다. 이전에도 장맛비는 보통 밤부터 시작해 새벽까지만 세차게 내려서 낮에는 운동할 수 있었었는데, 괜히 먼 걸음을 헛걸음으로 만들까 걱정되어 해약했던 날들이 떠오른다. 조급한 마음이 없었다면 충분히 운동할 수 있었다는 아쉬운 마음이 들지만, 그 또한 추억이 될 것이다.

딱 일주일 후면 샌프란시스코행 비행기에 몸을 싣는다. 하나하나 이루다 보면 나의 버킷 리스트가 완성되는 날도 머지않아 올 것이다. 모두의 꿈이 빠르지는 않아도 확실하게 이루어지길 바란다. 파이팅, 파이팅!

더불어 함께 산다는 것

출국을 앞두고 빈둥대고 있는 걸 어떻게 아셨는지 동네에서 차 한잔하
자고 전 농업기술센터 최 소장님께서 전화를 주셨다. 전에는 정장을 입
고 머리를 깔끔히 정리해야만 외출을 했는데, 요새는 아무것도 하지 않
고 편하게 집 밖을 나선다. 거울 한 번 들여다보고 립스틱 한 번 바른 후
곧장 뛰쳐나갔다.

집 근처 카페에서 만나기로 해서 오고 가며 가 보고 싶었던 한 카페에
들어섰다. 깔끔하고 전망도 멋진 카페여서 소장님께 소개하기에도 안
성맞춤이었다. 가는 길에 함께 수다 떨던 최 국장님께도 연락해 차 한잔
을 청했더니 흔쾌히 승낙하셨다. 일이 한창이실 때는 한 달 전에 말씀을
드려야 차 한잔 할 수 있었는데, 요즘은 갑작스레 연락을 드려도 만날
수 있게 되어서 감사하고 기쁜 일이다.

그간의 일들을 정리해 말씀드렸더니 용기가 멋지다면서 이런저런 질

문 세례를 쏟아부었다. 미국에는 언제 가는지, 준비는 잘 되고 있는지 이런저런 것들을 확인하며 좋은 조언을 많이 주셨다. 골프 이야기뿐만 아니라 텃밭 농사 이야기에 살아가는 이야기까지 할 말이 끊이지 않았다. 거의 30년 가까이 알고 지냈고, 서로의 활동을 폭넓게 알고 있는 데다가 가끔 라운딩도 함께했기 때문에 공감대가 무척이나 넓었다. 관심사도 다양하고 아는 것도 많아 서로 지식을 나누다 보니 이야기에 푹 빠져들었다.

소장님이 오늘 만나자고 한 이유를 슬그머니 꺼내신다. 매일 운동하니 건강을 우선으로 챙기라고 직접 길러 재배해 만든 살구즙에 딸기잼까지 챙겨 주신다. 늘 드리는 것보다 받는 것이 훨씬 많다. 연배는 나보다 훨씬 높지만, 생각은 항상 진취적이고 신선한 데다가 이해 못 하는 이야기도 짜증 한 번 내지 않고 친절하게 설명해 주신다. 은퇴 후에도 늘 더 나아지려는 자세로 새로운 것에 도전하고 노력하시는 모습에서 많은 것을 배울 수 있어 좋았다. 오랜 시간 함께 지내며 나눈 깊은 정이 더해져 두 분의 응원이 더욱 감동적으로 다가온다. 더불어 함께 산다는 것이 바로 이런 것인가 보다. 나도 전공을 살려 건강 관리를 해 드리고 싶은데 나보다 더 건강에 철저하신 분들이라 할 일이 없다.

국장님께서는 어머니를 오랫동안 모셨는데, 중이염으로 크게 고생을 하셨다. 병원에 다녀도 차도를 보이지 않아 걱정이었는데, 그동안 병원에서 받았던 항생제를 곱게 빻아 가루로 담아 둔 것을 면봉에 조금 묻혀 귀에 뿌려 드렸더니 크게 효과를 보았다고 한다. 오랫동안 고생했던 중이염을 낫게 하고 하늘나라로 보내 드린 것이 다행이라고 하셨다. 90세가 넘으신 어르신의 신장이나 간 기능을 고려하면 의사로서 그런 처방을 하지 않겠지만 또 틀린 말은 아니었다. 우스갯소리로 임시 의사 면허증이라도 발급해 드려야겠다고 하니 그 자리에 웃음꽃이 피어났다.

긴 시간 함께하면서도 같이 일했던 것보다 정을 나누고 실없는 소리를 하며 깔깔대는 이런 시간이 추억으로 더 오래 남는다. 게다가 툭툭 던지시는 인생 선배들의 조언은 내 삶에 자연스럽게 스며들어 더 나은 내일을 살아갈 수 있게 도와준다. 든든하고 즐거우며, 내게 주어진 귀한 기회다.

내가 받은 것들을 내 후배들에게도 과하지도 덜하지도 않게 잘 전달할 수 있어야 할 텐데. 받은 것이 많아 책임이 막중하다. 나는 그 무엇보다도 포기하지 않고 꾸준히 도전하고 노력하는 자세, 그것 하나만은 꼭 후배들에게 보여 주고 싶다.

아무도 가지 않은 길에 첫발을 내딛는 것이 가장 힘들고 어려운 일이다. 가시에 긁혀 고통받는 일도 있겠지만, 내가 먼저 앞서가서 후배들이 조금 더 편한 길을 갔으면 좋겠다.

출국 준비

하늘에 구멍이라도 뚫린 듯 비가 쏟아져 골프장마저 휴장했다. 골프를 못 해 대신 출국 준비에 박차를 가했는데, 우선 은행부터 다녀오기로 했다. 혼자 해외에 몇 번 다녀 보니 은근히 신경 쓰이는 일이 바로 환전하는 것이다. 우리나라에서는 현금보다 카드를 쓰는 일이 훨씬 많아서 축의금이나 조의금을 낼 때 아니면 현금을 챙겨 다니지 않았다.

호주에 갈 때는 첫 여행이다 보니 환전을 잔뜩 해 현금을 골프장까지 가지고 다니느라 신경을 두 배로 썼다. 일본에 갈 때는 현금을 이렇게까지 선호하는지 몰라서 환전을 조금만 하고 카드를 든든하게 챙겨 갔는데 골프협회에서 참가비를 현금으로 내라고 하는 것 아닌가. 식당에서도 주유소에서도 모두 현금을 받으니 여러 장 챙긴 카드는 모두 무용지물이 됐다. 환전한 돈을 전부 써 난처한 경험이 몇 번 있었던 터라 현금 준비에 은근히 신경을 쓰게 된다.

어느 정도 환전을 해야 하나 고심 끝에 은행 직원에게 조언을 구하니, 미국은 거의 다 카드 사용이 되니까 1달러짜리만 넉넉하게 가져가고 카드만 잘 챙기라고 한다. 전문가의 말이니 더는 신경 쓰지 않고 따르기로 했다.

다음으로 출국 전에 어머니께 인사를 드리러 갔다. 점심시간보다 조금 늦어 남은 음식만 대충 달라고 했는데도 이것저것 내가 좋아하는 음식들을 준비해 두셨다. 어머니는 코로나19 때문에 친구도 자주 못 만나시고 전화로 안부를 물으며 조용히 지내고 계셨다. 이제는 어디 여행을 가자고 해도 싫다 하시고 집 앞 공원에서 가만히 산책하는 게 일상이 되셨다.

자식은 다 커도 부모 앞에서는 어린애라고 어머니 눈에는 내가 아직도 어린아이 같은가 보다. 차 조심하고 비행기도 조심하고, 미국이라는 나라 보니 총도 있고 무서운 것 같으니 항상 조심하라고 당부 또 당부를 거듭하신다. 그러면서도 예쁠 때 좋은 옷 많이 사 입고, 걸어 다닐 수 있을 때 가고 싶은 곳 다 가 보고, 먹고 싶은 것 있을 때 여기저기 찾아다니면서 전부 먹고 다니라고 하신다. 어머니가 살아 보니 해야 할 때는 다 때가 있으니까 놓치지 말고, 핑계 대지 말고 전부 하라는 말씀이다. 왜 일하라는 잔소리는 빼놓냐고 물었더니 지금껏 번 것으로 조금씩 쓰면서 검소하게 살면 된다면서 웃으신다.

요즘에는 집에서 골프 채널을 주로 보신다고 한다. 저 언덕길을 어떻게 그렇게 오래 걸으면서 운동을 하는지, 운동이 힘들면 당장이라도 그만두라고 하신다. 예전에는 많이 걸을 수 있으니 골프를 하라고 추천하서 놓고 왜 말이 바뀌냐고 물으니 이제는 나이가 더 들었으니 무엇을 해도 조심하라는 말이 따라붙는다고 하신다. 어찌나 조심하라는 말이 많으신지 "예, 예" 하며 대답을 열 번도 더한 것 같다.

충분히 조심하고 있지만, 어머니 눈에는 항상 모자란 게 자식이다. 조심하라는 당부가 끝날 때까지 묵묵히 알겠다고 대답했다. 그래야 어머니가 안심하고 밤에 푹 주무실 수 있을 것 같다.

걱정 한 보따리씩 하시는 것도 모두 내 탓 아니겠는가. 어머니 때문이라도 잘 다녀와야 한다고 다짐, 또 다짐한다.

외로움을 두려워하지 말자

여행 준비가 막바지를 향해 가고 있다. 깔끔하게 스케줄을 적고 준비물을 메모할 수 있는 공책이 한 권 필요해 서재 이곳저곳을 살폈다. 분명서재를 정리할 때 비어 있는 공간이 많은 공책은 따로 보관했는데 도무지 어디에 두었는지 기억이 나지 않았다. 다음에 다시 살펴야겠다 하고 나오려는데 수많은 책 가운데 노란 표지의 공책이 눈에 띄었다. 저걸 쓰면 좋겠다 싶어 펼쳤더니 맨 앞 장에 이런 글이 적혀 있었다.

'혼자 있어서 외로운 게 아니라 혼자 있지 못해서 외로운 것. 외로움은 외부에서 찾아오는 부정적인 것. 고독은 내가 선택해서 나를 알아가기 위한 성장하는 시간. 외로움이 찾아오기 전에 고독을 자처해 그 시간 안에서 단단해지기. 외로움을 두려워하지 말자.'

큰아이 글씨였다. 날짜를 보니 유학 10년 차, 마지막 해에 적었던 글이다. 얼마나 유학 생활이 고독하고 외로웠으면 공책에 이런 글을 적으며 마음을 다잡았을까 생각하니 안쓰러웠다. 지금도 어려운 공부를 계속하고 있으니 분명 힘이 들 텐데도 내색 한 번 하지 않고 오히려 나를 걱정하는 우리 집 장녀. 늘 바쁜 엄마 대신 자상한 아빠 덕에 잘 자라 주었다. 지금도 나보다 아빠와 시시콜콜한 이야기를 나누며 친구처럼 지내는 딸이다. 이제 불쑥 커 결혼도 하고 철없는 동생도 늘 잘 챙겨 주는 엄마 같은 누나라 여간 기특한 게 아니다.

난 인생에 대해 많은 것을 책을 통해 습득했다. 그래서 아이들에게도 직접 가르쳐 주려고 하지 않았다. 궁금한 게 있으면 끝없이 샘솟는 호기심으로 다 습득하게 될 것으로 생각해 멀찍이 지켜보았다. 얻고자 문을 두드릴 때야 비로서 정말로 익힐 수 있다. 그런데 큰아이도 마찬가지였나 보다. 좋은 글을 읽으면 공책에 필사해 두고, 그 글을 곱씹으며 스스로 위로하는 방법을 자연스럽게 터득한 모양이었다.

텔레비전에서 한 과일가게 사장님의 인터뷰가 굉장히 인상적이었다. 싱싱한 과일을 팔기 위해서는 과일을 자주 만지면 안 된다고 했다. 손이 많이 타면 판매 가치가 떨어져 좋은 과일이 될 수 없다고 했다. 아이를 기를 때도 마찬가지라고 생각한다. 아이를 유심히 지켜보다가 스스로 필요해 요구할 때가 되면 그것을 들어 주면 된다고, 아이를 부모 원하는 대로 이래라저래라 하면 안 된다고. 스스로 알아갈 수 있게 기회를 주고 옆에서 적극적인 지지자가 되어 주면 족하다고 생각한다.

조금 더 나아가서 아이들이 알았으면 하는 것들을 아이 주변에 둔다. 좋은 책이나 장난감 같은 것들이다. 자꾸 눈에 밟히다 보면 어느 날은 시키지 않아도 그것들을 펼쳐 보고 가지고 논다. 아이가 좀 더 깊게 알고 싶어 하면 그때 함께 읽고 알려 주며 놀았다. 스스로 찾아내지 못한 것은 금방 잊어버리기 마련이어서 필요한 것을 찾아서 알아가는 자기 주도 학습을 하면 좋겠다고 생각했기 때문이다. 그래서 딸이 먼 타지에 서 유학 생활을 할 때도 '사랑해. 난 너를 믿는다' 이 딱 두 마디로 일축 했다. 아이의 수많은 감정과 갈등을 함께 공유하고 해결해 주진 못했지 만, 아이는 내 바람대로 스스로 멋지게 성장해 왔다.

내가 30대부터 꾸준하게 한 것은 딱 세 가지다. 열심히 일했고, 열심 히 책을 읽었고, 열심히 골프를 했다. 언제든 시간이 나면 책을 쥐고 살 았고 원하는 책을 마음껏 사서 읽기 위해 열심히 일했을지도 모른다.

사람마다 취미가 다르고 여가 시간을 보내는 방법이 다르겠지만 나 는 이런 시간이 좋았다. 호기심이 많아 색다르고 특별한 것을 늘 추구했 고, 이런 성향을 바탕으로 더 넓은 세상의 문을 끊임없이 두드렸다. 그 러니 호주에 일단 보내고 생각했던 이메일도 우연은 아닐 것이다. 이제 껏 쌓아 온 시간이 거름이 되어 나를 더 큰 세상으로 이끌었다. 그리고 두드림 끝에 정말로 문이 열렸을 때, 나는 망설임 없이 배낭 하나 메고 낯선 세상으로 한 걸음을 내디딜 수 있었다.

큰아이가 멋지게 써 놓은 글귀를 가만히 둔 채 공책을 한 장 넘겼다. 비어 있는 하얀 종이 위에 내게 필요한 것들을 하나씩 적어 내려갔다. 큰아이도 이토록 간절하고 깊은 마음으로 이 공책을 사용했겠지. 세계 대회에서 느낄 모든 것을 이 공책 안에 전부 담고 싶어졌다. 큰 아이가 그랬듯, 나 또한.

나의 꿈의 무대로!

공항으로 가는 길에 비가 넘쳐 흘렀다. 여기저기 자동차들이 서행했다가 멈춰 서기를 반복하는 바람에 길이 매우 혼잡했다. 갑자기 불어난 빗물을 피하고자 고속도로 휴게소는 잠시 머물다 가려는 차들로 붐볐다, 폭우로 물난리가 난 것을 직접 경험하기는 처음이었다. 위험한 상황에서 모두 서행하다 보니 예상보다 도착 시각이 두 배는 더 늘어났다.

출발 전 지인들과 조촐한 출정식을 했다. 출정식이라는 거창한 이름을 붙이기에는 어설폈지만, 모두 나를 응원해 주기 위해 모인 자리였기 때문에 그 격려에 가슴이 따뜻해졌다. 그때까지만 해도 날씨가 나쁘지 않았는데 공항에 가까워질수록 비바람이 거세졌다. 전날 미리 출발하기를 잘했다는 생각이 들었다. 공항 인근 호텔에 짐을 풀었는데, 잠드는 순간까지도 천둥과 번개가 요동쳤다. 그 소리를 듣고도 빗발 속의 운전이 힘이 들었는지 잠이 깊게 들었다.

눈을 떠 보니 눈부신 햇살이 나를 간지럽혔다. 어제와는 완전히 다른 하늘이, 먼지 한 톨 없는 청명한 하늘이 나를 반겼다. 나의 새로운 출발을 축하하는 듯했다.

처음 골프를 했던 순간부터 한 번도 억지로 한 적이 없었다. 늘 좋아서 했던 운동이었고, 그래서 대회를 준비하는 동안에도 몸은 고단했지만 즐거웠다. 아쉬움이 남지 않도록 항상 최선을 다했다고 자부한다. 잡으라고 있는 기회를 누구보다 꽉 잡았다.

당장 몇 시간 더 열심히 한다고 순식간에 실력이 늘지 않는 것이 골프다. 시간과 노력, 꾸준함, 그 외에도 많은 것이 요구되는 것이 바로 골프다. US Adaptive Open에 출전하는 96명에 이름을 올린 것만으로도 자랑스럽고 행복하다. 그저 좋아서 취미로 하던 운동을 다양한 나라에서 온 사람들과 함께 즐길 수 있다는 것이 너무 기대된다. 순수한 스포츠 정신을 바탕으로 누굴 이긴다기보다는 나의 기량과 성장을 가늠해 보고 싶다.

수많은 분이 응원 메시지를 전달해 주셨다. 새로운 도전을 강력하게 지지하고 격려해 주신 모든 분께 감사하다. 파인허스트 CC를 걸어 보기만 해도 좋다고 생각할 때가 있었는데 그곳에서 경기를 펼칠 수 있다니. 미국행 비행기를 타기 위해 공항에 도착했는데도 여전히 믿기지 않는다. 모든 분의 응원을 등에 업고 함께 미국으로 떠난다. 설레고, 또 설레는 마음으로.

선글라스의 인연

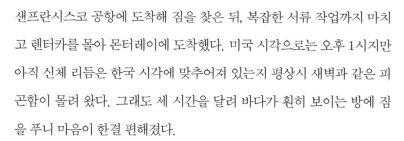

샌프란시스코 공항에 도착해 짐을 찾은 뒤, 복잡한 서류 작업까지 마치고 렌터카를 몰아 몬터레이에 도착했다. 미국 시각으로는 오후 1시지만 아직 신체 리듬은 한국 시각에 맞추어져 있는지 평상시 새벽과 같은 피곤함이 몰려 왔다. 그래도 세 시간을 달려 바다가 훤히 보이는 방에 짐을 푸니 마음이 한결 편해졌다.

한국에서 출발하여 이 방에 짐을 풀기까지 꼬박 24시간이 걸렸다. 거리가 멀고 항공기 출발이 지연된 이유도 있지만 입국 심사에 짐 찾는 것까지 한나절이었다. 세계 곳곳을 다녀 보니 한국처럼 전산 시스템이 잘된 곳을 찾기가 힘들다. 입국 심사를 할 때도, 예약한 렌터카를 찾는 것도 무엇 하나 수월하지 않았다. 내가 해당 나라의 국민이 아니라 그럴 수도 있겠지만 무엇인가 하나씩 불편하다.

그래도 여행은 다 그런 것이라고 위안해 본다. 길고 긴 여정 중 한 가지라도 마음에 들면 그것만으로도 족한데, 이번 비행에서는 그것이 바로 영화였다. 'She is love'라는 영화였는데 여주인공이 얼굴을 다 덮는 커다란 선글라스를 끼고 있는 것이 인상 깊었다. 그 선글라스가 몇 해 전 아프리카 스와질란드로 의료 봉사하러 갔을 때 샀던 내 선글라스와 같은 것이었기 때문이었다. 애석하게도 애지중지하던 그 선글라스는 내 손을 떠났다.

예전에 함께 근무하다 퇴직한 과장님들께서 연말 모임을 하자고 해서 우리 집 근처 고깃집에 다 같이 모였던 날이었다. 멋있어 보이고 싶은 마음에 아끼는 그 선글라스를 쓰고 갔는데 한 과장님께서 너무 예쁘다고 한번 써 보자고 하는 것이 아닌가? 자기는 이런 것 사고 싶어도 어디서 파는지 몰라 살 수가 없다며 손에서 내려놓지를 않으셨다. 이런 멋진 것을 혼자만 쓰고 다닌다며 애정 어린 구박을 하면서 선글라스를 이리저리 써 보며 각종 멋을 내셨다. 그 자리에 계셨던 분들이 웃느라 뒤로 넘어갈 뻔한 건 당연지사다. 얼마나 마음에 들었으면 벗겨서 가져가신단 말인가. 필요하시다면 열 개라도 드릴 마음이 있었기에 흔쾌히 드렸다.

30년 동안이나 서로 진심 어린 걱정과 핀잔을 나누고, 세상살이에 부족한 것을 말하기만 해도 자기의 일인 것처럼 나서서 걱정해 주고 챙겨 주신 분이었다. 그분의 시골집 텃밭에는 갖은 채소들이 있는데 한번 가기만 하면 싹 털어오곤 했다. 농약 한 방울 없는 무공해 텃밭에 가지, 방울토마토, 상추, 오이 등이 건강하게 자라고 있으니 눈이 빛날 수밖에 없다. 그러니 선글라스 정도야 몇 개를 더 건네도 아까울 분이 아니었다. 그날로 그 선글라스는 내 것이 아니라 그분의 것이 되어 버렸다.

그 후에도 쓰고 다니실 때마다 친구들에게 내가 준 것이라고 자랑을 하셨단다. 그녀는 매우 솔직한 성품에 짓궂은 농담을 해도 시원시원한 성격 때문에 즐거움만 안겨 주는 분이다. 의리 또한 대단해서 친구들이 얼마나 많은지 그분의 친구가 없는 동네를 찾기가 어렵다. 요즘은 친구들 오면 빌려준다고 새로이 집을 증축하느라 바쁜 나날을 보내고 계신다. 영화를 보는 내내 내가 좋아하는 그분도 이렇게 선글라스를 쓰고 다니겠지 싶어 마음이 풍족해졌다.

영화와 그녀, 선글라스를 생각하며 공항 면세점을 둘러보는데 내 마음에 쏙 드는 선글라스를 발견했다. 이미 있는 것도 다 쓸 수 없을 정도로 많아서 새로운 것은 사지 않기로 나 자신과 약속했는데, 자꾸만 마음이 가는 선글라스였다. 게다가 두 시간이나 비행기가 지연되면서 내 선글라스를 꼭 그 자리에 두고 온 것만 같은 기분이 들었다. 그래, 마지막으로 하나만 사자. 그분에게 간 선글라스를 이제는 잊고 여기에 또 사랑과 추억을 쌓자. 그렇게 타협하고 선글라스를 구매했다.

내 주변에서 인간 비타민을 꼽자면 선글라스를 드린 바로 그분일 거다. 선글라스만 보면 그분 생각이 떠오르는 것은 왜일까? 어떤 대상을 추억으로 간직하다가 그것을 다시 보게 되면 책장이 펼쳐지듯 옛 기억들이 생생하게 재현되는 것이다.

꿈에 남을 골프장 산책

내가 참여할 경기에 엔트리도 받아 두었고, 페블비치 GC에서 열리는 US Women's Open을 직접 관람할 기회가 생겨 꼭 참관하고 싶었다. 현지 시차 적응 차원에서도 좋은 일이었고, 텔레비전으로만 즐겨 보던 LPGA 무대를 직접 볼 수 있다니 얼마나 영광스러운 일인가. 게다가 열렬히 좋아하는 KLPGA 박민지 프로도 참가한다니 응원도 하고 내 경기에 경험치도 쌓을 겸 스케줄을 열심히 조정해 시간을 만들었다.

아침에 일어나자마자 산책을 겸해 17mile 드라이브 코스로 차를 몰았다. 지나가면서 보이는 아름다운 자연이 너무나 멋져 왜 다들 이곳에 와 보고 싶어 하는지 바로 알 수 있었다. 아름다우면서도 한적한 바닷가 풍경을 거의 독차지하며 누렸다. 골프 잡지를 뒤적이다 한눈에 꽂혔던 그곳에 내가 두 발을 딛고 서 있다는 것이 믿기지 않았다. 바다를 끼고 길게 늘어선 골프 코스도 눈으로 한껏 즐겼다. 너무나 늦게 온 것 같은 이곳은 혼자 보기에는 아까운 절경이었다.

US Women's Open 티켓을 미리 구매해 두었던 덕에 주차할 자리가 마련되었다. 모든 준비를 마치고 박민지 프로를 따라 페블비치의 골프 코스를 걸었다. 18홀 모두가 한 폭의 그림처럼 아름다운 풍경이라 어디를 보아도 꼭 화보의 배경 같았다.

거기에 LPGA 대회라 수많은 자원봉사자가 다음 홀로 이동할 수 있도록 카트를 준비해 대기하고 있었다. 모든 홀을 걸어서 라운딩해 본 적 없는 내게 든든한 마음의 의지가 되었다. 한 홀씩 따라 걷다가 간혹 한국인을 마주치면 반갑게 인사도 나누었다.

17번 홀이 내려다보이는 뷰 박스에서 넋을 잃고 구경하고 있는데 바로 옆에서 열렬한 응원을 보내는 분을 보니 고진영 프로의 팬 같았다. 남가주에서 이 경기를 보기 위해 이틀 전에 도착해 기다렸단다. 자기가 좋아하는 선수가 세계 랭킹 1위, 그것도 한국인이라서 너무나 자랑스럽다고 했다. 그런데 오늘따라 고진영 프로는 물오른 아이언 감각이 어디로 갔는지 그린을 놓쳤다. 함께 치던 넬리 코다 선수도 벙커로 공이 빠졌다.

오늘 경기를 하는 선수도, 그들을 응원하는 우리도 페블비치 GC의 아름다움을 온전히 느낄 수는 없을 것 같았다. 아름다운 절경에는 극복해야 하는 수많은 난제가 존재했다. 페어웨이를 한 번만 놓치더라도 숨돌릴 틈 없는 낭패를 맞이하게 되는 곳이었다.

17번 홀 파3에서 박민지 프로를 보니 이 코스가 얼마나 지옥 같은지 여실히 나타났다. 18번 홀은 시그니처 홀인 만큼 페어웨이 한가운데에 우뚝 솟은 커다란 나무 한 그루가 있었다. 그냥 보기에는 그림 같은 풍경이었지만 골퍼로서는 꼭 피해야 하면서도 피하기 어려운 장애물이라는 것이 아이러니했다. 박민지 프로도 나무를 피해 좌측으로 당겨서 치다 보니 벙커를 피하지 못해 나의 속상함은 두 배로 커졌다.

그래도 세계적으로 유명한 LPGA 대회인데 모든 홀마다 한국 선수가 있다는 것이 너무 행복했다. 적어도 20명은 될 것 같았다.

경기를 보면서 나라면 어떻게 칠지, 어떻게 위기를 모면할지 계속 떠올렸다. 알면서도 하기 어려운 것이 골프지만 이렇게 보는 것도 많은 도움이 되었다.

좋은 날씨에 멋진 풍경, 존경하고 좋아하는 선수들을 한꺼번에 볼 수 있는 귀한 날이었다. 꿈에 남을 골프장 산책, 꿈에 남을 추억을 쌓을 수 있음에 감사하다.

배려가 무엇인지
새삼 깨달은 날

가장 아름다운 경기는 많은 사람의 염원과 땀, 노력의 결과물로 완성된다. LPGA가 페블비치 GC에서 보여 준 세련되고 멋진 경기 운영은 모든 사람에게 따뜻함으로 남을 것 같다. 특히 나에겐 더 소중하고 아름다운 기억이 될 것이다.

이와 반대로 한국에서 당황하고 황당했던 기억이 떠오른다. 아직도 그때만 생각하면 불쾌한 감정이 솟구칠 정도다. 충청도 어느 골프장에 KLPGA 대회의 갤러리로 갔을 때의 일이다. 주차장에서 장애인 주차 구역을 찾았는데 버젓이 행사 차량으로 채워져 있었다. 이동 주차를 해 달라고 했더니 안 된다고 단호하게 말하면서 뒤통수에 대고 "집에서 텔레비전으로 보면 더 잘 보여요. 무슨 구경이람" 하고 소리치는 것이 아닌가? 현장에서 선수들을 응원하며 대회의 열기를 느끼고 싶어 온 것인데 저런 말이라니, 수준 낮은 발언에 기가 찼다.

속으로 어떻게 생각하든 상관없이 사회에서 통용되는 배려와 예의, 규칙이 있는 법이다. 장애인 주차 구역 정도야 침범해도 된다는 생각과 행동을 보며 사람을 대하는 기본 태도와 배려 수준이 얼마나 낮은지 다시 한번 느꼈다.

페블비치에는 LPGA에 소속된 수많은 자원봉사자가 함께했다. 홀을 걷고 있는데 옆에 따라붙더니 18홀을 전부 걷기에는 힘들다고 하면서 행사 진행 카트에 태워 소형 1인용 카트가 있는 구역까지 데려다주었다. 내가 먼저 요구하지도 않았는데 꼼꼼하게 살펴 불편함을 선제적으로 해소해 주는 모습에 마음이 훈훈해졌다. 한국의 의식이 이 정도 수준까지 나아지는 것을 내가 살아서 볼 수 있을까? 이런 사소한 면 하나로 사회에 통용되는 배려하는 마음이 얼마나 넓은지 새삼 깨달았다.

골프장에서 도와준 모든 분을 다 담아 기억하지는 못하지만 몇몇 자원봉사자와 함께 멋진 사진을 남겼다. 사진을 찍다가 내 열띤 응원을 보고 저 선수의 가족이냐고 묻기도 했다. 팬이라고 하니 한국의 여자 골퍼들이 대단한 성과를 남기고 있다며 엄지손가락을 치켜세웠다. "Awesome"이라며 치켜세워 주기에 나 역시 같은 말로 화답했다.

누구라도 마주치면 사소한 안부를 묻고 미소를 나누며, 조금이라도 불편해 보이면 괜찮냐고 물으며 도움의 손길을 내미는 이 사람들이 내게는 'Awesome' 한 사람들이었다.

이것이 진정 모두가 함께 살아가는 사람들의 모습 아닐까? 서로 배려하는 사람들로 만들기 위해 교육이 있는 게 아닐까? 성적을 올리는 교육은 기초 지식을 쌓게 해 기술자를 만들지만, 사람과 더불어 살게 하는 교육은 배려와 공감을 가르쳐 인간적인 사람을 만드는 게 아닐까? 이런 기초적인 배려를 얻기 위해 한국에서는 여전히 목소리를 높여야 하는데, 이곳과의 차이가 아득하다.

그래도 여기서 느낀 아름다움을 마음속에 오래오래 간직하고 한국에서 계속해서 목소리를 높인다면, 우리도 언젠가 이 정도 배려 수준에 도달할 것이라 믿는다. 아주 오래 걸린다고 해도 말이다.

아름다웠던 날들

✦

샌프란시스코 페블비치에서의 추억은 잊을 수 없을 것 같다. 17mile 드라이브 코스를 다시 한번 둘러보았다. 새벽이 품은 고요함, 자연 상태 그대로의 바다, 바위 위를 힘차게 날아오르는 수많은 갈매기, 그 모든 것이 어우러진 아름다움을 바라보며 가슴에 깊이 새겼다. 더 늦기 전에 가족과 함께 다시 오고 싶은 곳이 생겼다. 가고 싶은 곳이 하나씩 늘어난다니 행복한 일이다.

샌프란시스코 공항으로 가 국내선을 타는데, 짐 무게가 초과했지만 골프백은 무료로 통과해 준단다. 기분 좋게 탑승했더니 옆자리에 앉은 미국 중학생이 비행하는 동안 내가 좋아하는 레오나르도 디카프리오의 타이타닉을 보는 게 아닌가? 세계가 서로를 너무 많이 알아가는 것 같은 느낌이다. 미국 중학생이 좋아하는 영화를 나도 좋아한다는 것이 동질감을 불러일으켰다. 질끈 묶은 머리도 한국의 여느 중학생 같았고, 또 얼마나 친절하게 얘기하는지 고마웠다. 자꾸 시간을 물어보는 나에게 샌프란시스코보다 여기가 3시간을 더 보태야 한다고 다정히 알려준 똑똑한 학생이었다.

다섯 시간을 비행했는데 시차 때문에 9시가 훌쩍 넘은 시간에 도착했다. 쭉 뻗은 도로를 가로질러 파인허스트 리조트에 도착하니 미국의 고속도로는 이제 익숙한 느낌이 들었다. 여기 도착하기까지 오랜 시간이 걸렸고 힘든 여정이었지만, 다시 생각해도 용기 있게 잘한 선택이었다.

나의 경기를 하러 온 김에 프로 골퍼들의 경기까지 볼 수 있을 기회는 좀처럼 오지 않을 것이다. 피곤한 시간마저 감사하고 또 감사하다.

미국인 캐디와의
연습 라운딩

오늘부터 시작이다. 여기까지 오기 위해 보낸 지난 석 달은 그 어느 때보다도 가슴 벅찬 날들의 연속이었다. 파인허스트 6번 코스에 첫걸음을 내디디며 이제껏 느껴보지 못한 자신감과 믿음에 가슴이 충만해졌다. 지난 석 달이 어땠는지 주마등처럼 스쳐 지나갔다. 골프를 한 날이 안 한 날보다 훨씬 많은 만큼 필드에서 살아왔던 시간이었다. 그 증거처럼 팔에는 햇볕에 그을린 흔적들이 검은 반점으로 나타나 팔목부터 팔뚝까지 연달아 있었다.

절대 처음부터 잘했던 것이 아니었다. 좋아했기 때문에 계속 즐기고 싶었던 그 마음이 나를 여기까지 이끌었다. 골프라는 운동의 틀을 처음에는 취미로 대충 만들어 둔 것이었다면, 마음이 가는 순간 섬세하게 그 틀을 조각하고 상세하게 내부를 만들어 생명력을 갖추게 해 두었다. 골프는 그렇게 살아 숨 쉬는 것으로 내 인생의 3막을 열어 주었다. 아무도 관심 가져 주지 않지만 오로지 좋아하기 때문에 꾸준히 할 수 있었던 그 것이 바로 내게는 골프였다.

드디어 손꼽아 그리던 US Adaptive Open이 시작되었다. 오늘은 첫날로 연습 라운딩을 하는 날이다. 각자 다른 곳에서 다른 모습으로 살아왔지만, 이곳에 모인 사람들은 같은 마음으로 골프채를 들었을 것이다. 과거에 무엇을 했고 지금 무엇을 하든 상관없이 골프를 좋아하지 않을 수 없었던 사람들의 모임이다. 골프가 아니었다면 평생 만날 수 없었을 사람과 만날 수 있어 놀랍고, 이번엔 누구를 만날지 마음이 설렌다.

처음 만난 캐디 마이크는 마음씨 좋은 미국인이었다. 고전 영화에서 보는 것처럼 익숙한 미국 아저씨의 조크에 긴장감을 한층 내려놓을 수 있었다. 그는 거리감도 훌륭할 뿐만 아니라 몇 홀 돌고 나자 곧바로 나의 비거리를 알아챌 만큼 골프에 일가견이 있는 전문가였다. 이야기도 잘 통하고 어설픈 선수인 나를 위해 여러모로 애써 주었다. 마이크의 조언을 받아 수많은 벙커를 피해 샷을 날렸다. 마음만은 다 들어가게 쳤지만 역시 그린은 너무 빠르고 공략하기 어렵게 놓여 있었다.

시행착오가 있었지만 보기에도 좋고 거닐기에도 알맞은 곳이라 무척 즐거운 연습 라운딩이 되었다. 그런데 무더울 정도로 해가 강했던 하늘에 갑자기 먹구름이 몰려와 세찬 바람과 폭우를 쏟아내더니 순식간에 사라졌다. 한국에서 소나기만 체험하다가 정말 폭우가 뭔지 체감한 하루였다. 또 언제 먹구름이 찾아올지 몰라 연습 라운딩은 그렇게 종료되었다. 전 홀을 다 돌아보지 못해 아쉬웠지만 이런 경기일수록 안전이 최우선 되어야 하므로 아쉬운 마음을 꾹 눌렀다.

골프는 한 번 잘 치는 것보다 한 번 실수를 줄이는 것이 더 중요한 운동이라는 걸 절실하게 느꼈다. 잘못된 클럽을 선택한 것이 서너 타를 보태야 할 만큼 큰 실수가 되었다. 그래도 연습 라운딩이라 다행이다. 이것도 경험의 일종이라고 생각하고 아쉬움을 달랬다.

USGA에서 준비한 저녁 만찬은 엔트리 명단에 있던 96명이 거의 다 참석했다. 우리 테이블에도 다양한 선수가 앉아 이야기를 나누었는데 일본의 후미에 선수와 그 남편이 함께했다. 아울러 이승민 선수와 무어 킴 선수, 그리고 일본 장애인골프협회 회장도 자리에 함께했다.

다들 골프를 좋아한다는 공통점이 있어서 대화 주제는 끝없이 이어졌다. 초대 챔피언의 연설도, 다른 선수들의 최선을 다하는 모습도 자랑스럽고 아름다웠다.

일본 장애인골프협회 회장이 이승민 선수에게 가슴에 달고 있던 배지를 건네주며 일본에도 오라고 격려의 말을 전했다. 일본 선수들에게 존경과 사랑을 받는 이유를 척 봐도 알 것 같았다.

우리나라 협회는 아직 여기까지 쳐다볼 여유가 없는 모양이다. 경기 참여를 위해 선수 개인이 치러야 할 몫이 너무 많다. 앞으로 내가 어디로 가야 할지 그 길이 분명해졌다. 세계와 함께하고자 하는 선수를 알아보고 더 쉬운 길로 갈 수 있도록 안내하는 것, 그러기 위해 매 순간 최선을 다하는 것, 내가 앞으로 가야 할 길은 갈등과 경계 대신 포용과 성숙으로 더 나은 하루를 만들어내는 것이다.

앞으로 찾아올 가장 멋진 날이 더더욱 기대되는 날이다.

웃지 못할 영어

USGA 관계자가 내게 다가왔다. 이번에 고용된 캐디는 한국어를 전혀 못 하는데 의사소통이 되겠냐는 것이다. 연습 라운딩을 하는 아침에 처음 만난 마이크와는 서로 인사할 정도의 소통은 나눌 수 있었다. 그러나 본론으로 들어가 라운딩하면서 서로 충분히 소통해야 할 때가 있다. 거리가 얼마인지, 라이가 얼마나 흐르는지, 클럽은 어떤 것을 받아야 할지 등등. 이런 내용을 서로 소통하는 것이 매우 중요했다.

영어로 듣고 쓰는 것은 가능해도 말하는 건 여전히 어려웠다. 인사 정도는 가능했지만 깊이 있는 대화를 하기에는 쉽지 않았다. 마이크에게 거리를 미터 단위로 적어 주었고, 제일 피하고 싶은 순간 등 내가 생각하는 중요한 포인트 역시 짧게 영어로 적어 주었다. 골프를 사랑하는 마음이 같다 보니 이렇게 짧은 단어로도 서로 무슨 생각을 하고 있는지 쉽게 눈치챌 수 있었다.

나는 영어 단어를 상당히 많이 알고 있는 데 비해 시제나 어순에 약했다. 영어는 늘 공부해 왔으니 어느 정도 할 수 있는데 말로 표현하는 것은 곧장 튀어나오지 않았다. 글로 쓰듯이 문어체로 말하는 것에 익숙했는데 오히려 캐디는 그것을 어색해했다. 골프를 하러 와서 골프가 아닌 언어 때문에 스트레스를 받는다는 것이 이상해서 우리는 짧은 영어 단어와 통역 앱을 사용하기로 합의했다. 그런데도 나흘 동안 소통에 한 번도 문제가 생기지 않았다.

그러다가 마이크가 다른 사람에게 나를 소개할 때 결국 폭소를 터트리고 말았다.

"이분은 한국에서 오신 킴이다. 골프를 한 지는 오래되었지만, 선수로 나선 것은 이제 3개월이 조금 넘었다. 다른 건 몰라도 영어 단어는 어마어마하게 잘 알고 있다."

당연히 영어를 잘한다고 할 수는 없었지만, 그 이상으로 영어가 요구되지도 않았다. 말을 완전히 이해하지 못해도 충분히 소통하고 멋진 경험을 할 수 있었다.

그래도 다음에는 기본에 충실하고 원활하게 의사소통을 할 수 있도록 영어 실력을 갖추고 싶다. 누군가에게 나를 소개할 때 눈이 아니라 입으로 이야기할 수 있도록 해야겠다. 영어도 훈련이고 연습이다. 골프를 전 세계에서 더 열심히 즐기려면 언어 공부도 열심히 해야겠다.

세계의 높은 벽을 오르기 위해

✦

따뜻한 한 끼 식사가 큰 위로가 된 날이었다. 수다를 늘어놓는 사람도 듣는 사람도 큰 위로가 되었다.

1라운드를 마치면서 다른 사람 신경 쓰지 않고 나만의 골프를 하겠다고 해 놓고서 잦은 실수로 겨우 꼴찌를 면한 나에게 지금 바로 필요한 게 뭘까 생각해 보니, 요 며칠 제대로 식사를 한 적이 없다는 생각이 들었다. 늘 그렇듯 배부터 든든하게 채우고 싶어 캐디 마이크에게 한식당을 물었더니, 이곳은 소도시라 없다며 자기가 좋아하는 이탈리아 식당을 추천해 주었다.

점심이라기엔 늦었고 저녁을 먹기에는 이른 시간이었다. 식당 오픈이 한 시간이나 남았는데 무작정 식당 앞에서 기다려 들어갔다. 이른 저녁 시간이라 손님은 나밖에 없었고, 시장이 반찬이라는 말이 딱 들어맞는 식사였다. 작은 동네에서 운동하던 실력으로 세계 무대에 도전했다가 제대로 깨진 나에게 위로가 되는 식사였다. 수프를 먹고 있는데 맛이 어떻냐고 해 무의식적으로 한국어가 튀어나왔다가 다시 영어로 대답하니, 종업원이 한국인이냐고 물어보며 친근하게 말을 걸어왔다.

똑 부러진 인상을 지닌 22세 한국인이었다. 미국에 온 지 8년이 지났는데 여긴 한국 사람을 찾기가 어려워 한국인과 한국어로 얘기해 본 것이 8년 만이라면서 눈을 빛낸다. 어머니가 미국으로 온 지 얼마 안 되어서 암으로 돌아가셨다면서 똘망똘망한 눈으로 수다를 떠는 게 아닌가?

어떻게 살아야 할지 모르겠다는 젊은 청년과 이야기를 주고받다가 고심 끝에 나의 이야기를 들려주었다. 20대는 인생에서 가장 아름다운 나이니 멋지게 자신만의 삶을 조각해 보라고 조언했다. 음식을 먹어 보니 앞으로 3일 내내 이 식당에 올 것 같다며 천천히 나의 인생과 골프 이야기를 전해 주었다.

먼저 나는 평생 세 가지만 열심히 했다고 하니 눈을 반짝이며 그것이 무엇이냐 묻는 목소리가 호기심으로 가득 찼다. 일, 골프, 책 읽기라고 대답했더니 눈빛이 점점 진지해졌다. 그중 골프는 너무 좋아해 열심히 하다 보니 미국까지 와서 대회에 참가하게 되었다고, 그 사실이 너무 행복하다고 덧붙였다. 내가 했던 일, 공공 의료 분야에서 최선을 다했고 어느 정도 성과도 얻었던 이야기도 했다.

부모님께서 유산을 많이 물려주셨다면 이루고자 하는 일에 열정을 다해 보고, 생계유지가 우선이라면 지금 하는 일에 먼저 최선을 다하라고 조언했다. 작고 하찮아 보이는 일이라도 꾸준히 열심히 하다 보면 생계유지를 넘어서 큰 성과를 얻을 수 있다고 말이다. 지금 하는 서빙 일도 여기서 머무는 것이 아니라 사장까지 될 수 있을지 어떻게 알 수 있겠는가.

그러다 아쉬움이 남아 생각한 대로 글을 쓸 수 있냐고 물었더니 대답이 바로 나오지 않았다. 책 읽기를 좋아하지 않는 모양이었다. 책을 많이 읽으면 세상을 이해하는 견문을 넓힐 수 있고, 모든 새로운 일을 대할 때 안목이 생긴다.

대부분 사람은 일을 다 끝내고 취미 생활을 해야겠다고 생각하지만, 일도 하면서 소소한 취미 생활을 함께 즐기면 나중에는 더 풍부한 인생을 살 수 있을 것이다. 은퇴할 때가 되어서야 취미를 부랴부랴 시도하는 사람과 미리 생각하고 준비했던 사람은 새로운 시작점이 완전히 다르다.

사람마다 다르지만, 세상을 살아가며 얻을 수 있는 것들은 한 번에 주어지지 않는다. 흥미와 의지가 있어야 조금씩 받을 수 있고, 그래야 놓치는 부분 없이 삶을 켜켜이 쌓을 수 있다.

이런 이야기를 하는 동안 나 자신도 위로를 받는 느낌이었다. 그녀 역시 앞으로 더 좋은 시간만 남았다는 확신이 들었다. 꼴찌라도 괜찮다고 했지만 그래도 최선을 다해 올라갈 수 있을 때까진 올라가 봐야 하지 않겠는. 배를 든든히 채우니 신체와 정신이 다시 제자리를 찾아 움직인다는 느낌이 들었다.

오늘은 세계의 높은 벽을 체감한 날이었다. 선수 생활한 지 3개월 만에 어떻게 잘하기만 할 수 있겠냐고 스스로 위로해야만 했다. 게다가 아름다운 골프장이 내 시선을 자꾸 빼앗았다.

코스를 따라 늘어선 멋진 집마다 예쁜 정원이 딸려 있었고, 이곳에서 살고 싶다는 생각마저 강하게 들었다. 작은 해저드마저 아름다운 연못 같아서 공보다 더 눈길을 끌었다. 사진을 찍고 싶은데 경기를 하는 다른 선수들에게 방해가 될까 봐 꾹 참을 수밖에 없었다. 근처에 있는 모든 집이 아름답고 조화로웠다.

하지만 이런 것마저 전부 핑계이다. 골프장이 아름다운 만큼 더 정신을 차려야 한다. 그래도 서 있는 것만으로도 커다란 행복감을 느끼는 것은 어쩔 수 없다.

오늘의 경기는
어제의 나와 싸우는 것

어제보다 나은 오늘을 맞이한다는 것에 이렇게 안도감이 들지 몰랐다. 올라가는 맛이 좋았다. 어제보다 무려 7타를 줄였으니 내일도 7타 더 줄일 묘안을 짜야겠다.

긴장을 너무 하다 보니 손에 들어가는 힘을 조절하는 게 마음처럼 쉽지 않았다. 어제는 쓰리 퍼트 때문에 스코어를 적어내는 게 속이 조금 쓰렸지만, 오늘은 어제의 악몽을 떨쳐낼 만큼 컨디션이 점점 돌아오고 있는 것이 느껴졌다. 마이크가 얼마나 센스 있는 캐디인지 나보다도 나의 샷 거리를 귀신처럼 알아봐 주었다.

오늘 잘 칠 수 있었던 것은 잠을 푹 잔 덕분인 것 같다. 거기에 어제 먹었던 따뜻한 수프가 빠르게 컨디션을 원래 상태로 되돌려 주었다. 여러 가지 요인이 나아진 덕분에 오늘은 쓰리 퍼트한 기억이 거의 없다. 페어웨이를 놓쳐서 그다음 샷이 힘들었을 뿐이지 전체적으로 보면 감각이 많이 돌아왔다. 어제는 마음이 조급했다면 오늘은 평정심을 되찾고 안정된 느낌이었다.

오늘은 우리 팀을 따라다니면서 선수들에게 필요한 것이라면 무엇이든 말해 달라고 하던 자원봉사자가 있었다. 내 영어 실력이 짧아서 멀뚱멀뚱 쳐다보니까 마이크에게 소통이 잘 되냐고 물었다. 영어로 소통을 하고 있고, 안 되는 부분은 파파고 번역기를 사용하고 있다고 대답하는 모양이었다. 그 자원봉사자는 유심히 나의 샷을 지켜보면서 드라이브 샷을 할 때마다 엄지를 치켜세우며 모자에 달려 있던 배지를 내게 건네주었다. 배지를 나누는 것이 응원 방법 중 하나인가 보다.

부족한 것도 많지만 여기만의 문화에 조금씩 적응해 나가고 있다. 남자 선수들은 출전을 위해 3:1 정도의 경쟁을 펼쳐 어려움이 있지만, 여자 선수들은 선수층이 얇아서 그런지 엔트리를 받기가 조금 더 수월하다고 한다. 그래서 한국 유일의 Above Knee Amputation 선수인 나도 대회에 참가할 수 있었던 것 같다. 새로운 문화를 배우며 새로운 곳에서 즐거운 경기를 펼칠 수 있음에 감사하다.

어제보다 더 풍성해진 꽃들을 구경하며 페어웨이를 걷는데 주민들이 집 앞에 환영 메시지를 커다랗게 걸어 두었다. 아름다운 집과 정원만 봐도 마음이 편안해지며 행복해졌는데 이렇게 응원까지 해 주니 다시 한번 열정이 솟는 기분이었다. 이제는 파파고로 통역을 하면서도 영어 질문에 자연스럽게 영어로 대답하는 나 자신을 발견하고 미국에 익숙해지고 있나 싶어 혼자 웃었다.

오늘의 경기는 어제의 나와 싸우는 것 같았다. 다른 선수와 한 팀이 되어도 각각의 티에서 치다 보니 상대보다는 나 자신과의 경기에 집중하게 되었다. 경기 전에 벙커에서 연습하면서 클럽 페이스를 열고 팔로우 스윙을 잘하려고 노력했던 것이 많은 도움이 되었다.

페어웨이는 깔끔하게 정리되어 있고, 그린은 유리알처럼 잘 굴렀다. 자원봉사자들은 구슬땀을 흘리며 대회를 더없이 멋지게 관리해 주었다. 갤러리들도 끝없는 박수와 응원을 보내 피곤함을 잊게 한다. 이 모든 사람의 노력과 격려로 행복한 시간이 쌓여가고 있다.

US Adaptive Open 골프 이야기도 끝이 보인다. 이 경기를 준비하면서 그 어느 때보다 들뜨고 행복한 시간을 보냈다. 시작이 있으면 끝도 있는 법인데, 영원히 오지 않을 것만 같던 끝이 다가오고 있다.

이번 파인허스트에서 보낸 5일간의 시간은 나에게는 평생 잊을 수 없는 사연과 추억을 안겨 주었다. 연습 라운딩부터 파이널 라운드까지 이곳 파인허스트 GC와 주변 환경에 적잖이 놀랐다. 꾸민 듯 꾸미지 않은 깔끔한 모습이 골퍼에게는 편안함을 느끼게 하는 곳이었다. 갤러리가 없는 줄 알았는데 지역 주민들이 나와 경기를 구경하면서 박수와 환호를 보내는 모습도 너무 정겹고 아름다웠다.

우승을 목표로 했다면 스코어도 중요했겠지만, 나와의 싸움과 새로운 경험을 목표로 미국까지 왔던 나에게는 이번 대회도 충분히 만족스럽다. 마지막 18홀에서 아깝게 버디를 놓치고 파로 마무리한 것으로 이번 대회는 끝이 났다. 그러나 끝은 또 다른 새로운 시작의 문이다. 가야 할 길이 아직도 한참 남았다.

가재가 노래하는 곳,
아우터뱅크스

미국에서 보낼 수 있는 날이 딱 하루 남았다. 어제저녁에는 퍼플 씨가 리시 레스토랑에서 조촐한 파티를 열어 주었다. 도움을 많이 받아 내가 저녁 식사를 대접하고 싶었는데 이미 준비를 다 해두고 나를 불렀다. 와인을 서너 잔 곁들이며 많은 이야기를 나누었다.

이곳 사람들은 레스토랑에 대부분 골프카를 타고 온다는 말을 들었다. 가까운 레스토랑이나 마트에 갈 때 남녀노소 가릴 것 없이 골프카를 애용한다고 한다. 나란히 주차된 골프카를 보니 너무나도 색다른 느낌이었다.

레스토랑에서 남은 와인을 가져와 김 교수와 그의 세 자매와 함께 나눠 마시며 서던 파인즈의 마지막 밤을 수다로 지새웠다. 김 교수님은 EDGA Pass를 신청하는 데에 많은 도움을 준 분이다. 내가 대회에 참가할 수 있게 도와준 일등 공신이었다. 한국어를 잘하지 못하는 막내에게 열심히 영어 통역까지 해가며 수다를 떠느라 시간 가는 줄 몰랐다.

김 교수님으로부터 아직도 주름 없이 얼굴 피부를 유지하는 비결이 뭐냐는 질문을 받았다. 첫째는 어쩔 수 없는 유전자의 힘, 둘째는 자연 보톡스, 그리고 살을 찌우면 주름이 퍼진다고 이야기했다. 마지막으로는 바지에 주름이 한번 잡히면 아무리 다림질을 잘해도 그 모양대로 금방 구겨지듯이 피부도 한번 주름이 자리 잡기 전에 노력해야 한다고 말씀드렸다. 탱탱한 피부를 원한다면 30대부터 1일 1팩 하며 관리하라고 너스레를 떨며 한바탕 웃었다. 막내의 엄지 척을 받으며 자리가 마무리되었다.

새벽 4시, 체크아웃을 하고 아우터뱅크스로 향했다. 이곳에 오기 전 봤던 영화 〈가재가 노래하는 곳〉의 배경이 아우터뱅크스다. 카야가 헤집고 다녔던 습지가 그곳에 있을까. 하얀 모래 위에서 조개를 줍던 그곳을 만날 수 있을까. 해가 떠오르는 것을 바라보며 쉼 없이 고속도로를 달렸다.

잘 닦인 넓고 광활한 고속도로를 달리는 기분이 색달랐다. 산 하나 없이 끝없이 펼쳐지는 지평선을 바라보는 것이 한국과는 달라 또 새로운 기분이 들었다. 해가 평온하게 떠오르고 있었다.

노스캐롤라이나 하이웨이 12번 길을 따라 아우터뱅크스에 도착했다. 이 느낌을 글로 표현할 방법을 도무지 찾을 수 없다. 그냥 아름답다고 하기에는 부족한 기분이다. 수많은 곳을 다녔지만 이토록 멋진 곳은 보지 못했다. 파랗게 눈부신 하늘과 끊임없이 펼쳐진 모래 언덕을 보면서 지구에 이런 축복받은 곳이 있구나 싶었다.

대서양 바다 위에 섬과 섬을 이어 놓은 다리로 들어서자 마치 구름 속을 거니는 듯한 착각에 빠져 숨이 멎을 것 같았다. 상상도 해 보지 못한 광경을 넋 잃고 바라보며 이곳에 올 수 있음에 감사했다.

아우터뱅크스가 이렇게 좋을 줄 알았다면 출국 날짜를 미루고 여기서 하루 묵을 것을 생각해 보니 정말 아쉬운 일이다. 아우터뱅크스에서 워싱턴 댈러스 공항 쪽으로 길을 잡고 새벽부터 늦은 저녁까지 쉬엄쉬엄 차를 몰았다. 고속도로 표지판에 길 번호가 자주 쓰여 있고, 내비게이션이 0.4mile마다 길을 다시 말해 주어서 어려움 없이 앞으로 나아갈 수 있었다.

차선 변경 깜빡이만 켜도 뒤따라오는 차는 즉시 속도를 줄여 주었고, 길을 헤매다 급하게 감속을 해도 아무도 경적을 울리지 않았다. 외국인의 어설픔을 아는지 배려해 주는 그들의 마음이 고마웠다. 게다가 어딜 가든 무료 주차장이 넓게 펼쳐져 있었고, 톨게이트 비용과 기름값도 저렴해 렌트카로 이동하는 것은 훌륭한 선택이었다. 휴게소도 편리하고 멋지게 꾸며져 있어 운전 힘들 줄 모르고 달렸다.

아우터뱅크스의 풍경을 카메라에 그대로 간직할 수 없어서 무척 아쉬웠다. 그래도 여전히 눈을 감으면 광활한 모래 언덕과 다리와 파도가 넘실거리는 대서양이 눈앞에 펼쳐진다. 꿈같던 그 순간을 영원히 잊을 수 없으리라.

워싱턴 댈러스 공항에서

✦

소중한 것을 잃어 본 사람들에게는 공통점이 있다. 하루를 허투루 보내지 않는다는 것이다. 그렇다고 요란하게 야단법석을 떨며 사는 것이 아니라 자신에게 가장 소중한 것이 무엇인지 알고 차분히 하루를 보낸다.

그런 분을 또 만났다. 공항에 일찍 도착했는데 렌트카 반납이 순조롭게 이루어지는 바람에 시간이 여유롭게 남게 되었다. 항공사의 창구가 열리기도 전에 가방 두 개를 라인 첫 번째에 두고 기다리고 있었다. 창구가 열리자마자 탑승 수속 업무를 마쳤더니 출발이 세 시간 정도 남았다. 이렇게 여유로울 줄이야. 아메리카 항공 라운지에 들어가 자리에 앉자 한국인 중년 여성 분이 옆자리에 앉아도 되냐고 물었다.

같이 식사를 하며 이야기를 나누었다. 서울에 사는 그분은 버지니아에 있는 시댁에 1년에 한 번 정도 다녀오는데 이번이 바로 그날이라고 한다. 나는 골프 대회에 참가하기 위해 왔다고 하면서 명함을 건넸더니 자신의 오랜 대장암 투병 사실을 말해 주었다. 40대 중반에 진단을 받아 장 절제 수술과 항암 치료를 받았는데 30%라고 했던 생존율을 뚫고 10년이 지난 지금까지 건강하게 지내고 있다고 했다.

입원해 보니 외과 의사 선생님들의 훌륭함을 알고 존경하게 되었다고 한다. 그러면서 연봉을 그렇게 많이 주는데도 의사들이 지방 병원에 가지 않는 이유가 무엇이냐고 묻는 것이다. 언론에서 문제를 제기했지만, 해법에 대해서는 다루지 않으니 궁금한 모양이었다.

예를 들어 심장내과 의사가 일을 잘 진행하기 위해서는 많은 사람의 협력이 필요하다. 혼자서 24시간 내내 환자 곁을 지킬 수는 없지 않은가? 고도의 실력을 갖추고 있는 간호사, 혈관을 섬세하게 촬영해 줄 촬영기사, 중환자실에서 긴급 상황에 대처할 수 있는 간호사, 환자의 다른 질병에 대응할 수 있는 다른 과 의료진 등과의 협력이 필요하다. 그런데 지방에는 그런 의료 환경과 전문성 있는 의료 인력을 갖춘 곳이 별로 없어서 아무리 연봉을 높게 준다고 해도 선뜻 나설 수가 없다고 말씀드렸다.

다른 질문으로 왜 의사가 부족한지, 의사회에서는 의사 수급에 왜 반대하는지 등 평소에 궁금하던 것들을 쏟아냈다. 개인적으로는 산부인과 의사들이 분만실을 떠나 피부 미용, 비만 등 다른 곳으로 가는 이유가 개인이 감당하기에는 의료 사고 책임이 너무 크기 때문이라고 생각한다. 또한 최선을 다했음에도 불구하고 의료 사고 과실 책임을 묻고 구속하니 누구도 소아과를 맡으려고 나서지 않는다. 일시적인 현상이지만 지방 의료기관에서는 소아 응급 의료기관으로 지정하고 예산을 투입해도 소아과 의사를 구하기 어려운 실정이 나타났다.

의사회의 입장은 이렇다. 의사의 전체 수가 부족한 것이 아니라 제도적으로 뒷받침이 되어 있지 않아 의료의 불균형이 일어날 뿐이다. 이런 상황에서 전체 의사의 수급만 늘린다고 문제가 근본적으로 해결되겠는가. 어떤 입장이든 틀린 말을 하는 것이 아니다. 입장에 따라 시선이 다른 것이다. 은퇴한 의사들이라도 활용해 필수 의료 문제 등 현안을 해결해 보겠다는 의지를 보이지만, 현실적으로 실행하기엔 부족한 부분이 많다.

오랫동안 질병으로 고생했던 분이라 그런지 마음에 품고 궁금해 했던 질문이 계속 이어졌다.

그냥 지나가는 인연이 아니었으면 좋겠다고 생각이 들 정도로 쿨하고 멋진 분이었다. 한 다리 두 다리 건너다 보면 결국 다 알 수밖에 없는 지구촌 사회인데, 이러한 궁금증에 대해 정확한 답을 주는 사람도, 솔직한 답을 주는 사람도 없지 않나.

예전 의료원 경영난으로 어려움을 겪었을 때, 각 부서장이 내놓은 개선에 대한 의견은 틀린 게 없었다. 그 말들이 전부 옳아도 현실적으로 문제가 해결되지 않는 이유는 그것들을 통합할 수 있는 리더십을 가진 사람이 없고, 조금 뒤로 한발 물러나 양보해 가장 좋은 방안을 끌어내는 인내심이 부족해서일 것이다. 적어도 나는 그렇게 생각한다.

공항에서 만난 소중한 인연 덕에 다시 한번 되새긴다. 해결될 수 있도록 천천히라도 힘을 보태고, 개선 방안을 모아서 긍정적인 방향을 이끌어내고야 말겠다고.

12박 13일의
미국 여행을 마치며

비빔밥 한 그릇에 그동안의 노곤함이 씻은 듯 내려갔다. 얼마 만에 먹는 비빔밥인지, 참기름과 고추장을 곁들인 이 맛이 너무나도 그리웠다. 무거운 짐들을 가지고 미국의 서부와 동부를 쏘다니다 다시 한국으로 돌아왔다.

즐거운 기억이 참 많았지만 들춰 보면 아쉬운 것도 한 덩어리다. 공항에서 픽업하러 오기로 했던 사람이 연락 두절되기도 했고, 연습 라운딩 중 USGA에서 내 골프채를 인정할 수 없다고 한 적도 있었다. 자정으로 넘어가는 늦은 밤에 렌트카를 급하게 구해야 했을 때, 비 때문에 끝마치지도 못한 연습 라운딩에서 새로운 채를 구하겠다고 이리저리 뛰어다닐 때의 막막함을 어떻게 다 표현할 수 있을까. 수많은 스케줄을 자신의 입맛에 맞춰 바꾸게 해 놓고 선수들이 짊어져야 했던 손실을 모르는 체하는 사람을 앞에 두고도 참아야 했다.

사람은 다양한 모양과 크기로 각자 다르게 태어난다는 말이 있다. 자신은 몰라도 다른 사람들은 얼마나 그 모양이 잘못된 것인지 알고 있다. 꼬리가 길면 잡히듯이 그런 사람들은 반드시 자신의 업보를 되갚아 받는 날이 있을 것이다.

반바지를 입고 운동한 게 처음이라 오른쪽 종아리에 화상을 입어 라운딩 중간중간 치료를 받기도 했다. 그래도 견딜 만했다. 이런 사건들 없이 모든 게 완벽했더라면 더 보람 있고 재미있었을까? 절대 아니었을 것이다.

낯선 외국인을 캐디로 만났을 때 의사 전달이 안 되면 어쩌나 우려했던 것과 달리, 서로 골프를 좋아하는 마음이 딱 맞다 보니 충분히 합심할 수 있었다. 페블비치에서 18홀을 걷겠다고 무리한 결심을 했던 내게 마음을 써 주었던 자원봉사자의 마음이 따뜻했다. 맛있는 수프 한 그릇으로 컨디션을 끌어올려 주었던 리시 레스토랑 퍼플 씨 덕분에 풍족한 마음을 가질 수 있었다.

어쩌면 힘든 일들이 있었기에 작은 호의와 배려가 더 크고 고맙게 느껴졌을지도 모른다. 단맛만 느낄 수는 없듯이 시고 짜고 매운맛, 그리고 단맛이 어우러져 더 풍요로운 추억이 되었다. 모든 게 무사히 마무리되었다. 건강하게 다시 집으로 돌아왔다는 것, 그거 하나만으로도 충분히 행복하다.

꿈에서라도 가고 싶었던 17mile 드라이브 코스도, 아우터뱅크스에서 보았던 아름다운 풍경도 아직 믿기지 않는다. 대회에서 버디 같은 파로 마지막 18홀을 끝냈을 때 무척이나 즐거웠다. 공항에서부터 나의 발이 되어 주었던 렌트카도 아무 말썽 없이 무리한 일정을 다 소화해 주었다. 5000m 상공에서 본 구름 위 하늘의 모습은 바다인지 하늘인지 헷갈릴 정도로 깊고 푸르렀고, 상상한 그대로의 멋진 광경을 선사해 주었다.

그렇게 다시 돌아온 경주 우리 집의 따뜻함이 더욱더 푹신하다. 3일 동안 전 세계에서 날아와 나와 골프에 대한 사랑을 나누고 어깨를 맞대며 견주어 준 모든 선수에게도 너무 고맙다.

12박 13일의 미국 여행은 내 방 침대에서 종지부를 찍었다. 이 짜릿하면서 안전한 여행에 도움을 주신 모든 분에게 모든 영광과 감사를 돌린다.

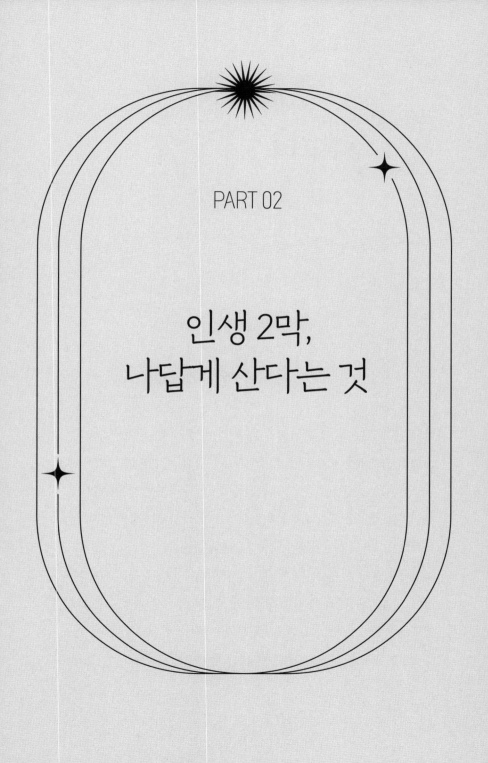

PART 02

인생 2막,
나답게 산다는 것

포항MBC '특급 이야기 쇼'와 건강한 경주 2002

처음으로 보건복지부에서 지역사회 건강증진사업에 대한 공모를 진행했다. 1999년으로 기억하고 있는데 3가지 사업으로 공모에 참여했고, 경주시 보건소가 최우수로 선정되면서 〈건강한 경주〉라는 책을 발간한 적이 있었다. 국비로 93,210,000원의 예산을 지원받아 학교건강증진사업, 장애인을 위한 사업, 대체의학을 이용한 사업을 했던 기억이 난다. 당시에는 처음 있는 일이라 시민들에게 상당한 관심을 받았다.

이것을 계기로 포항 MBC의 '특급 이야기 쇼'로부터 출연 섭외가 들어왔다. 그러나 규정상 공직자는 방송에 나갈 수 없다고 일단 대답하고 시장님께 보고를 드렸는데 잘 홍보하고 돌아오라며 흔쾌히 허가해 주셨다. 당시 지역 방송의 역할이 대단해 광고비가 제법 비쌌는데, 1시간 정도 출연한 것을 광고비로 산정해 보니 어마어마한 액수였다.

건강한 경주를 주제로 잡아 재미있게 방송을 마무리했다. 단 한 번의

NG도 내지 않고 출연료로 144,000원을 받았다. 그 방송이 송출되고 나서 여기저기서 방송에 소질이 있다는 칭찬을 받은 걸 보면 아마 어릴 적 나의 꿈이었던 방송인의 기질이 그때 발휘되었던 모양이다.

꽤 젊은 보건소장이라 그런지 사람들의 관심이 너무 많이 쏠렸다. 그날 이후 홍보의 중요성을 절실히 깨닫게 되었다. 그때 홍보하고 오라고 당부하신 시장님의 말씀 덕분에 계획을 수립할 때부터 홍보에 대한 생각까지 준비해 둬야 한다는 것을 배웠다.

공공사업은 많은 사람이 관심을 가져야지만 완성될 수 있다. 혜택받을 당사자들이 많이 알수록 완성도가 높아지는 사업인데, 방송의 힘이 얼마나 큰지 그때 알 수 있었다. 모든 사업을 할 때마다 사업 대상자들에게 골고루 혜택을 주기 위해 노력하고 넓게 알 수 있도록 홍보하면 질 높은 공공사업을 만들 수 있다는 것을 알게 된 것이다.

선도사업, 시범사업 등 이름을 바꾸어 가면서 대한민국의 보건사업은 언제나 나의 손을 거쳐서 갔고, 이런 사업들이 성과로 줄줄이 이어지자 2012년에는 감염병 관리 우수로 대통령 표창을 받기도 했다.

나의 방송에 대한 관심은 출연만이 아닌 대구 TBC 시청자 위원으로 위촉되면서 더욱더 커졌다. 직간접적으로 좋은 프로그램을 만들기 위해 함께 많이 고민했다. 방송과 의료원 생활은 비슷한 점이 많았다. 보이는 것과 다르게 현장은 늘 급박하게 돌아가고, 보이는 부분보다는 보이지 않는 부분이 훨씬 많았다. 사람들의 시선을 고정하기 위해 좋은 방안을 고민해야 한다는 것도 비슷했다.

한정된 시간 내에 프로그램을 만들어 의사를 완벽히 전달하는 게 얼마나 고난도의 능력을 요구하는 일인지, 끊임없이 고민하고 수정하는 PD나 방송작가들을 보면 치열한 응급실 같다는 생각을 했다.

시청자 위원 활동을 하면서 어떤 방송도 일회성으로 흘러가지 않게 해야겠다는 의무감이 생겼다. 그래서 위원들과 다양한 주제로 토론을 진행했고, 기회가 주어질 때마다 나의 목소리를 높이며 의견을 피력하기도 했다. 특히 지역민에게 제대로 된 유익한 건강 정보를 전달해야 한다고 2년 내내 강하게 주장했다.

코로나19 관련 문자 메시지를 국민이 받는 것도 통신체계를 이용한 정보 전달이다. 어느 한쪽으로 기울어지지 않는 형평성을 갖춘 방송을 통해 전달된 정보를 국민이 보고 즉각적으로 흡수할 수만 있다면 그것이 공익방송의 최종 목표이자 목적일 것이다.

지금은 유튜브 시대로 누구나 자신의 취향대로 영상을 만들어 공유할 수 있는 여건이 만들어졌다. 그러니 오프라 윈프리 같은 앵커가 되고 싶었던 나의 어린 시절 꿈이 단지 꿈으로 끝나지 않고 언젠가는 이루어질 날이 있을 거라는 바람은 현재진행형이다. 아니, 이제는 어쩌면 좋은 프로그램을 기획하고 운영할 수 있게 총괄하는 책임자 역할을 맡는 것이 더 빠를지도 모르겠다.

일방향 소통만 가능했던 과거와 달리 실시간 소통까지 가능하게 하는 요즘 방송과 영상의 파급력은 더더욱 확대되었다. 그래서 정보의 바닷속에서 옳은 정보를 찾아내기가 어려워지고 있다. 사람들에게 꼭 필요한 정보를 접근성 좋게 제공하는 것을 목표로 가지고 싶다.

머뭇거리기에는
시간이 너무 아깝다

나에게 주어진 어려움이나 고통, 지루함을 회피하지 않으면서 어떤 역할이라도 흔쾌히 해낼 수 있었던 것은 분명한 행운이다. 무엇이 나를 살게 하는지에 대한 답을 찾아서 세상을 헤매었고, 내 나름의 방식대로 삶을 살아가기로 결심했다. 누구보다 진지하게 삶을 받아들이고 겸허하게 살아야 한다고 생각했고, 그렇게 생각한 대로 살 수 있었던 것은 주어진 경험이 나름대로 다양했기 때문일 것이다.

의사가 갈 수 있는 많은 길이 있었지만 난 의과대학을 졸업하고 공직자의 길을 선택했다. 사람들은 열악한 환경, 박봉이라는 이유를 대며 나를 말렸지만, 나 또한 그런 것들은 이미 알고 있었다. 그러나 하루하루를 보내면서 점점 나에게 적합한 직업이라고 생각되어 더 이상의 갈등은 하지 않았다. 대신 시간과 자유가 더 많은 곳을 선택했다는 긍정적 생각을 하게 되었다.

겉보기에 화려한 직업보다 스스로 행복해질 수 있는 의미를 지닌 일을 하고 싶었다. 보이지 않는 것을 볼 줄 아는 눈을 가질 수 있었던 경험과 노력이 나의 삶을 훨씬 더 풍부하게 만들었고, 그런 길을 걸어올 수 있었던 것은 내게 대단한 행운이었다. 돈에 나의 시간을 파는 것이 아니라 돈으로 나의 시간을 살 수 있었으니까 말이다.

사람들은 겉모습만 보고 쉽게 판단하곤 한다. 누구든 타인에게 보이는 자신의 삶은 빙산의 일각처럼 매우 단편적일 뿐이다. 그런 일부를 보고 누군가의 삶에 대해 쉽게 평가내리는 것은 무서운 일이다. 돈을 벌기 위해 시간을 많이 할애하기보다는 하고 싶은 것을 하고 알고 싶은 것을 알기 위해 돈과 시간을 집중할 수 있었으니 얼마나 감사한 일인가!

어떻게 살아야 행복한 삶이 되는 걸까? 그 무엇보다도 깊이 생각할 필요가 있는 문제다. 앞만 보고 살다 보니 어느 순간 어디로 가고 있는지에 대한 질문이 가슴 깊은 곳에 울렸다. 앞으로 간다는 느낌보다 정체되고 있다는 느낌이 들자 문득 방향성에 대한 질문을 던지게 되었다.

나는 지금 어디로 가고 있는 걸까? 아무도 짊어지지 않은 짐을 스스로 지고 가는 내 모습을 발견하고, 이 무거운 짐에 대한 정체를 알아내야만 했다. 순간순간 답답해지는 가슴을 안고 살아가는 기분은 내 일상을 힘들게 만들었다. 그럴 때마다 여행을 나서 혼자만의 시간을 가졌다. 포기하지 않으면 새로운 길이 보였고 그 길로 새로운 앞날을 만들어갔다.

인간이기 때문에 의미를 찾으며 살아왔다. 인간은 어떤 생각으로 인생을 살아가는 것일까? 무엇이 우리를 살아가게 하는 것일까? 수많은 책을 들여다보면서 타인의 삶을 간접적으로 보았다. 어느 날 서점 한구석에서 빅터 프랭클의 〈죽음의 수용소에서〉를 만났다. 아우슈비츠에서 살아난 의사가 쓴 책으로 서너 번은 읽었다. 유대인 강제 수용소에 갇혀 언제 죽을지도 모르는 상황에서 인간이 인간답게 행동할 수 있게 만드는 힘은 삶의 의미를 발견하려는 노력에서 비롯된다는 것을 깨달았다.

의미의 발견은 내 삶의 고통을 견딜 수 있게 해 준 선물이다. 나 자신을 몰아세우는 어리석었던 시간을 없애 준 한줄기 빛이었다. 앞으로 내 인생의 주인공이 가져야 하는 권위, 가치, 존엄을 스스로 지켜나가야 한다고 느끼게 했다. 자신을 존중하는 것이 가장 중요함을 알게 된 날이기도 하다.

새로운 노트를 준비하고 제목으로 내 이름을 크게 적었다. 내가 고심해 선택한 삶만 이 속에 가득 채울 것이다. 살아야 하는 이유를 생각나는 대로 노트에 가득 적어 보았다. 나는 어떻게 살아야 하지? 힘들게 견뎌온 삶인데 이 귀한 시간을 허투루 쓸 수는 없다. 왜 살아야 하는지, 내 삶에 대한 이유는 이제 더 이상 묻지 않는다. 이 메모는 내 방황의 끝을 알리는 초탄이었다. 하루하루 가장 멋진 삶을 그려 나가는 것은 오직 나의 몫임을 알게 되었다.

인생은 연습 없이 언제나 생방송이며 난 내 인생의 드라마 작가다. 넓은 도화지에 그림을 그리듯 나의 삶을 내가 생각한 대로 멋지게 펼쳐 보는 것이 내가 선택한 결과다. 수많은 사람과 함께 살 것이며 누구라도 갈 수 있는 길은 어디라도 가 볼 것이다. 어떤 제약이 내 앞을 가로막는다 할지라도 나를 멈추게 할 수는 없으리라. 언제나 오늘을 살고, 그 오늘이 쌓여 내일을 만들어 낼 것이다.

　어느 호숫가를 거닐고 있을 때 만난 글귀가 가슴에 단숨에 새겨졌다.

　'머뭇거리지 않을 것이다. 머뭇거리기에는 시간이 너무 아깝다.'

　얼굴에는 미소, 마음에는 사랑, 가슴에는 배려를 장착하고 살고자 한다. 쉬워 보이지만 실천하기에는 얼마나 어려운지 모른다.

　1963년에 스마일리라는 로고가 탄생했다. 노란 동그라미 안에 미소가 가득 담긴 이 로고는 전 세계 사람들이 다 아는 행복의 상징으로 오랫동안 사랑을 받아왔다. 한 보험회사가 직원들의 사기를 향상하기 위해 당시 상업 예술가였던 하비 볼에게 45달러를 주고 10분 만에 완성한 디자인이다. 오늘부터 난 스마일리가 된다. 얼굴에 미소를 얹은 후 모든 일이 잘 풀리게 되었다.

　행복하지 않은 사람들은 삶을 비교만 하다 끝난다. 반면에 행복한 사람들은 관계를 꾸려나간다. 인내는 흥분하지 않고, 욕구 충족을 후순위로 미루며, 지루하고 무덤덤한 시간을 견딜 수 있는 능력이 필요하다. 지금 당장은 만족할 만한 결과가 나오지 않더라도 인내하며 사랑하는 사람들과 관계 맺으며 살아갈 것이다.

노력 없이 이루어지는 것은 없다

나만의 색깔로 살아가기를 원했다. 누구에 의해서도, 누구를 위해서도 살고 싶지 않았다. 내가 행동하고, 내가 행동한 결과로 행복해졌다면 그것은 행운의 또 다른 이름이 될 것이다.

사랑하는 것을 지키는 일이 쉽다고 생각하지는 않았지만, 그렇다고 이토록 힘들 줄은 알지 못했다. 살아가는 것은 지켜야 하는 것이 점점 늘어나는 것이다. 조용한 아침에 지켜야 하는 것들을 하나씩 떠올리는 습관이 든 것은 우연이 아니다. 언제나 혼자 남겨진 무거운 방에서 쉽사리 잠들 수 없는 이유이기도 하다.

사람들이 타인의 삶에 관심이 많을 줄 알지만 실은 자기 자신 외에는 별로 관심이 없다. 이것이 사회 문제라고 말해도 사람들은 심각하게 받아들이지 않는다. 난 장애를 평생 안고 가야 할 자신의 문제라고 심각하게 여겼지만, 정작 친구들은 예전 나의 모습을 뚜렷하게 기억하기 때문에 내 사고의 결과를 알려고 하지도 않고 알지도 못했다. 그런 생각을 할 관심도 여유도 없었다는 게 이유라면 이유일 것이다.

절망은 자신에게 배송하는 나쁜 선물이다. 내게 절망하라고 한 사람은 아무도 없다. 나를 나쁜 곳으로 이끄는 사람은 타인이 아닌 내 자신인 경우가 많다. 물론 환경이 중요하지 않다는 것은 아니다. 좋은 환경에서 나쁜 것이 자라날 확률은 현저히 낮아서 좋은 환경을 만드는 것도 당연히 중요한 일이다.

내가 나에게 좋은 환경이 되어 주고, 좋은 관계가 되어 준다고 생각해 보라. 그러려면 우선 자신을 잘 알아야 하고 자신과 친한 관계를 유지해야 한다. 자기 생각을 편견이나 선입견에 부딪혀 멈추게 하지 말고 시간이 흐르듯 자연스럽게 흘러가게 해야 한다. 그렇게 되면 좋은 것은 습득하고 나쁜 것은 그대로 흘려보내는 나름의 기준을 세우게 될 것이다.

스스로 모나고 못났다고 생각해도 잘하는 무언가가 있는지 찾아보는 게 우선되어야 한다. 가장 잘난 사람조차 부족한 부분이 있다. 누구든 그보다 더 잘난 사람은 존재한다. 그러나 비교하는 것만큼 나쁜 습관은 없다. 비교가 아닌 다름을 인정하는 것은 각기 다른 모습으로 각각 다른 삶을 잘 살아간다는 증거다.

노력 없이 이루어지는 것은 없다. 노력조차 하지 않는 사람에게 운이 따라줄 리 없다. 운이 좋았다고 말하지만, 그 운이 그냥 온 게 아닌 것을 당사자는 안다. 모든 게 잘 되게 되어 있을 때도 마지막 순간까지 노력을 퍼부었기 때문에 운이 찾아와 준 것이다. 노력과 운의 상관관계라고 할까. 포기하지 않으면 언젠가는 반드시 찾아와 주는.

그렇다면 이제부터는 시간의 문제다. 간절한 사람이 최선을 다하는 경우가 더 많다. 목마른 사람이 우물을 파듯이 절박한 사람이 노력을 쏟으면 그 결과를 얻을 수 있고, 결국엔 승리의 길 위에 서 있을 수 있게 된다.

시간의 문제라는 것은 성취하게 되는 시간을 의미한다. 더는 방황할 시간이 없다. 내가 지켜야 하는 것을 위해 누가 알아주든 말든 상관없이 나의 길을 묵묵히 가는 것이다. 여기에 응원해 주는 사람이 있다면 그 사람이야말로 행운아임에 틀림없다.

자신을 알지 못하면 타인을 이해할 수 없다. 타인을 이해하기 위해서는 자신을 먼저 알기 위한 노력이 선행되어야 한다. 나는 무엇으로 살아가는지, 왜 살고 있는지 대해 자문해야 한다. 공유하는 방법도 필요하다. 타인과 함께 삶을 꾸려가더라도 자신의 고유한 삶은 반드시 존재한다. 그 누구에게도 흔들리지 않고 내가 전적으로 나를 책임지는 것, 그것이 진정 잘 사는 길이다.

내 인생의 그림을 다른 사람이 끼어들어 그린다면 그것은 진짜 나의 그림이라고 할 수 없지 않은가. 오직 나만이 나의 인생을 그릴 수 있다. 인생의 주도권을 잡고 내 인생의 답을 찾자. 그 노력에 반드시 행운이 답해 줄 것이다.

이젠 변화가 필요할 때

난 오랜 세월을 혼자 견디고 혼자만의 성을 견고히 쌓으며 살았다. 내가 선택한 공직자의 길도 비바람을 견디며 하나하나 노력으로 쌓아 올려야 하는 곳이었다. 남편을 뒷바라지하며 커가는 아이들 곁을 지키려면 많은 시간이 필요하기에 선택했던 공직이 나와 이처럼 닮아 있는 곳인 줄 전혀 상상하지 못했다.

시간은 내게 많은 것을 할 수 있도록 허락해 주었다. 그때는 한 우물만 열심히 파면 성공할 수 있었던 기회의 시대였기에 가능했을지도 모르지만, 관심과 열정과 꿈만으로 주어진 기회를 충분히 잡을 수 있었다. 그 노력이 보람과 성과로 고스란히 돌아왔다.

공직에서 일한 23년을 통해 가장 크게 배운 것은, 모든 일은 사람이 하는 것이기에 그 사람이 무슨 생각을 가졌냐에 따라 일의 성패가 갈린다는 점이다. 아무도 관심 없지만 어떤 한계도 없는 일을 한다는 것은 가장 근사한 결과물을 담을 수 있다는 것임을 알 수 있었다.

보건소장이라는 임무를 맡은 지 16년, 조금씩 속살이 단단해져 갈 때 선도 보건소라는 위상도 점점 높아져만 갔다.

하지만 어느 날 문득 공직 생활이 가슴 답답하다는 생각을 하게 되었다. 더 꿈을 펼치고 싶어도 언제나 줄을 그어 놓은 듯 한계가 있다는 느낌을 지울 수가 없었다.

이젠 변화가 필요하다고 생각을 하자 지금이 바로 행동해야 할 때라는 확신이 들었다. 더 늦기 전에 작은 울타리를 벗어나 마음껏 날개를 펼칠 수 있다는 생각만 해도 설레였다. 늘 도전하는 것을 좋아했지만 내 안에 이토록 큰 열정이 숨어 있다는 것을 나 자신도 몰랐다.

20여 년의 안정된 공직 생활을 그만두고 새로운 일을 시작하겠다고 선포했을 때 가족 중 그 누구도 반대하지 않았다. 성실하게 내 일에 책임감을 지니고 살아온 것을 누구보다 잘 아는 가족들은 나의 이런 선택을 무모하다거나 엉뚱하다고 받아들이지 않았다. 오히려 '다른 것을 해도 잘할 거야. 뭐든 하면 잘하잖아!' 하는 말들로 나를 격려했다. 가족들의 절대적인 믿음과 응원은 나의 결심에 불을 붙였다.

쇠뿔도 단김에 빼라고 하지 않았는가. 지방의료원 원장 공모에 신청서를 냈고 김천으로 자리를 옮겼다. 23년 10개월을 근무한 직장에 미련 없이 사표를 던지고 이제 더욱더 신나게 일할 기회만 남았다고 스스로 당차게 되뇌었다. 파란만장한 삶이 나를 기다리고 있는 것도 모른 채 김천의료원에서의 생활이 시작되었다.

출근길에 마주하는 눈부신 아침

✦

SRT가 생기면서 나의 생활에 큰 변화가 생겼다. 출근 시간에 딱 맞는 고속철 덕에 집에서 출퇴근하는 날들이 늘었다. 이른 새벽이지만 만나야 할 사람들은 모두 이곳에서 만났다. 나처럼 인근 도시로 출근하는 사람도 있고, 여행을 가기 위해 공항으로 가는 사람도 있고, 서울의 큰 병원으로 진료를 보러 가는 사람도 있었다.

대구를 가로질러 100km의 거리를 45분이면 닿게 해 주는 고속철은 집과 직장을 오고 갈 새로운 기회를 가져다주었고, 출퇴근길 마주하는 사람들의 살아가는 모습을 보면서 자신을 되돌아보는 계기가 되었다. 같은 출퇴근길이지만 요즘은 긴 여행 같은 일상이 매일 반복된다. 집이 좋아서다. 내 침대의 익숙함이 좋아서다.

처음에는 직장으로 인해 익숙한 생활에서 벗어나 새로운 생태계에 적응해야 하자 알 수 없는 불면증이 생겼다. 일의 연장에서 벗어나고 싶은 마음이 스트레스로 변해 마음을 괴롭혔다. 통근 버스처럼 고속철을 타고 다닌 지 몇 달이 되어서야 출근길의 눈부신 아침을 제대로 돌아볼 수 있게 되었다.

많은 사람과 내가 지켜보는 신경주역의 낯섦이 점점 익숙한 풍경이 되어 가고 있다. 푸른 하늘도, 시원한 바람도, 오가는 사람들의 적당한 소음도 사색하기에는 안성맞춤이다. 그 모든 것이 일상으로 내게 자리 잡고 있다. 복잡한 머리로 살아가는 사람은 이런 여유 있는 시간이 꼭 필요하다.

통근길은 몇 번이나 자리를 옮겨 다녀야 한다. 메뚜기처럼 자리를 내어 주는 것을 반복하는 것이 어느덧 아무렇지 않게 될 정도로 익숙해졌다. 마음은 어느 때보다도 한결 가볍고 편안하다. 함께 사는 가족의 힘일까. 삶에 찾아올 특별함을 기대하는 것이 아니라, 나의 삶을 평범한 일상으로 소중하게 여기는 순간 삶의 무게는 줄어들고 가벼워진다. 최소한 나는 그러했다.

매일 직장으로 출근하는 그 길을 여행처럼 느끼려고 노력하고 있다. 직장에 가는 이 여정이 비록 진짜 여행은 아니지만, 여행처럼 가슴이 뛴다면 그것도 괜찮은 시간이구나 싶다. 이 특별한 선택이 없었다면 이런 새로운 작은 도시를 들여다볼 기회가 있었을까? 늘 탐색하듯이 여행하듯이 즐기며 주위를 살핀다. 이것도 내게 주어진 행운이다.

나의 사랑 나의 어머니

✦

오늘 신경주역에서 나의 이름을 크게 부르는 어머니를 만났다. 팔순을 넘겨 84세가 되셨는데 오늘의 패션은 여느 날과 달랐다. 시스루 저고리에 딱 어울리는 마 바지, 신발은 샌들로 깔맞춤을 한 멋쟁이 할머니였다. 전화하면 모셔다드린다고 했는데, 시간도 많고 택시가 잘 데려다준다며 서울에 우리 집 장녀를 보러 가신단다.

휴대전화에 사진을 저장해 달라고 하셔서 해 드렸더니 친구들에게 자랑도 하며 즐겁게 지내신다. 지갑을 보자고 했더니 비상금으로 20만 원, 택시비로 몇만 원을 따로 가지고 계셨다. 내 지갑에서 30만 원을 꺼내 마저 채워 드리며 맛있는 것 사 드시라고 했더니 거절하지 않고 잘 쓰시겠다고 하신다.

부모님 중 특히 어머니가 늘 결혼을 강조하셨다. 내 방문을 여닫으실 때마다 결혼을 종용하시던 어머니의 잔소리가 없었다면 결혼하겠다는 결심을 하지 못했을 것이다. 아무리 좋다고 해도 그럴 용기는 쉽사리 생기지 않았는데 어머니께서는 항상 이렇게 말씀하셨다. 자식이 있으면 살 힘이 생긴다고, 결혼해서 자식을 꼭 하나는 낳으라고, 그 이후로는 어떤 선택을 해도 괜찮다고.

지금 생각해 보면 결혼 안 하려는 자식을 설득하는 과정이 우리 어머니처럼 확실한 사람은 아마 없을 것이다. 어릴 적부터 부모님 말씀을 잘 듣는 아이는 어른이 되어서도 잘 듣는다. 그게 바로 나였다.

나의 모든 행복은 언제나 어머니의 큰 그림 속에서 그려졌다. 나의 행복의 절반은 어머니께서 만들어 주신 것이라 해도 과언이 아니다. 방황하지 않고 사회의 일원으로 자리 잡을 수 있던 것도 다 어머니 덕이다. 나보다 한 세대를 먼저 살면서 내가 잘 살아갈 수 있도록 좋은 환경을 만들어 주셨다는 걸 요즘 들어 더 느낀다.

어머니께서는 나의 두 아이와 남편을 위해 우리 집 근처에 살면서 생활을 돌보아 주셨다. 그 아이들이 무럭무럭 자라 얼마 전 딸은 결혼까지 했고, 그 부부의 모습을 보니 나는 무척 행복했다. 아, 어머니도 우리 부부를 보며 이렇게 행복해하셨겠구나.

어머니는 나를 바람 앞에 놓인 등불처럼 위태롭게 생각하고, 언제 불이 꺼질까 안절부절못하실 때가 많았다. 그런 어머니의 시야에서 완전히 벗어나기는 어려웠지만, 조금이나마 시선을 돌릴 묘안은 많았다. 아무 생각 없는 것처럼 공부만 부지런히 하는 모습을 일관적으로 보이다 보니 어머니의 관심은 자연스럽게 멀어져 갔다.

해방되기 위한 나의 작전은 꼭 들어맞게 진행되었다. 어머니는 내가 더 이상 방황하지 않는다고 생각하셨다. 취업을 했고 경제적 독립도 가능하니 부모님의 케어나 관심보다는 자유가 필요했던 내게 독립을 허락하셨다.

나는 고대하던 독립을 하며 어머니의 관심에서 드디어 벗어났다고 생각했다. 스스로는 고민을 거듭하며 살았지만, 어머니에게는 고민 같은 것은 없는 사람처럼 보이려고 늘 조용하게 행동해 어머니를 안심시켰다고 생각했다.

그러나 내가 엄마가 되어 보니 어머니는 나의 일거수일투족에 눈과 귀를 열고 숨죽이며 고통을 감내하고 있었다는 것을 알게 되었다. 아이들의 작은 기침 소리에도 마음 졸이던 나를 돌아보며 어머니를 생각하게 된 것이다.

내가 살아야 하는 이유 중 하나가 어머니에게 있었다면 이해가 될까? 최소한 나에게는 생명을 주고 거두는 것에 어머니가 관여할 자격이 있었다. '그냥 숨만 쉬고 살아라' 이 한마디로 나를 잡은 어머니. 그 어떤 조건도 없이 나 스스로 세상에서 살아야 할 이유를 찾게 하신 분. 어머니는 나를 너무나 잘 알고 계셨다. 내가 사랑하는 사람에게 슬픔을 심어 주는 것은 본질적으로 내 성정과는 어긋난다는 것을.

나는 우리 집 셋째이다. 장녀는 장녀로서 대우를 받았고 아들은 아들로서 대우를 받았다면, 나는 미미한 존재감으로 그냥저냥 살았다. 그러나 그건 나만의 편협한 생각이었다. 어느 날 어머니가 우리 집에서 계모임을 하다가 친구분들에게 가장 흐뭇하게 내놓는 자랑거리가 무엇인지 알게 된 것이다. 그것은 나의 1등 성적표였다.

내 생각처럼 존재감 없는 것이 아니라 어머니의 1등 자랑이 된 나는 그 어린 나이에도 꼭 1등을 해야 할 이유를 가진 것이다. 단 한 번도 1등이 아닌 성적표를 드린 적이 없다. 1등으로 애정을 차지했다고 하니 조금 불편하게 여길지도 모르나 어머니가 나를 특별하게 생각한다는 것 자체로 기분이 좋았고, 스스로 어머니의 작은 희망이 되고 싶었다.

사고 난 이후에 가장 힘들었던 점은 어깨가 축 처진 어머니의 뒷모습을 보는 것이었다. 어머니의 자존심이었던 내가 나 때문에 괴로워하는 어머니 모습을 보는 것은 참기 어려울 정도로 마음 아팠다. 그렇게 고왔던 얼굴이 단숨에 늙은 것도 다 나 때문이었다. 고향에서 동네 사람들은 '저 집에 딸이 셋 있는데 엄마만한 얼굴은 없다'라고 농을 하곤 했다. 그만큼 어머니는 상당한 미인이셨다. 그런 어머니가 나로 인해 생기를 잃어가는 모습을 보니 가슴이 조였다.

어머니의 주름진 얼굴을 보면서 어머니는 내가 책임져야 한다는 생각과 함께 내가 잘 사는 것만이 어머니의 근심을 걷어 주는 일이라 생각했다. '너는 우리 집 장남과도 같다'라는 어머니의 말은 나를 강하고 책임감 있는 사람으로 다시 태어나게 했다. 나는 어머니의 의지를 받는 것이 참 좋았다. 살아가는 세월 동안 어머니의 노후를 내가 보장하겠다고 다짐한 것은 너무나 자연스럽고 당연한 일이었다.

어머니는 우리 남매에게 남들보다 많은 기회를 만들어 주셨고, 특히 나에게는 뭐든 할 수 있다고 독려해 주시는 분이었다. 자존심 하나로 살아오신 그 세월을 나는 너무도 잘 알고 있다. 내가 어떤 일을 겪든 두려움 없이 나서는 것도 어머니의 믿음을 먹고 살아서인 것 같다. '너는 잘

할 줄 알았다' 하는 무한한 신뢰는 언제나 최선의 선택을 하게 만들었고, 내가 성공하든 실패하든 관계없이 넓은 아량으로 보듬어 주시는 어머니는 항상 나의 든든한 우군이었다.

어머니께 주었던 아픔보다 더 큰 행복을 드리는 방법은 내가 열심히 잘 살아가는 모습을 보여 드리는 것뿐이라 생각했다. 자랑스러워하시는 얼굴을 계속 볼 수 있도록 내가 더 충실히 살아야 한다. 지금 직장에 열심히 다니는 것도 싱싱하게 사는 모습을 가장 좋아하는 어머니가 계시기 때문이다. 잘 봐주실 때 더 멋진 모습을 내비쳐야 한다. 내가 우는 모습을 보면 가장 크게 울 사람이 바로 어머니다. 그래서 울지도 못한다. 내가 어머니를 너무 사랑하니까. 어머니가 울면 내 마음이 찢어지니까.

나의 긍정적인 성격은 어머니가 새로 선물한 삶에 대한 보너스다. 그만큼 올곧은 어머니가 계셨기에 나 역시 어긋난 길은 쳐다도 보지 않았다. 평생을 나의 매니저로 사셨던 어머니. 내가 어떤 흠도 없이 살아갈 수 있게 내 삶을 모니터링하며 내 앞에 놓은 문제들을 팔 걷어 정리하고 고운 길을 만들어 주셨던 어머니. 그 감사함을 어찌 다 표현할 수 있을까.

여든이 넘어서도 아직 흐트러짐 하나 없는 어머니의 꼿꼿한 모습은 나로서는 도저히 따라갈 수 없는 미지의 영역이다.

내가 지탱할 수 있었던 이유

✦

아이들을 돌봐야 하는 엄마로서, 한 남자의 아내로서, 직장의 CEO로서 하고 싶은 일보다 해야 하는 일이 더 많았다. 늘 바쁘고 시간에 쪼들리면서 살았다. 긴장되고 예민해지는 순간이 많았고, 단순한 일이 아닌 심각하고 무거운 일을 하다 보니 어떤 일도 대충 넘어갈 수 없었다.

그러다 보니 어깨의 무거운 짐은 남편에게 주었고 팔순의 어머니에게 떠넘겼다. 그래서 지금 가슴이 더 아리다. 아내의 역할을 제일 먼저 내려놓았고, 엄마로서는 최소한의 의무만 하면서 남편과 어머니에게 기대기만 했다. 그 두 분이 나의 삶을 지탱하고 있다는 생각에 항상 미안한 마음이 들었고, 그래서 더 열심히 직장 생활을 했는지도 모른다. 이 자리에서 물러나게 되면 그때는 내가 엄마 역할도, 아내 역할도 다 하겠다는 다짐으로 의무에서 손쉽게 빠져나가곤 했다.

늘 녹초가 되어 쓰러져 있는 나를 보고 안쓰러워하는 두 분은 나를 엄청나게 사랑하지 않았다면 아마 견딜 수 없었을 것이다. 일찍이 의무를 떠넘긴 나를 싫은 기색 하나 없이 받아 준 대가로 지금도 집안일이나 아이들 문제가 있으면 두 분의 의견을 최우선으로 고려한다. 그럴 만한 것이 나는 그 일에 한 것도 아는 것도 별로 없다. 낳은 것은 내가 했지만 기른 것은 남편과 어머니였다.

아이들이 아픈 것도, 어머니가 아픈 것도 남편을 통해 들었다. 남편은 그 누구도 비교할 수 없을 정도로 자상했다. 그는 신기하게도 부족하거나 아픈 것을 귀신처럼 잡아내고, 무심한 내게 언제나 세심하게 '전화 한 통화 하지', '잠깐 들렀다가 오지' 하고 일러 주곤 했다.

칭찬은 고스란히 내가 듣고 일은 전부 남편 몫이었다. 돈도 되지 않는 일을 하기 때문에 한 번도 큰돈을 벌어다 안겨 준 적이 없었다. 월급이 너무 적다는 핑계를 댔지만, 밥 잘 사는 것으로 소문이 났으니 안 그래도 적은 월급이 남을 리 없었다. 밖에서는 유능한 기관장이었을지 몰라도 집에서는 의견 없는 사람, 살림에 무능한 사람으로 살았다.

그런데도 살아지는 게 인생인가 보다. 집안일에 대한 책임감보다 병원 일에 더 바쁜 시간을 할애했다. 사회를 나의 손으로 더 나은 방향으로 나아가게 하겠다는 결심만은 변함없는 신념으로 밀고 나갔다. 소신을 가지고 있다는 것은 자신감을 표출하는 또 다른 방법이다. 세상이 아무리 어지러워도 분명한 의지가 가슴에서 불타고 있어서 그 외의 것은 보이지도 들리지도 않은 채 거침없이 나아갈 수 있었다. 이 일이 내가 살아가는 이유라고 자신 있게 말할 수 있을 정도로 최선을 다했다.

첫눈에 반한 소국 그림

그림을 배우러 다녔다. 나를 표현하는 방법의 하나로 그림을 그린다는 것이 처음엔 어색했지만, 주말마다 서울까지 가 한가람 미술관에서 그림을 배웠다. 열정만 따진다면 이미 끝을 보고도 남았을 텐데 아직도 진행 중이다. 조금 한가해지면 다시 시작해야지 마음먹고선 아직도 바쁜 일상 때문에 늘 마음 한구석에 미뤄 두고 있는 상태다.

가장 가까운 곳에 미술학원을 알아 둔 것도 여유만 있으면 그림을 배우고 싶기 때문이었다. 어느 날 경주 예술의 전당에서 본 펜화는 지금까지 본 것 중에 내가 가장 잘 그릴 수 있는 형태라고 생각했다. 양산 통도사 앞 작은 미술관에서 그림을 전시하는 것을 보고 그림을 배우고 싶다는 생각은 항상 했지만, 쉽사리 나서지는 못했다.

큰맘 먹고 주말에 진행하는 8주짜리 프로그램을 신청했다. 준비물만 해도 꽤 돈이 들었다. 물감, 펜, 지우개, 도화지 등 초등학교 졸업 이후로 이런 것들을 한꺼번에 구매한 적은 처음이었다. 꼬박 8주를 다니고도 초보 티를 벗지 못해 실망하고 있었는데 지인 한 분이 내게 새로운 꿈을 심어 주었다. 모두가 화가가 되는 것은 아니라고, 모두가 자기가 그린 그림만을 소장하는 것은 아니니 그림이 도저히 늘지 않으면 좋은 그림을 사서 모아 소장전을 하면 된다는 말에 눈이 번쩍 뜨였다.

처음 그림을 산 것은 첫 직장을 구하고 몇 해가 되지 않은 어느 봄날, 문화회관 초대작가 전시회에서였다. 소국 그림을 보았는데 첫눈에 반했다. 손 모 작가의 초기 작품이었는데 한 달 월급을 몽땅 털어 처음으로 그림을 샀다. 진료실 벽면에 걸어 두고 매일 보면서 이것만으로도 그림값은 충분히 했다고 생각이 들 만큼 좋았다.

그림에 한창 관심이 많았을 때 '황금도시 경주전'에 관여한 적이 있었다. 전국의 유명 화가들이 경주에 모여 경주를 주제로 그림을 그리고 경주박물관에서 전시회를 개최하게 된 것이다. 화가분들의 뒷바라지를 열심히 해 드려 좋은 작품이 많이 나왔고, 황금도시에 걸맞는 멋진 작품들이 출품됐다. 그렇게라도 이 멋진 도시가 캔버스에 담길 기회가 생겼다는 것이 여간 다행스러운 일이 아니었다.

사랑하는 사람이 많을수록 문화는 더 나은 방향으로 나아간다는 생각을 지울 수 없었다. 그래서 김천의료원 1층과 2층 복도의 흰 벽을 김천 화가분들께 내어 주기로 결정했다. 화가를 초청해 한두 달씩 전시회를 열었다.

의료원에 화가들의 그림을 전시할 수 있는 공간을 마련했다는 것은 여러 가지로 큰 의미가 있다. 의료원 복도가 문화 공간으로 바뀔 때 의료원을 찾는 환자나 직원, 지역민은 시각을 통해 힐링의 시간을 가지게 된다. 열린 공간을 이용한 예술가들의 창작 활동도 더 활발해질 것이다. 그야말로 일석이조의 효과다. 이렇게 내가 좋아하는 문화 예술을 사람들이 개방적으로 접할 수 있게 하는 방안에 대해 더욱 생각해 보아야겠다.

아무도 나에게 기대지 않는 삶,
거기서 오는 가벼움

아무도 그 열정에 한마디도 덧붙이지 않았다. 아니, 압도당해 덧붙이지 못했다고 하는 게 맞을지도 모르겠다. 이런 것은 타협할 사항이 아니라고 생각했고, 아프고 외롭고 지쳐 흔들리는 영혼을 지켜야 내가 살아갈 힘을 얻을 수 있다고 생각했다. 믿기지 않겠지만 어느 날 고개를 들어보니 10년이라는 시간이 흘러 있었다. 그 시간 동안 나는 고통에 대한 갈등도, 사랑에 대한 갈등도 없이 그저 최선을 다하며 숨을 쉬고 해야 할 일을 하면서 살아온 것이다.

정신을 차리고 보니 남편은 자기가 하고 싶은 길을 가며 삶을 살고 있었고, 딸은 어느새 유학을 마친 뒤 대학원에 진학, 아들은 사회복무요원으로 근무하고 있었다. 나의 도움 따위는 필요 없는 완전한 사람들이 되어 있었다. 여전히 나는 일이나 열심히 하라는 주문을 받고 있다.

나는 그 누구에게도 기대거나 공짜를 바란 적이 없다. 필요한 것은 나의 노력으로 구했고, 오히려 수많은 사람에게 기회를 제공하는 게 나의 행복이며 삶의 의미였다. 이제는 내가 하고 싶은 것을 하면서 살기로 했다. 아무도 나에게 기대지 않는 삶, 거기서 오는 가벼움이 좋다.

그동안 내가 읽었던 모든 책은 일을 잘하기 위한 것이었지만, 이제는 일이 아닌 인간에 몰두하게 되면서 언제부터인가 누군가의 인생 경험과 깊이를 재는 책에 관심을 두게 되었다.

어느 한순간도 허투루 살 수 없었다. 이 고귀한 생명을 앗아가지 않고 남겨 둔 데에는 그만한 이유와 가치가 있겠지 생각하면서, 난 내 삶의 전면에서 물러서지 않고 그저 앞으로 내달렸다. 때로는 불안과 고통을 겪기도 했지만, 이제는 가속도가 붙어 내 나이 또래가 가져보지 못한 삶의 길을 지나며 여기까지 올 수 있었다.

단판 승부처럼 난 누구에게도 지지 않고 멋지게 살아왔다고 자부한다. 자신이 통제하는 삶이 가장 만족스러운 삶이 된다는 글을 읽은 적이 있다. 고스란히 나의 의지대로 살아온 지난날에 단 한 점의 후회도 남기지 않은 채, 난 매 순간 최선을 다해 온몸으로 살아왔다. 사람은 대부분이 자유로움을 알지 못하는 것 같다. 그렇게 살지 않을 수 있고, 않아도 되는데도 불구하고 스스로 묶여서 살아가는 사람이 대부분이다.

코끼리가 말뚝에 매이면 처음에는 벗어나려고 발버둥 치지만 몇 번의 실패를 거듭하면 말뚝에 매인 끈을 풀어주어도 이제는 말뚝을 벗어나지 못한다. 사람도 습관처럼 살아온 삶에 익숙해지고 길들여져 가는 게 당연하다.

나는 고삐 풀린 망아지처럼 이리저리 돌아다니며 한 자리에 가만히 있지 않았다. 다음이라는 단어는 내 사전에서 빼버렸다. 가고 싶다면 언제든 박차고 그곳으로 갔다. 머뭇거릴 시간이 나에게 없다는 것을 늘 되뇌었다.

소규모 행사를 진행해도 사전에 꼭 행사장에 들른다. 물론 회의장의 규모와 좌석 배치를 눈여겨보지만, 그보다 바닥에 턱이 있는지, 설비하는 과정에서 노출된 선이 있는지, 출입구가 어디에 위치하는지 등을 꼼꼼히 살핀다.

행사장을 둘러보고 직원들과 이야기를 나누는 과정에서 직원들이 생각보다 대충 본다는 사실을 깨달았다. 입구의 위치는 기억하지만 다른 것들은 희미하게 기억하는 경우가 많다. 높은 무대에 올라가는 계단의 위치에 관심이 없는 경우가 대부분이지만, 나의 경우엔 내 불편함과 직결되어 있어서 눈에 쉽게 들어온다.

내가 움직이는 데에 장애가 되는 모든 시설물에 대해 사전 확인을 하는 이유는 참여하는 모든 사람의 안전과 편의를 보장하기도 하지만 내가 가장 안전해야 하기 때문이다. 턱에 걸려 넘어지는 것이 일상이기에 사전에 확인을 마치는 것이 습관이 되었다.

삶도 마찬가지 아닌가. 내가 무엇을 하고 어디로 가고 있는지에 대한 분명한 인지야말로 삶을 제대로 살아가는 방법이 아닐까. 이런 관심은 생각보다 삶의 질 상승에 많은 영향을 준다. 매 순간 깨어 있다는 의미란 바로 이런 것이 아닐까.

1만 시간을 투자하면 악기를 배울 수 있고, 2천 시간을 더 투자하면 음악 선생이 될 수 있다고 한다. 4천 시간을 더 투자하면 작은 도시에서 유명한 음악가로 활동할 수 있고, 1만 시간을 더 들이면 조수미처럼 세계적인 음악가가 될 수 있단다. 누구에게나 공평하게 주어진 시간이지만 모두가 이런 노력을 기울이는 것은 아니다. 어떻게 활용하는가는 사람마다 천차만별이다.

생활의 달인에 출연한 모든 분이 나에게는 스승 같다. 깨어 있는 채 몰입하는 귀한 시간을 성실히 보낸 사람들을 보면 감탄사가 절로 나온다. 성공은 언제나 큰 것에서 판가름 난다고 하지만 나의 경험으로는 소소한 작은 것에서 시작되는 경우가 더 많다. 가장 작고 단단한 중심이 얼마나 중요한지 매번 깨닫는 중이다.

구멍 난 바지

나의 바지 왼쪽 무릎에는 언제나 구멍이 나 있었다. 구멍 난 바지에서 벗어나려면 습관을 반드시 바꿔야만 했다. 20년 동안 길들여진 습관을 바꿔야만 하는 상황에 맞닥뜨리면 어쩔 수 없이 그렇게 해야만 한다.

나도 그렇다. 사고로 왼쪽 다리를 잃었다. 걷기 위해 의족을 했다. 그것만으로 쉽게 걸을 수 있는 것은 아니다. 이미 알고 있는 걸음을 다시 배운다고 생각해 보라. 그 많은 구멍을 내면서 첫걸음부터 다시 배우지 않으면 안 되었다. 수도 없이 넘어지지 않고서 잘 걸을 수는 없다. 잠깐 방심이라도 하면 그대로 넘어지기 일쑤였다.

지금은 뭐든 자동으로 작동하는 게 일상이 되었으니 알아서 하도록 내버려 둔다면 아무 문제도 생기지 않는다. 그러나 편견을 가진 나 자신이 그 작동의 시작을 어렵게 만든다. 조심성 많은 나였지만 사흘이 멀다 하고 바지에 구멍이 나다 보니 어머니께서 바지를 두 벌씩 맞춰 주셨다.

계단을 내려오다 멀쩡한 오른발을 마음보다 먼저 내딛는 순간 넘어지면서 얇은 천이 그대로 구멍이 나고 마는 것이다.

세탁소에 보내고자 요리조리 살펴보실 엄마의 속상함까지 생각해 보면 너무 슬펐다. 아픈 쪽 다리로 먼저 내려가야 한다고 수없이 생각하고 연습을 해도 다쳤다는 사실을 잊은 채 내려가다 넘어진 날, 바지에 구멍을 낸 날은 나도 어쩔 수 없는 상황을 자책하고 스스로 한심하게 생각하기 마련이었다.

10년 넘게 나는 바지를 두 벌씩 맞추었다. 오래 들인 습관을 바꾼다는 것, 혁신이 얼마나 어려운 것인지 몸소 느끼게 되었다. 스스로 바라보면서 제자리로 돌아가려는 무의식의 힘이 얼마나 큰지도 알게 되었다. 습관에 길들어지는 것이 얼마나 많은 노력과 시간이 드는지 알게 되었고, 꿈속에서조차 변하지 않는 그 질기고 억센 본능을 나를 되돌아보며 깨닫게 되었다.

이제는 바지에 구멍이 나지 않는다. 아니, 또 마음이 느슨해진다면 구멍이 날지도 모른다. 그만큼 늘 신경을 쓰는 게 힘들기 때문에 난 언제나 최선을 다한다. 일하면서 부딪치는 사람들을 바라볼 때 있는 그대로 바라보려는 노력을 끝없이 한다. 나를 반추하면서 배운 것이 바로 누구나 질기고 질긴 습관을 가지고 있다는 것이기 때문이다. 끝없이 잔소리하면서 타인을 고치려고 하는 사람을 보면 그렇게 쉽게 고쳐지는 게 아니라고 단호히 말해 주고 싶다.

나처럼 변하지 않으면 죽을지 모른다는 간절함과 절박함이 없으면 고치기 쉽지 않다. 바꿔야 한다는 의지를 품고 쉼 없이 노력해도 성공하기 어려운데, 단순히 한번 바뀌 봐야지 정도로는 어림도 없다. 이 사실을 진작 깨달았기 때문에 다른 사람들에게 기대를 덜 했는지도 모른다.

무엇을 바꾸고 싶다면 환경을 바꿔 주든지, 아니면 자신의 기초적인 것부터 바꿔야 한다. 가장 빠른 방법은 스스로 변해서 주변 상황을 다르게 만들어가는 것이다. 간절한 절박함 없이는 절대 바뀔 생각을 하지 않는다는 것을 알았으면 좋겠다. 그래야 행복해질 테니까.

책에서 길을 묻다

독서 클럽을 만들어 2주에 한 번씩 모임을 한 지도 벌써 3년이 넘었다. 좋아하는 사람들과 만나서 차를 마시며 살아가는 이야기를 나누는 것도 좋지만, 거기에서 더 나아가 책을 읽고 그 주제를 가지고 이야기하는 것이 더 귀히 시간을 쓰는 것이 아닐까 싶어 만든 모임이다.

나는 어릴 때부터 책 읽는 것을 좋아했으니 어른들이 가르쳐 주지 않은 모든 것을 책에서 배웠다고 해도 무방하다. 사람들은 도서관에서 책을 빌려보곤 하지만 난 책을 꼭 사서 모으는 습관이 있고, 어디에 가나 손끝이 닿는 곳에 책을 두는 버릇이 있다. 침실은 물론 화장실까지 말이다.

초등학교, 중학교 시절에는 집 근처에 있는 만화방에서 살다시피 했다. 시리즈로 나온 것들은 무슨 수를 쓰더라도 단숨에 끝까지 읽었다. 만화는 그림과 스토리가 잘 어우러져 있어서 친구들을 모아 놓고 이야기해 주거나 좋은 글귀를 만나면 따라 적는 것을 즐거움으로 여겼다.

또래보다 어휘력이 좋다거나 말을 잘한다는 이야기를 들었던 것도 모두 만화를 즐겨 보았기 때문일 것이다. 성향은 문과에 가까운데 수학 성적이 좋은 탓에 이과를 선택해 결국엔 의사가 되었지만, 책을 통해 인문학적 소양을 갖추어서 인간관계를 맺을 때 인성 교육이 잘 되어 있는 사람으로 평가받는 것 같다.

언제나 공부가 우선이었지만, 시험이 끝나고 나면 밀린 숙제를 하듯 책 속에 파묻히곤 했다. 생각이 많은 나를 친구들은 문학소녀라 불렀고, 친구들의 연애편지를 대필해 주었던 추억도 있다. 그 정도로 책을 좋아했던 내가 대학에 입학하고 나서는 책을 읽을 시간이 거의 없었다. 대학생 대부분이 그렇듯 음악 감상실이나 카페에서 팝송을 듣고 친구들과 어울려 노는 재미에 푹 빠져 있었기 때문이다.

그러나 나는 책과 함께해야 하는 운명이었던 것인지 대학 2학년 때 사고로 인해 책은 다시 내 곁에 머무르게 되었고, 기숙사에서 생활하면서부터 본격적인 책 읽기에 몰입했다. 스물한 살의 젊었던 나의 지적 욕구는 크기만 한데 거기에 명확한 답을 주는 사람이 없었으니 책 속에서 답을 찾기 시작했다. 나의 수많은 질문에 답을 해 줄 수 있는 책을 찾아 나선 것이다.

그 당시 '삶과 앎'이라는 단골 서점이 있었다. 마음껏 책을 빌려 볼 수 있었지만, 책을 읽고 감동에서 벗어나지 못할 때는 책을 반납하는 것이 너무 아쉬울 때가 많았다. 학생 신분이었기에 사고 싶은 책을 모두 살 수 있는 시절은 아니었다. 그래서 그 감동적인 책을 서점에 두고 나올 때의 아쉬움은 사랑하는 사람과 하루 종일 함께 있다가 헤어지는 느낌과 비견될 만했다.

처음 직장을 구하고 책을 마음껏 사 볼 수 있다는 사실에 몹시 행복했다. 아마도 그때 가지지 못했던 책에 대한 열정 때문이었을 것이다. 책으로부터 많은 위안을 받고 제 길을 찾아 잘 성장할 수 있었던 것을 보면 분명 작가가 펼쳐 놓은 세상에서 내게 필요한 최고의 지식과 지혜를 잘 쌓아 두었던 모양이다.

오묘하게 펼쳐지는 스토리는 경험에서 비롯될수록 절묘하다는 것을 알았다. 경험해 본 사람이 더 능숙하게 잘하는 것이 당연하듯이, 처음 마주친 사람들과의 관계에서도 낯섦 없이 자연스럽게 행동할 수 있었던 것은 모두 책 덕분이었다. 작가를 만나고 소설 속의 주인공을 만나며, 그들을 따라가면서 세상을 배우고 나를 알게 된 것이다.

수많은 철학자와 소설가가 시공간을 넘어 내게 와 스승이 되어 주었다. 그러니 책을 읽는 것은 매일 새로운 선생님을 만나 배우는 것과 같았다. 나는 인간이 갖게 되는 감정을 사람보다 책을 통해 알게 된 경우가 더 많다. 수많은 캐릭터를 연구하면서 책 속에서 한 인간의 모습을 본다. 무엇이 그를 절망하게 하는지, 무엇이 그를 그토록 분노하게 하는지를.

상처를 이기는 것은 그 상처를 마주하는 힘을 어떻게 사용하냐에 따라 다르다. 회피했던 마음을 기꺼이 마주 보게 만들어 준 것도 책이었고, 부모님을 사랑의 시선으로 볼 수 있었던 것도 책이라는 스승이 가르쳐 준 결과물이었다. 나 혼자만 생각하고 있다고 했던 그 모든 것이 실은 나만의 생각이 아니었다는 것을 깨달을 수 있었기에 무언가 올바른 길을 찾았다는 안도감을 얻을 수 있었다.

지금도 일이 잘 풀리지 않을 때면 습관처럼 서점에 간다. 좋은 스승을 찾아뵙는 기분이다. 처음으로 기관의 장이 되었을 때 조직의 일원들이 꿈꾸는 세상에서 내가 무엇을 해야 할지 알 수 없어 가슴이 답답했던 순간에도 나는 서점에 갔다. 리더십에 관한 책을 40권쯤 읽고 나니 그 답이 자연스럽게 정리되었다. 나의 꿈을 이루어 줄 것도, 나를 성공하게 밀어줄 것도 결국 '사람'이라는 결론에 도달했다.

나와 비슷한 사람은 없다. 내가 허리를 숙여 그들의 눈높이에서 세상을 볼 때 그들과 함께 갈 수 있다. 상대의 입장에서 보는 세상은 내가 보는 세상과는 너무나 다르다. 내가 무엇인가 할 때 그들의 입장에서 먼저 살펴봐야 한다는 사실을 인정해야 비로소 기관의 장으로서 하는 모든 행동이 정당해졌다.

나는 나의 눈을 통해 세상을 보고 있고, 타인은 타인만의 시선으로 보고 있기 때문에 그 간극을 메꾸기 위해서는 반드시 조율의 과정이 필요하다는 것을 알게 되었다.

책은 스스로 사는 법을 가르쳐 주었고, 그 덕에 나는 마음의 평온을 얻었다. 상처받지 않고 사는 법을 조금이나마 터득했다고 할까. 어쩌면 더 잘 살기 위해 많은 것을 배우고 노력한 탓에 먼저 행복해지는 방법을 알아갔는지도 모른다.

처음에는 깨우치는 속도가 아주 더뎠지만, 지식이 조금씩 쌓이자 판단하는 시간이 점점 줄어들었다. 이제는 저울로 재지 않아도 꼭 필요한 무게만큼 담을 수 있을 것 같다. 지금까지는 무조건 쓸어 담듯이 읽었다면 이제는 필요 없는 지식을 좀 걸러내면서 담는다고 할까. 다 보지 않아도 핵심만 체크할 수 있는 나만의 기준과 방식이 생긴 것이다.

책 속에서 만난 수많은 사람에게 동질감을 느꼈던 내가, 이제는 그 사람들의 그림자를 흉내 내고 이렇게 복잡한 세상 속에서 유유히 살아갈 방법을 배웠다는 것이 신기하기도 하다. 이도 모두 나의 스승인 책 속에서 배운 요령일 것이리라.

프리마돈나 조수미

✦

무대 위의 화려한 프리마돈나 조수미. 〈불후의 명곡〉에서 부른 아다지오를 나는 정말 좋아한다. 그녀의 공연을 보면서 풍부한 성량 안에 넘쳐흐르는 자신감이 느껴질 때마다, 그녀가 가지고 있는 열정과 노력을 느낄 때마다 두 개의 귀를 가지고 있음에 정말 감사하며 많은 위안을 받았다.

자신이 가지고 있는 열정과 작은 틈도 허용하지 않는 완벽함을 듣는 사람에게 느끼게 하는 섬세함이 전율을 불러일으킨다. 그녀의 공연은 타의 추종을 불허한다. 한국에서 보지 못한다면 해외 투어를 가서라도 보고 싶을 만큼 영광인 무대이다.

외국 생활에서 겪는 지독한 외로움을 이겨내기 위해 연습벌레로 살았고, 고생하고도 성공하지 못하면 스스로 바보라 생각할 것이라며 이를 악물었다고 했다. 그녀에게 외로움은 사람을 강하고 지독하게 만드는 것이라고 하니, 깊은 외로움에서 비롯된 소리에는 마성의 매력이 숨어 있는 듯하다.

그녀가 사랑의 고통과 외로움 등 모든 감정을 노래로 표현할 수 있게 된 것은 한 남자 때문이었다고 인터뷰한 것을 읽어 본 적이 있다. 대학 시절 한 남자를 사랑했고 그 열렬한 사랑으로 제적을 당하기도 했다는데, 매사에 노력하는 삶이 얼마나 매력적이고 사랑스러운지 다시 한번 느꼈다. 매일 자신에게 도전하는 삶 또한 본받을 만하다.

유튜브에서 매일 아침 그녀의 목소리를 들을 수 있다는 것만으로도 나는 행복해진다. 자신이 만족할 때까지 한층 더 완성도 높은 음악을 선사하기 위해 매 순간 노력하는 모습을 보고 있노라면 그녀를 사랑하지 않을 수 없다. 그녀가 음악을 통해 사람들에게 위안을 준다면, 나는 나의 일을 통해 사람들에게 위안과 행복을 줄 수 있도록 노력해야겠다는 다짐을 하게 만든다.

주어진 길에서 무엇을 보고 무엇을 할지는 자신의 선택이지만, 그 선택에 따라 길의 깊이와 넓이는 달라질 수밖에 없다. 기회가 모두에게 주어지는 것은 아니지만 말이다. 하지만 기회가 주어진다면 주저하지 않고 그 기회를 이용해 내 삶의 목적을 완성해 나가리라. 보이지 않는 섬세함을 오래도록 음미하면서 느낄 수 있도록 시간이 지나면 더 깊은 맛을 우려내는 차 한 잔 같은 사람이 되고 싶다.

자신을 치유하는 방법

✦

자기 자신을 치유하는 방법에는 여러 가지가 있겠으나 나는 정신과 상담을 받기보다는 음악을 듣는 것을 선택했다. 바흐는 나를 새로운 사람으로 다시 태어나게 해 주었고, 수많은 팝송은 가사 속에 들어 있는 저마다의 삶을 이해하게 도와주었다. 어떤 장르를 들어도 그 음악 안에 숨겨져 있는 스토리에서 삶을 느낄 수 있었다.

니체가 음악 없는 삶은 무의미하다고 말했듯이 감정이 한창 몰아칠 때 음악의 선율에 몸을 맡기다 보면 금세 평온한 마음에 다다를 수 있었다. 어머니의 따뜻한 손길처럼 영혼의 아픔을 쓰다듬어 주는 바흐의 음악은 나에게 많은 안식을 제공했다. 하루를 시작하는 순간부터 잠들 때까지 늘 가까이서 나와 함께 살아갔다.

나의 본질을 흐트러짐 없이 유지할 수 있었던 것은 주옥같은 명곡을 늘 곁에 두었기 때문이다. 사랑하는 사람의 마음이기도 했으며, 자상하게 보듬어 주는 어머니의 따뜻함 같은 역할도 해 주었다. 음악과 함께하는 출근길은 혼자만 누리는 작은 호사였다.

한편 혼자 있는 시간에는 주로 고전을 읽었다. 전쟁이 가져온 많은 아픔 속에서도 인간의 의미와 자신의 존재를 찾아다녔던 수많은 글을 읽으면서 나 자신을 이해하고 받아들였다. 고독하고 외로울 수밖에 없는 이유가 한 인간이기 때문이라는 사실도 너무 일찍 알아버렸다.

세상이 아무리 거친 풍랑처럼 소용돌이쳐도 흔들리지 않을 자신이 있다면 문제 될 것이 없고, 세상이 아무리 평화로워도 자신이 흔들린다면 그 평화는 아무 의미도 없다. 더는 갈등할 이유가 없다. 이렇게 자신을 받아들인 이후에는 그 어떤 어려움도 겪지 않았다.

수많은 시간이 잠든 그곳에서 오직 행복한 나를 꿈꾸었고 나의 길을 건설해 나갔다. 나는 그 어떤 것도 문제로 여기지 않았다. 부족한 자신을 받아들이는 첫걸음이 힘들었지, 받아들이고 난 후에는 오히려 너무나 자유로웠다. 그 자유로움을 바탕으로 나의 꿈을 향해 조금씩 걷기 시작했고, 스스로 위로하고 격려할 수 있는 인간으로 성장하게 되었다. 참 멋진 일이다.

인생에서 닮고 싶은 분,
이 회장님과의 인연

✦

오늘은 시간을 내어 이 회장님과 오찬을 함께하기로 하였다. 그분은 어렵고 힘든 이야기도 웃으면서 유머러스하게 환기하는 세련되고 멋진 사람이다. 약속 시간을 칼같이 지키는 분이었고 언제나 먼저 오서서 반갑게 맞이해 주시는 정확한 분이시다. 또한 항상 솔직하게 이야기해야 한다는 의무감이 드는 든든한 스승이자 친구 같은 분이다. 무엇보다 가족이 해 줘야 하는 일을 마다하지 않으셨으며, 인생의 중요한 시점마다 등장해서 나를 든든하게 지켜주셨다. 세상을 살아가면서 조언이 필요할 때마다 떠오르는 사람이 있다는 것은 얼마나 큰 행운인가. 비록 나는 늘 신세만 지고 있지만.

인생의 갈림길에서 망설일 때마다 이미 지나온 길에 대한 경험을 나눠 주시는 귀중한 멘토가 있다는 사실에 늘 감사하다. 수많은 사람을 만나면서도 이토록 상식적이고 설득력 있으며, 반듯하고 모범적으로 세상을 살아온 사람이 있다는 것이 믿기지 않을 정도였다. 젊은 날 나는 언제나 세련되고 매너 있는 그분을 닮고 싶었다.

처음 김천의료원의 장으로 임명장을 받으러 갈 때도 대구 산격동 도청까지 함께하면서 새 출발에 격려와 용기를 불어넣어 주셨다. 첫 출근을 할 때도 직접 운전을 해서 먼 길에 동행해 주셨다. 6년의 긴 임기를 마치고 돌아오는 날에도 먼 길을 한달음에 달려와 집까지 함께해 주셨다. 시작도 함께해 주셨는데 마지막에도 모든 것을 내려놓고 홀가분하게 긴 여정에 마침표를 찍으라고 배려와 격려를 아낌없이 주셨다. 그런데도 제대로 고맙다는 인사 한번 못한 것 같다.

내가 그분을 처음 만난 것은 H 부시장님의 전화 덕분이었다. 여성 기업인인 이 회장님과 약속이 있는데 호텔에서 둘만 식사를 하면 오해를 사 폐를 끼칠지 모르니 식사에 동석해 달라는 부탁이었다. 마다할 이유가 없어 자리에 갔더니 경주에 이런 분이 있나 싶을 정도로 열정적이고 존경할 만한 분이 계셨다. 나보다 나이가 많아도 언제나 열린 사고를 보여 주셨고, 세대를 초월하는 공감 능력에다 훌륭한 소통 능력을 갖추고 있어 항상 대화하고 싶은 분이었다.

그날로 친구가 되어 행사에서 얼굴을 자주 뵈었다. 혼자였다면 괜히 의기소침해져 얌전히 있었을 텐데 그분이 함께 있으니 세상 속으로 성큼 나서 폭넓게 사람들을 만나고 경험할 수 있었다.

요즘 '어떤 사람으로 남고 싶은가?' 하는 질문을 받으면 자연스레 그분의 얼굴이 떠오른다. 세상살이에 초보인 나에게 다양한 조언을 해 주셨고, 일밖에 모르던 나에게 꼭 필요한 말씀을 전해 주셨다. 오늘도 젊은 날들처럼 그분께 많은 이야기를 들었다. 골프를 좋아하다가 미국까지 가게 된 내 이야기를 자기 일처럼 기뻐하며 경청하시는데, 나는 그만큼 관심을 보여 드린 적이 없는 것 같아 마음이 씁쓸했다.

일밖에 모르고 달려가던 젊은 관리자였는데 이제야 철이 조금 든 것 같다. 두려움 없이 전력 질주했던 삶이었는데 하나둘씩 마주치는 건강이라는 문제 앞에선 한없이 조심스러워진다. 나의 스승이자 친구, 존경하는 사람들이 오래도록 건강했으면 좋겠다. 나 또한 다른 이에게 그런 존재가 되어 주는 동시에 나의 건강을 잘 돌보아야겠다.

섬세함에 대하여

✦

언젠가 인터넷에서 리더와 보스의 차이를 그린 그림을 본 적이 있다. 보스는 마차 위에 올라타 아랫사람을 부렸지만, 리더는 가장 앞에서 솔선수범하며 마차를 이끌었다. 당연히 리더 아래 있는 사람들의 충성도와 업무 효율이 더 높을 수밖에 없을 것이다. 충실한 직원을 만들어내는 조직의 리더 모습을 현실에서 보았을 때, 나의 가치관은 순식간에 바뀌어버렸다. 훤히 꿰뚫는 선구안에 놀랐으며, 그 후로 누가 보든 보지 않든 소신껏 최선을 다해 일하게 되었다.

2000년 10월 15일에 있었던 일이다. 아직도 날짜가 정확하게 기억날 만큼 나에게 잊을 수 없는 많은 것을 가르친 날이었고, 내가 하는 일을 구태여 남에게 알리려고 애쓰지 않아도 된다는 것을 깨달은 하루였다. 그저 주어진 일을 충실하게 한다면 그걸로 충분하다는 것을 배웠다.

그날 시장실에서 회의를 마치고 사무실로 막 들어서는데 국장님께 전화가 왔다. 국장님께서 오늘 시장님과 점심을 함께하려고 했는데, 시장님께서는 나와 점심 약속을 해 두었다고 하셨다는 게 아닌가? 난 약속을 한 적이 없는데 잘못 들으신 것 아닌가 생각했다. 다음 회의를 하는 동안 한참을 생각해 봐도 도통 기억이 나지 않았다.

아니나 다를까, 부서 회의를 끝내고 나오자 비서가 시장님께서 점심을 함께하자고 하셨다는 말을 전해 주었다. 그래서 계장급 이상 간부와 함께 식사 자리로 향했다. 시장님께서는 과장님들께 직접 술을 따라 주며 수고한다는 말씀을 건네셨고, 그 후 모든 간부에게 한 잔씩 술을 따라 주며 이야기를 나누셨다. 늘 그렇듯 유쾌한 농담과 질의응답이 이어지는 쾌활한 식사 자리였다.

모두가 시장님과의 식사를 즐거워했다. 그러나 나는 대체 이 자리가 어떻게 만들어졌는지 여전히 의문에 빠져 있어 그 즐거움을 온전히 누리지 못했다. 다른 부서도 다 이렇게 식사를 했는데 내가 모르고 있었나? 아니었다. 오늘은 타 부서와는 별개로 특별하게 마련된 오찬이었다. 게다가 갑작스럽게 잡힌 일정이었다.

설마 나의 마음을 꿰뚫어 보고 자리를 마련해 주신 건가? 겉으로 보기엔 여느 때와 다름없는 월요일이었고 언제나처럼 간부 회의를 한 날이었다. 그러나 시장님께서는 새롭게 시작하려는 마음가짐을 가진 나를 알아보신 모양이었다. 속마음이 들켜 부끄러운 마음과 함께 가슴속에서 뭉클하게 벅찬 감정이 솟아올랐다.

그날은 스스로 새롭게 시작하자는 생각으로 몸과 마음을 가다듬고 출근했다. 내가 이 조직의 책임자가 된 지 꼭 1년이 되는 날이었기 때문에 티는 나지 않아도 말쑥한 정장에 머리를 깔끔하게 빗고 출근했다. 힘들다고 어디에 말도 하지 못하고 달리기만 했던 고된 날들이었다. 하고 싶은 보건 사업이 있으면 사업과 관련된 일이 20%, 그 사업을 하기 위해 치러야 할 제반 작업이 80%이었다. 아마 모든 조직의 일들이 그럴 것이다.

더 나은 보건 사업을 위해, 빨리 익숙해지기 위해 노력했던 시간이 주마등처럼 눈앞을 지나갔다. 힘든 순간들을 겪을 때는 언제까지 이 일을 할 수 있을까 깊은 한숨을 쉬기도 했지만, 주어진 일이 내가 해야 할 일이라면 마다하지 않고 모든 일에 성심성의껏 최선을 다했다. 그러나 이러한 노력에도 불구하고 여전히 30대 중반의 어린 나이였던 나는 남들에게도 스스로에게도 한참 어설픈 관리자에 불과했다. 스스로 알고 있었지만, 그래도 너무 젊은 친구를 관리자 자리에 앉혔다고 지나가듯 이야기하는 말을 들으면 은근히 신경 쓰이고 속이 상했다.

그래서 더욱 일에만 집중했다. 아무것도 들리지 않은 것처럼 내 일에만 충실했고, 빠른 시간 안에 업무를 파악하고 의무행정을 익히는 데에 온 신경을 썼다. 모르는 사람은 모르지만, 보려고 하는 사람에게는 이러한 내 마음과 행동이 다 보였던 모양이다. 내가 요청하지도 않았는데 먼저 오찬을 마련해 이제껏 수고했다고 다독여 주시는 그 마음이 꼭 상처럼 느껴졌다. 그날 이후로 나는 시장님 같은 관리자가 되어야겠다고 마음먹었다.

관리자의 일은 언뜻 쉬워 보여도 아래 부처의 모든 업무를 알고 있어야 하는 어려운 것이다. 공적인 업무만 꿰고 있기도 쉽지 않은데 실무자의 태도뿐만 아니라 속마음까지 꿰뚫어 보는 것은 대단한 노력이 필요한 일이다. 일에 대해 정확한 기준과 소신, 헌신을 가진 사람이 단 한 명이라도 있다면 그 조직의 뿌리는 절대 죽지 않고 살아남아 성장한다. 그리고 그 뿌리를 알아봐 주는 사람이 있다면 그 안목을 버팀목 삼아 반듯하게 자랄 수 있다.

나의 의도를 드러내지 않아도 알아봐 주며 격려해 주고 있다는 사실이 나를 다시 한번 달리게 했다. 그날의 깨달음이 내 마음 깊은 곳에 남아 작은 식사 자리 하나라도 큰 의미를 담는 법을 배워 실천했다. 실제로 시장님께 여쭤보진 못했지만, 생색을 내지 않고 나만 느낄 수 있는 감동을 선사해 주신 것이 얼마나 섬세한 관리자의 자세인가.

장미의 꽃말은 흔히 열정으로 알려져 있지만 섬세함이라는 꽃말도 가지고 있다. 가시가 없는 것을 장미라고 할 수 있을까? 까칠함 없는 나를 나라고 할 수 있을까? 어린 나의 까칠함까지도 열정으로 받아들여 다독여 주셨던 시장님의 마음을 받들어 나처럼 열정을 앞세워 돌진하는 후배들을 만났을 때 그때 그 마음으로 응원하고 있다. 결과만 보는 것이 아니라 그 사람의 의도와 마음을 이해하면서.

한 끼 식사에서 배우기 어려운 것을 단숨에 배운 귀한 시간이었다. 나는 그 이후 보건소장을 16년간이나 더했다.

지키지 못한 약속

강 교수님께서 간암으로 돌아가셨다는 청천벽력 같은 소식을 들었다. 얼마 전까지 병원에 입원하셔서 상태가 좋지 못하다는 이야기는 들었어도 이렇게 빨리 돌아가실 줄은 꿈에도 생각하지 못했다. 돌아가시기 몇 달 전에 편찮으시다는 소식을 듣고 다른 선생님께 한번 뵙고 싶다고 전화했더니 금방 약속을 잡아 주셨다. 어렵게 마련된 점심 식사 자리였는데 편찮은 기색이 역력하신데도 여전히 말씀으로는 괜찮다고 하셨다.

그렇게 도란도란 이야기를 나누고 있는데, 대뜸 교수님께서 물으셨다.

"왜 골프 약속을 지키지 않지?"

그때까지도 내가 무슨 약속을 했었는지 기억을 못 해 헤매고 있는데 교수님께서 말을 이으셨다.

"지난번에 나랑 라운딩 한번 하자고 하지 않았나?"

그 약속을 지킬 줄 알았다고 하시는 것이 아닌가. 기억을 더듬어 보니, 지나가는 말로 언제 시간 나면 라운딩 한번 하자고 인사처럼 드린 적이 있었다. 그렇게 인사를 하긴 했지만 여쭙기 죄송스러워서 다시 말씀을 못 드렸었는데 교수님께서는 그 말을 마음속에 간직하고 계셨나 보다. 당연히 잊으실 줄 알았고 눈치도 채지 못했다. 언젠가 건강을 회복하시면 그때에는 꼭 라운딩 한번 해야겠다고 다짐하고 있었는데, 이제는 그 약속을 영원히 지키지 못하게 되었다. 그게 마음속에 여전히 응어리처럼 남아 있다. 꼭 라운딩을 함께해야 했는데, 지키지 못한 골프 약속은 처음이었다.

강 교수님은 공공의료기관에 근무하는 나를 늘 아끼셨다. 1996년 WHO 자금으로 지역사회 보건연구개발 사업을 시작했을 때 초기부터 함께한 분이었다. 누구보다도 지지와 격려를 많이 해 주셨고, 어려운 일에 맞닥뜨릴 때마다 자기의 일인 것처럼 물심양면으로 도와주셨다. 강 교수님이 아니었다면 오랜 시간 보건 사업에 몸담을 수 없었을 것이다. 그만큼 지역사회에서 필요하다면 언제든 달려와서 직원 교육이며 보건 사업 등을 끝없이 지원하면서 보건 수준을 높이는 데에 큰 도움을 주셨다.

시간이 흘러 경주에 새롭게 당선된 시장님의 공약 사항에 시립 요양병원 건립이 포함된 적이 있었다. 사회복지과와 우리 부서가 서로 자기의 일이 아니라고 하던 중, 병원 관리는 우리가 하더라도 건립은 사회복지과가 하는 것이 맞았는데도 결국 그 업무가 우리 부서로 배정되었다. 예산을 받아야 가능한 일이라 보건복지부로부터 예산을 확보하기 위해 부단히 노력했지만, 난관이 한둘이 아니었다. 사방으로 애를 쓴 것에 비해 진척이 무척 더뎠다.

다른 업무도 밀려들어 차일피일 미루고 있었는데, 시장님께서 보건복지부로 가는 출장길에 수행하라고 하시는 것이 아닌가. 보건복지부에서는 시장님이 장관님을 뵙겠다고 했는데 그리 달가워하지 않았고, 대신 기획실장과의 면담을 잡아 주었다. 시장님에게 장관님이 시간이 안 된다고 보고드리는데 목소리가 자꾸만 기어들어 갔다. 사무실에 돌아와서 강 교수님께 전화를 드렸다. 강 교수님이 장관님과 절친한 사이라는 것은 알고 있었지만, 그렇다고 이런 부탁을 드리기가 쉽지는 않았다. 안 되어도 당연히 어쩔 수 없는 일이었다.

시장님을 수행하며 같이 보건복지부로 출장을 가서 기획실장과 지자체에 필요한 병원 건립 예산에 관해 대화를 나누고 나오려고 하는데 기획실장이 한마디 건넨다. 장관님께서 시장님을 기다리고 계신다고 말이다. 기대도 하지 않았던 일이었다.

장관실에 들어가니 장관님께서 웃으시면서 강 교수님 애제자라고 들었다는 말부터 시작하면서 시장님께서 건의한 내용을 면밀하게 검토하겠다는 긍정적인 답변을 주셨다. 세상에 인맥이 얼마나 중요한지 그날에야 깨달았다.

나는 그때도 강 교수님의 도움을 받아 면담을 마칠 수 있었고, 그해 추경 예산이 확보되어 경주에 멋진 시립 요양병원을 지을 수 있었다. 상상으로만 그려 보았던 시립 요양병원은 수많은 치매 가족들에게 안식처가 되게 아름답게 건립되었고, 그 상상처럼 지금도 꾸준한 사랑을 받는 장소가 되었다.

한 가지 일을 하기 위해서는 수많은 사람의 도움이 필요하다. 그 수많은 사람의 도움은 단순히 친분만이 아니라 평소의 업무 태도와 성실함에 따라 달라진다.

부단한 노력을 알아주면서도 나보다 훨씬 더 노력하셨을 시장님께, 우리의 노력이 빛을 발할 수 있게 길을 터 주신 강 교수님께, 이 사업을 이끌어 주신 모든 분께 너무나도 감사하다.

Occupational Diseases

직업병이 없다고 이야기하고 싶지만, 유일하게 가지고 있는 직업병이라면 늘 했던 이야기를 두 번 이상은 하게 된다는 것이다. 내 친구들은 딱 한 번 이야기하기를 좋아하고 두 번 반복하는 것을 몹시 싫어한다. 새로운 것도 다 듣기 힘들게 세상이 변해가는데 고리타분하게 했던 말을 또 하니 못마땅할 수 있다. 누군가가 조언을 하면 곧장 받아들이는 편인데도 오죽했으면 이런 직업병을 가지게 되었는지 변명하고 싶어졌다.

코로나19라는 급박한 상황에서 조직은 큰 위기를 맞았다. 직원들의 일에 대한 이해가 매우 중요한 시점이었는데, 나의 결정이 전 직원에게 닿지 않은 상황이 여러 번 반복되면 예민해지는 것은 어쩔 수 없었다. 의사 결정 속도가 전부를 좌지우지하는 의료원에서 결정이 늦어지고, 심지어는 왜곡되어 전파되고 있다는 사실 때문에 문제를 해결하는 중간에 치명적인 오류를 발생시키는 경우가 많았다.

일을 시킨 사람은 그 일이 어떤 상황에서도 성공한다는 것을 가정한
다. 하지만 일을 시킨 사람과 일을 하는 사람이 다르고, 일하는 사람은
자신만의 기준과 필터를 세우다 보니 언제나 현장에는 나의 의도와 다
른 결과가 도출되어 있었다. 그런 일이 반복되다 보니 습관처럼 현장에
직접 나가 보고, 현장에서 기다리는 습관이 생겼다.

심장에서 혈관으로 쏟아낸 혈액이 발끝까지 미치지 못하면, 발끝은
혈액 순환이 되지 않아 저리고 점점 까맣게 변하다가 괴사하게 된다. 혈
관을 누르는 무언가가 있는지, 혈관이 경화가 일어나 탄력성이 떨어져
흐름이 느려지게 된 건지, 혈관 속에 기름기가 많아 좁아진 것인지 등
이유를 찾아 해결하지 않고서는 항상 건강에 폭탄을 안고 살아가야만
하는 것이다.

일도 똑같다. 정상적인 흐름이 이루어진다면 이미 현장에서 완료되
어야 했겠지만, 그렇지 못했다는 것은 어떤 문제가 발생했다는 것이다.
관리자는 일을 시키기만 하는 사람이 아니라 어떤 상황에서도 일이 제
대로 될 수 있도록 문제를 해결해야 하는 사람이다. 조직이 잘 되는 것
이 모두의 목표라고 생각해서는 안 되지만, 나의 의사 결정과 현장에서
의 처리 사이에 미묘한 사건 사고들이 끼어들고 있다는 것을 안 다음부
터는 직업병이 생겼다. 중간중간 계속 말하고 여러 번 얘기하고 그리고
도 또 확인하는 고질적인 문제다.

그런데 그 직업병이 운동하면서 점점 치료되고 있다. 조직에서는 섬
세하게 계속 확인하고 인지시키는 일이 반복되었다면, 운동에서는 나

의 꾸준한 연습만이 좋은 점수를 보장한다. 조직에서처럼 해야 할 일이 없으니 조금씩 고질병이 고쳐진다. 그래서 요즘은 재방송하지 말라는 타박 듣는 일이 많이 줄었다.

푸른 하늘이 그립다. 맑아만 보였던 구름 속에 얼마나 많은 비가 숨어 있었는지 순식간에 내리는 양을 감히 가늠할 수 없을 정도로 폭우가 쏟아진다. 시간이 지나면 아무 일 없었다는 듯 다시 맑은 하늘로 돌아오겠지만, 폭우 때 패였던 상처의 흔적은 사람들 마음속에 오래도록 남아 있을 것이다.

늘 더 최악의 재난 수준을 대비하며 준비해 왔지만, 또 속수무책 당한다. 나조차도 어쩔 수 없는 두려움에 웅크리게 된다.

의료원에서 함께 근무했던 동료들을 만났다. 영웅이라며 치켜세우던 사람들은 다 어디 가고 이제는 알아서 살아남으라고 한다. 코로나19 거점 지정 병원이 되기 전에는 병상 가동률이 95%였는데, 지정 병원에서 해제된 지 6개월이 지났는데도 이제는 병상 가동률이 60% 수준밖에 되지 않는다. 그런데도 돌아오는 손실 보상금은 6개월분이다. 병상을 전부 격리 병상으로 바꾸라고 했던 사람들은 그 책임을 지지 않고 다 어디로 사라진 걸까. 손실 보상금이라는 걸 따진다면 엄밀히 말해 예전 수준으로 돌아갈 때까지가 맞는 것이 아닌가.

많은 사람이 지방 의료원에 근무하는 사람들은 국가로부터 월급을 받는 줄 알고 있다. 지방 의료원은 독립 채산제로 운영되는 출자기관이다. 환자를 진료하고 받는 의료 수익으로 월급을 주는 것이고, 국가로부터는 시설과 장비 예산만 지원받는다. 그러니 월급은 오롯이 의료행위에서 나오는 수익으로만 구성된다. 병상 가동률이 이처럼 낮아졌다는 것은 정상화되지 않는다면 직원들이 제대로 된 월급을 받을 수 없다는 것을 의미한다.

코로나19 상황에서 썰물처럼 빠져나갔던 귀한 의료진들이 돌아오지 않고 있다. 이 또한 정상적인 병원 경영을 하는 데에 치명타를 주었다. 필수 의료 체계가 흔들리고 있고, 지방의 버팀목이었던 의료 체제가 위험에 처해 있다.

서로 책임을 떠넘기기만 하다 보니 아마도 가장 앞장서서 노력하고 수없이 개선을 꿈꿔 왔던 담당자 중 하나가 희생양이 될 것이다. 그러다 눈앞의 문제가 잠깐 해결되면 또 흐지부지되고, 근본적인 대책을 실행하지 않은 채 또 다른 곳으로 시선이 흘러갈 것이다.

상처만 남은 영웅들이 너무나 초라해 보인다. 밀려오던 코로나19 환자들 속에서 목숨까지 바칠 요량으로 생명을 살리는 데에만 집중했던 그들에게 최소한의 보상이 필요할 때가 아닌가? 이런 상황이 다시 발생했을 때 망설임 없이 다시 나설 수 있도록 완전한 회복을 할 때까지 지켜주어야 하는 것 아닌가? 아니라면 대체 누가 코로나19 같은 범세계적 위기 속에서 사람을 살리겠다고 나설 수 있겠는가.

오직 생명을 위해 노력했던 그들의 좌절을 바로 앞에서 지켜보는 것이 너무 힘들다. 국민의 희망이었던 의료진들이 노력했던 순간들이 순식간에 잊혔다는 것이 안타깝다. 또다시 원점이다.

가족 여행

내 삶에서 여행은 필수불가결한 것 중 하나다. 또 다른 하나는 독서인데, 책을 읽는 것 역시 여행처럼 새로운 문화를 간접적으로 체험하게 해준다.

나는 22살에 첫 자동차를 만났다. 그 당시 수많은 개성을 가지고 있는 친구들이 있었지만, 자동차를 소유하고 있는 사람은 나뿐이었다. 그만큼 또래 사이에서 희귀했던 자동차는 나를 미지의 세계로 데려다주는 소중한 친구였다.

대학 생활 동안 여러 힘듦과 즐거움이 있었지만, 지금까지 남아 있는 기억은 여행을 다녔던 것뿐이다. 공부하는 것 역시 무척이나 중요한 일이었지만 살아야 하는 이유를 찾아야 했던 나에게 여행의 시간은 자신을 돌아보며 질문하는 소중한 순간이었다. 그래서 개인적으로 힘들었던 시간에 내 옆에 있어 주었던 가장 귀중한 것으로 자동차를 꼽는다.

그때부터 음악을 들으며 자동차로 온갖 도로를 쏘다니는 것은 나의 유일하고 커다란 취미였다. 아무리 오랜 시간 운전을 하더라도 피곤한 줄 몰랐고, 오히려 스트레스가 온통 해소되는 느낌이었다. 새로운 길을 망설임 없이 선택해 색다른 풍경을 보면서, 원하는 곳에 잠시 정차해 느긋한 시간을 보내는 것이 내가 여행 중 가장 좋아하는 지점이다.

대학 졸업 후에는 여행을 다닐 시간이 절대적으로 부족했다. 휴가가 아닌 이상 시간을 따로 내는 것도 어려웠다. 수많은 이유 때문에 반강제적으로 휴가를 반납하고 일에 몰두해야 했던 시절에 공직자로 살았으니 휴가를 내는 것 또한 쉽지 않았다. 요즘에는 그런 분위기가 많이 사라져 다행이다.

예전에는 휴가 신청을 가장 먼저 해 빠르게 떠나지 않으면 순서에 밀려 휴가를 가지 못하는 경우가 다반사였다. 그래서 다른 사람들이 계획을 세우기도 전에 휴가 신청을 해 제일 먼저 휴가를 떠나는 것이 내가 휴가를 사수하는 방법이었다.

가족과 함께 한 첫 해외 여행은 패키지 여행이었다. 아이들이 어렸기 때문에 잘 기억하지는 못하지만, 뉴질랜드와 호주는 우리 가족이 다 함께 떠났던 명실상부한 첫 여행이었다.

세계에서 두 번째로 긴 아치형 다리인 하버 브리지를 보며 즐겼던 선상 투어는 내 기억 속에 여전히 자리 잡고 있다. 톡특한 디자인으로 유명한 오페라 하우스를 강 건너편에서 보면서 아름다운 산책로를 걸었던 것은 뇌리에서 쉽사리 사라지지 않는다. 로얄 보타닉 가든에서는 다양하고 이국적인 식물을 관찰할 수 있었다.

여행을 가면 꼭 하는 루틴 중 하나가 식물원에 찾아가는 것이다. 그 나라에서만 볼 수 있는 다양하고 색다른 식물과 나무, 꽃을 보고 알아가는 것은 언제 해도 행복한 일이다.

아프리카 스와질란드로 의료 봉사를 하러 갔을 때 케이프타운에서 며칠 시간을 보낸 적이 있다. 케이블카를 타고 테이블 마운틴을 둘러본 것도 좋았고, 볼더스 비치에서 만난 펭귄에게 먹이를 주었던 경험도 좋았지만, 가장 인상 깊었던 것은 케스턴 보쉬 식물원이었다. 크기부터 압도되는 엄청난 규모의 식물원으로 진귀하고 아름다운 자연에 잔뜩 매료된 경험이었다.

식물원은 대부분 아름다운 산책로가 조성되어 있고 자연과 어우러져 있어서 상쾌한 마음으로 걸어가며 둘러볼 수 있다는 점이 늘 나의 마음을 끌었다. 동행자가 없으면 혼자서라도 예약해 가기 때문에 식물원에서 보내는 시간만큼은 오롯이 나의 즐거움이었다. 하루 종일 시간을 들여 세상의 끝인 남아프리카공화국 식물원엔 어떤 식물들이 자리 잡고 있나 샅샅이 살펴보았던 기억이 여전히 생생하다.

식물원을 떠올리면 싱가포르에서 방문했던 곳도 생각난다. 호텔 가까이 위치한 그 식물원은 상당한 규모로 울창하게 잘 꾸며져 있었다.

식물원은 대부분 평지이기 때문에 산책하기에 적합하고, 해외 유명 식물원은 우리나라보다 훨씬 큰 규모와 다양한 종을 자랑한다. 그래서 어느 나라에 가도 식물원을 가 보는 것이 루틴 중 하나가 되었다.

각 나라의 기후에 알맞게 잘 자라나는 꽃과 식물을 카메라에 담는 것도 묘미 중 하나다. 내가 알고 보았던 것이 전부가 아니라는 것을 둘러

볼수록 뼈저리게 느낀다. 나이가 들면 산책을 할 수 있는 식물원 가까이에 살며 자주 들여다보고 싶은 것이 나의 소망이다.

가족과 떠난 두 번째 여행지는 서유럽이었다. 영국에서는 당연히 버킹엄 궁전을 둘러보았는데, 나는 그곳에서 금세 빠져나와 다른 곳으로 향했다. 이튼 스쿨이었다. 혹시 아이들이 가서 공부할 수 있는지 열심히 물으면서 돌아다녔다.

한국에서는 성적을 잘 받는 학생 만들기에 여념이 없지만, 이튼 스쿨은 그곳만의 전통과 문화를 자랑했다. 최소한의 학업 능력을 갖추는 것에 더불어 스포츠, 악기 등 여러 가지 취미와 적성을 키워 준다는 것이 나를 솔깃하게 만들었다.

우리 아이는 과학고와 공과대학을 나와 학업에 전념하는 생활을 보냈다. 진로를 제대로 살펴보지 못한 것 같아 여전히 안타까운 마음이 든다. 아이들이 내 의견을 들어 준다면 내가 아이를 이튼 스쿨로 데려가는 꿈을 꿀 정도였다. 미래의 우리 아이들의 아이들이라도.

파리의 루브르 박물관도, 영국의 대영 박물관도, 독일과 이탈리아의 수많은 명소에도 모두 발도장을 찍었다. 수천 년의 역사를 자랑하는 유물과 유적은 나에게 많은 자극이 되었다. 로마의 바티칸은 책에서만 보았던 것들을 눈앞에 펼쳐 주어 호사스러운 기분을 누리게 했다. 그 외에도 다양한 음식이 있어 눈뿐만 아니라 입도 새로운 문화를 즐길 수 있었다.

세 번째로 갔던 곳은 캐나다였다. 남편이 아이들을 데리고 1년 동안 어학연수 겸 머물렀던 곳이 밴쿠버 근처 빅토리아섬이었다. 함께 가고 싶었지만, 그 당시에는 휴직하는 게 쉽지 않았고, 공직에 머물면서 사표를 낼 수는 없었던 터라 아이들과 함께하지 못했다. 일 년이라는 긴 시간의 추억을 공유하지 못한 것이 무척이나 아쉬웠다.

그 어린 시절 외국에서 잠시 살았던 경험으로 큰아이가 미국으로 선뜻 유학을 떠날 수 있었다. 우물 안 개구리처럼 살기를 고집하지 않았다. 한 번 사는 인생, 세상 어디가 좋고 나쁜지 알고 살아 보는 것도 중요한 선택이다.

아이들을 보러 캐나다로 가 이곳저곳을 함께 둘러보았다. 내가 무척 좋아했던 영화 〈빨간 머리 앤〉의 고향도, 퀘백의 오래된 성도 방문했다. 아침에 자고 일어나면 어제 보았던 것과 또 다른 풍경이 펼쳐져 있던 것이 오래 기억에 남았다. 여행을 다닐 때마다 마음에 오래 남는 풍경들이 있어 자꾸만 여행을 떠나게 된다.

지금 돌이켜 보아도 아이들과 함께하지 못한 그 시간이 아쉽다. 세상에 돌아다니면서 우리가 살고 있는 대한민국도 해외 못지않은 멋진 곳이라는 생각이 더해지지만, 이런 낯선 여행의 경험이 늘어날수록 내가 사는 곳의 장점을 더욱 뚜렷하게 알게 되는 것도 재미있다. 해외에서 일 년 살아 보는 것이 내 오랜 꿈이었는데 코로나19로 그 꿈은 여전히 간직하는 중이다.

네 번째 발자취는 미국에 남겼다. 미국의 올랜도는 아이들이 어릴 때 갔기에 더 좋아할 수밖에 없었던 곳이다. 동화 속에만 있던 것들이 현실 속 디즈니 월드에 나타나니 아이들의 정신을 쏙 빼놓기에 적합했다.

동화의 나라로 데리고 가는 것이 아이들의 꿈에 행복을 담아 주는 것 같아 무척이나 좋았다. 유니버설 스튜디오에서 실감 나게 체험한 것은 아직도 두고두고 이야기가 나올 만큼 즐거웠다. 아이들에게 많은 경험을 쌓게 해 주고 싶었던 나의 노력이자 결정이 빛을 본 것 같아 기뻤다.

큰아이가 미국으로 유학을 가고 작은아이가 중학교에 들어가자 함께 여행을 가고 싶어도 시간을 맞추기가 어려워졌다. 조금 더 자라자 부모와 함께 가는 것보다는 자신만의 여행을 가고 싶어 했다. 아무리 설득을 해도 쉽게 넘어오지 않아 아쉬운 마음이 들지만, 부모와 자식 간의 관계는 늘 그런 것 같다. 그전에 많은 추억을 담아 둘 수 있어서 다행이다.

나의 영원한 반쪽과의 여행

나의 영원한 반쪽은 매일 비행기 시간표를 찾아보는 게 취미다. 거기에 둘 다 운전하는 것을 좋아하니 패키지 여행 대신 자유 여행, 특히 자동차 여행을 하기로 했다.

자동차와 함께 제일 먼저 향한 곳은 프랑스 남부였다. 프랑스를 여러 번 가 본 지인이 말하기를, 진짜 프랑스를 경험하고 싶으면 남부 해안을 따라 여행해야 한다고 했다. 유명한 화가들이 사랑했던 도시들을 엮어 가며 보았던 코발트색 푸른 바다가 아직도 눈에 선하다.

니스 해변에서 보냈던 시간, 한여름 밤 더위 속 해변에서 마신 맥주와 와인의 맛을 잊을 수 없다. 그곳 날씨는 주민들을 낭만적으로 만들어 주기 충분했다. 애즈라 불리는 작고 아담한 바닷가 마을의 도로 옆 레스토랑에서 아침 식사를 했던 기억이 난다. 바로 눈에 들어오는 지중해가 햇빛을 받아 반사되어 얼마나 푸르고 눈이 부셨는지 모른다.

마르세유에서 배를 타고 〈철가면〉 소설의 본고장인 이프섬도 둘러보
았고, 마르세유 전체를 내려다볼 수 있는 노트르담 대성당에서는 항구
의 아름다움을 한눈에 담을 수 있었다. 모나코에서의 짧은 밤도 달콤한
와인과 함께였고, 아를에서 만난 빈센트 반 고흐의 흔적은 내게 많은 영
감을 주었다. 프랑스의 향이 담긴 커피와 함께 남부의 바다 내음 가득한
바람을 맞으면서 다녔던 시간이었다.

자동차를 빌렸기 때문에 아름다운 풍경이나 구경거리에 마음을 빼앗
기면 곧장 멈춰서 즐길 수 있다는 것이 무척 좋았다. 숙소에서 일찍 나
서면 운전하기 좋은 낮에 가고 싶은 곳을 속속들이 구경할 수 있어서 좋
았고, 조금만 부지런하게 움직이면 같은 시간에 대중교통을 이용하는
것보다 다양한 체험을 할 수 있어서 더욱 좋았다. 둘 다 운전을 즐겼기
때문에 번갈아 가면서 운전대를 잡아 피곤함도 덜했다.

우리의 첫 자동차 여행에서 프랑스 남부의 아름답다고 유명한 도시
는 거의 다 들러 빠짐없이 살펴보았고, 도시마다 마음에 깊숙이 남았던
풍경은 카메라에 간직해 두었다.

보건소를 그만두고 의료원으로 가기 전에 어렵게 시간을 내어 간 곳
이 스페인이었다. 우리의 두 번째 자동차 여행이었다. 마드리드 공항에
내려 새벽 내내 달려 알람브라 궁전이 있는 그라나다에 도착했다. 아라
베스크 무늬가 세밀하게 조각된 곳곳을 보면서 그 시대의 화려했던 시
간을 느낄 수 있었다.

바르셀로나에서는 꼭 가 보고 싶었던 사그라다 파밀리아에 들렀고,
건축가 가우디가 인생을 바쳐 만든 다양한 역작을 즐겼다. 피카소가 살

왔던 말라가에서 그의 정취도 느낄 수 있었다.

자동차가 있어 얻을 수 있었던 시간의 여유로움 덕에 스페인 곳곳을 미련 없이 둘러볼 수 있었다. 그만큼 자세히 알게 되어 꼭 한 번 더 가고 싶은 곳이다.

세 번째 여행지였던 크로아티아는 또 다른 모습으로 내게 다가왔다. 두부로니크의 올드 타운을 걸으면서 이곳저곳을 기웃거리며 구경했다. 지중해 음식을 먹으러 갔던 해변가 근처의 레스토랑에서 근사한 와인을 곁들여 기분 좋은 시간을 보냈다. 플리체 비치에 갔던 것은 그후에도 우리에게 두고두고 즐거운 이야깃거리가 돼 주었다.

어느 아침에는 예약해 둔 트래킹 코스를 즐겼다. 모든 길이 평지인 그 코스는 석회암이 만들어 놓은 많고 작은 호수를 볼 수 있었는데 무척이나 감탄스러웠다.

이렇듯 자동차 여행을 여러 번 다녔기에 외국에서 낯선 길에 흔쾌히 도전하는 것이 내게는 힘들지 않았다. 혼자서 골프 투어를 다닐 수 있게 된 것도 이런 경험 때문이지 않을까. 경험은 아무것도 하지 않은 자에게 거저 주어지는 것이 아니다. 많은 시간과 경비, 노력을 투자한 결과로 주어지는 것이다.

처음부터 자신감 있게 투어에 도전할 수 있었던 것은 결코 우연이 아니다. 누군가 도와주기만을 바라고, 누군가 나를 그곳에 데려다주기만을 기다렸다면 나는 선수로서 해외 투어를 하는 경험을 하지 못했으리라. 모든 경험은 새로운 경험의 근간이 된다. 즐거워서 떠났던 여행이 이렇게 큰 도움이 될 줄은 그때는 몰랐었다.

여행, 낯섦에서
나를 찾는 시간

✦

그토록 오랫동안 한 곳에서 일할 줄은 꿈에도 생각하지 못했지만, 공직을 선택한 이상 나는 반평생을 보건소에서 보내게 되었다. 모든 일이 지나고 나면 한눈에 보이는데 내가 그곳을 선택한 것은 행복해지기 위해서였다. 두 아이를 낳고 남편 뒷바라지도 하면서 직장에 다녔다는 사실은 내게 많은 보람을 느끼게 했다. 삶의 여유도 보람도 가득했던 젊은 날에 많은 시간이 주어졌기 때문에 나는 많은 경험을 하는 동시에 삶의 의미를 찾는 데에 시간을 할애할 수 있었다.

아무것도 포기하지 않았기 때문에 오랜 시간이 지나도 아무것도 잃지 않을 수 있었다. 나를 제약하는 것은 오로지 나 자신이다. 다른 사람에게는 느긋한 잣대를 대면서 스스로에게는 너무 많은 제약을 하는 사람이 많다. 그럴 필요가 없는데도 말이다.

국내를 넘어 스페인으로 여행을 떠날 수 있었던 것도, 지루함 없이 수

많은 시간 동안 여행할 수 있었던 것도 좋은 음악이 곁에 넘쳤기 때문이었다. 프랑스 여행 후 두 번째로 떠난 스페인에서의 일정은 나 자신을 찾아갈 수 있는 여행이었다. 여행에서 느꼈던 것들이 내게 선물한 기쁨과 삶의 여유는 내 삶을 더욱 풍족하게 만들어 주었다.

일 년에 열흘은 부부 둘만의 시간을 방해받지 않고 즐기는 것, 우리를 알지 못하는 세계로 자동차 여행을 떠나는 것, 가장 좋은 친구이자 인생의 동반자로 살아온 두 사람이 함께 계획하는 미지로의 여행은 일 년 중 가장 소중한 시간이었다.

크로아티아, 슬로베니아, 두브로브니크로 자동차 여행을 갈 수 있었던 것은 남편과 내가 둘 다 운전하는 것을 두려워하지 않기 때문이었다. 자동차로 세계 곳곳을 여행하는 계획을 하나씩 실천하는 재미는 삶에 활력을 더해 주었다. 이 경험을 바탕으로 이제는 또 다른 곳을 꿈꾼다.

네 번째로 정한 곳은 독일의 베토벤을 찾는 여행이다. 코로나19가 세계를 강타한 지금 언제쯤 실천에 옮길 수 있을지 모르지만, 남편과 함께 스케줄 짜는 재미는 여행하는 것만큼 설레는 일이다.

다른 나라에서 접하는 그 나라의 문화는 많은 영감을 선사해 준다. 스페인 미술관에서 피카소를 보고, 프랑스 남부 아를에서 고흐를 만난 것은 흥미로운 경험이었다. 일에 파묻혀 무뎌진 감각들이 여행을 통해 되살아났다. 때로는 클래식으로, 때로는 올드 팝송으로 내 영혼의 빈곤함을 채우며 낯선 곳으로 떠나는 것은 여행에서 만나는 모든 것으로부터 나 자신을 다시금 찾아오는 일이다. 나를 새로이 구성하는 멋진 일이다.

김천의료원과의
작별 인사

✦

이 길의 마지막에는 무엇이 놓여 있을까? 차를 몰고 가다가도 새롭게 난 길이 있으면 꼭 그곳으로 가 보곤 한다. 그 길이 막다른 길인지, 아니면 다른 도로와 연결되어 있는지 궁금해서 언제나 확인해 보고 싶은 마음이 먼저였다.

내 삶의 끝은 어떻게 놓여 있을까? 수많은 질문이 머리를 떠나지 않는다. 겨우 인생 2막 정도밖에 걸어오지 못했는데 숨이 차오를 만큼 힘겹다고 생각이 드는 것은 왜일까? 한참을 스케줄을 들여다보면서 한숨을 쉬었다.

쉬이 끝날 일은 아닌 것 같다. 벌써 코로나19 상황이 일 년 하고도 6개월이 훌쩍 지났지만, 여전히 그 여파에서 벗어나지 못하고 있었다. 비대면 사회로 급격하게 변하여 아무도 만나지 못하고 살고 있었다.

코로나19가 호흡기 질환이다 보니 어디서 감염이 올지 몰라 혹시 나로 인해 다른 사람들에게 피해를 주지 않을까 전전긍긍하면서 하루를 보내고 있었다. 병원에서 근무하다 보니 더욱 그랬고, 특히 우리 의료원이 전담병원으로 지정되어 모든 환자를 다 내보내고, 또다시 해제되면 새로운 환자를 받는 것을 반복하면서 지칠 대로 지쳐 있었다.

지나온 시간을 생각하면 어떻게 이 모든 순간을 견뎠는지, 아마도 혼자였다면 견뎌내지 못했을 것이다. 바라보고 있는 수많은 시선이 나를 지켜 주고 견디게 해 주었다는 생각이 들었다. 코로나19 환자가 대구에서 처음 생겼고, 그 후 무섭게 번져 대구에 있는 의료원과 병원이 감당되지 않아 우리 의료원으로 전원을 왔던 날이 생각났다. 의료진과 직원들이 두려움을 참고 결연하게 일을 했던 그날을 잊을 수가 없다. 한동안 꿈속에서도 그 환영으로 가슴이 답답했었다.

이제 나도 슬슬 이 일을 접어야 하는, 임기가 다 되어가는 순간이 다가오고 있었다. 한 번도 하기 어려운 의료원장직을 연임한 것으로 만족해야 한다. 6년이라는 긴 시간 동안 한 점의 후회도 남기고 싶지 않아서 최선을 다했다. 어디서 그런 용기가 났는지 아직도 미지수이긴 하지만, 신종 감염병과 싸우는 전사로서 최선을 다했던 그 순간이 없었다면 오늘 이 시간도 없었을 것이다. 처음 왔을 때 그때는 단 한 번으로 족하다고 생각하지 않았나? 이 모든 것을 두고 가는 게 힘이 들었다.

처음 김천의료원에 왔을 때 업무보고를 받고 얼마나 놀랐는지 모른다. 지방 의료원이 생각했던 것보다 경영난이 심했고, 어떤 곳은 폐쇄도 되는 현실에서 우리 의료원의 운명도 그와 다를 바 없이 어려운 시기라고 느꼈다. 적자 폭도 너무 컸고, 부채도 많았고, 무엇하나 정상인 게 없었던 꺼져 가는 불씨처럼 희망이라곤 찾기 어려운 곳이었다. 그런 어려운 시기에 의료원장으로 오게 되었으니 직원들이 얼마나 기대하고 혹은 의심했는지 눈에 선하다.

어려운 것은 열심히 제대로 하는 시간으로 꽉 채우면서 나와 직원들은 무에서 유를 창조하듯 함께 대한민국 대표 의료기관으로 만들었다. 어떻게 다시 우뚝 서게 했는데, 지금 이 코로나19 상황이 장기적으로 간다면 의료원은 다시 살아남기가 어려울지 모른다는 생각이 들어 발길이 떨어지지 않았다. 그래도 격리 병상도 완성되었고, 떠날 준비를 차곡차곡하였다.

이 어려움을 덜어 줄 수 있는 모든 사람을 만나 의료원이 살아갈 수 있게 지원을 해달라는 부탁을 한다고 한동안 바쁘게 다녔다. 다시 일반 환자를 받을 수 있게 전담병원을 해제하고 떠날 수 있었던 것이 그나마 다행이었다.

내가 왔을 때 있었던 부채도 모두 상환을 했고, 사업을 할 수 있게 모든 국비도 신청해서 받아놓았으며, 의료진도 보강하여 지방 의료원으로서의 역할을 충실할 수 있도록 의료시스템도 깔끔하게 정리해놓았다. 처음과 비교할 수 없을 정도로 좋은 환경으로 만들어 놓고 떠날 수 있게 되어서 얼마나 다행이었는지 모른다.

마지막 인사를 나누었던 김천의료원이 생각날 때가 많았다. 수많은 직원이 따뜻하게 아쉬워하면서 작별인사를 건네었던 그 순간을 잊을 수가 없다.

다시 찾은 일상의 여유

✦

많이도 사랑했나 보다. 모든 시간을 몰입하면서 오직 의료원만을 생각했던 시간이었다. 홀가분한 마음으로 집으로 돌아왔다. 진이 빠져서 다시 일하러 갈 엄두가 나지 않은 게 맞는 말인지 모르겠다.

더는 그런 어려운 일이 나에게 없기를 바라는 마음으로 지냈다. 다른 사람들은 어떻게 지내는지 이제야 관심을 가질 여유가 찾아왔다.

앞으로 어떻게 살아가지? 남아 있는 시간이 얼마나 될까? 건강하게 살아가는 것이 중요한데 영 자신이 없다. 그래도 아무 생각도 하지 말자. 오직 건강해지려면 어떻게 해야 할지만을 생각하자고 다짐한다.

코로나19가 준 시간은 특별했다. 주위의 거의 모든 사람이 의료인이다 보니 만날 수가 없었다. 전화만 불이 났다. 그 누구도 대면할 수 없는 시간이 다른 생각을 하게 만들었다.

하루를 목적 없이 살아 본 적이 없는 삶이었다. 빽빽한 스케줄에 자신도 모를 만큼 쳇바퀴 돌 듯이 살아온 날이었다. 일은 잘했는지는 모르지만, 집안일은 초보나 다름이 없었다.

삼십 대 중반부터 기관장으로 살다 보니 언제나 비서가 챙겨주는 것을 받았고, 기사가 태워주는 곳으로 다니면서 일하다 보니 직접 할 수 있는 것이 없었다. 시간이 지날수록 알게 되었다. 다른 사람들의 희생과 봉사가 없었다면 그렇게 일에만 매달리면서 살 수 없었다는 것을, 나의 성공 뒤에는 많은 사람의 지원이 있었다는 것을 새롭게 느꼈다.

노는 것도 하루 이틀이지 놀아 봤어야 놀 줄도 아는 건가 보다. 남편도 스스로 하는 것이 몸에 배서 도와줄 일이 없었다. 큰아이도 공부한다고 바쁘고, 작은아이도 대학 생활에 잘 적응하고 있어 아무도 나의 도움이 필요한 사람이 없다. 나 혼자 시간을 잘 보내고 있는지, 우울해할까 봐 극도로 신경 쓰는 것 같아서 오히려 내가 어찌할 바를 몰랐다. 밥해 달라는 사람도 없고, 시간을 내어 달라는 사람도 없다. 가끔 이야기 나눌 시간만 주어졌다.

수많은 사람을 챙겨 주고 지켜 주고 관리했었는데 이제 나 혼자 알아서 하면 되는 무한의 시간이 주어졌다. 일하러 가라고 주문하는 사람도 하나 없었다. 그저 집에서 하고 싶은 것을 하면서 잘 지내주기만을 바라는 가족이 있었다.

그 많은 시간을 쪼개서 쓰다가 갑자기 부자가 된 듯 주체할 수 없는 시간이 남아돌았다. 우선 생각나는 것부터 무엇이든 해 보자고 마음을 정했다. 그동안 시간이 없어서 잘 하지 못했던 것부터 시간 날 때 마음껏 원 없이 해 보자고 결심했다.

제주도에서
한 달 살기

제주도 한 달 살기에 도전하게 되었다. 지인이 제주도 한림읍에 있는 아담한 독채를 빌려주셔서 그곳에서 한 달 살기 하기로 하고 짐을 쌌다. 이것저것 챙기다 보니 한 달 살기 위한 짐이 생각보다 많았다. 겨울을 지내야 하기 때문에 옷들이 두껍고 가져가야 할 게 많았다. 자동차도 가지고 가야 해서 여수에서 제주도로 가는 배편을 예약했다.

한 달 동안 지낼 숙소에 도착하자마자 얼마나 잠을 잤는지 모를 만큼 푹 쉬었다. 동네 맛집을 검색하여 주로 아점을 먹고 이곳저곳 구경을 다녔다. 1인분을 팔지 않아서 언제나 2인분을 시켜 먹고 남은 것은 포장해서 저녁으로 먹었다.

하루는 서쪽으로 또 하루는 동쪽으로 드라이브를 하면서 제주도를 알아갔다. 지진과 엄청난 비로 사람들을 걱정시키는 일만 없었으면 평온한 제주도 생활이었다.

제주도는 밀물과 썰물처럼 관광객들이 몰려왔다가도 어느새 사라지는 곳이었다. 주중에는 모든 곳이 한가하여 다닐 만해서 여유로움을 만끽하는 시간으로 채웠다. 협재 해수욕장, 곽지 해수욕장 근처에서 끝없는 겨울 바다만 바라보는 날도 있었고, 동백꽃이 아름다운 공원을 산책하느라 시간 가는 줄 몰랐다.

수많은 올레길 중 그리 힘들지 않은 곳을 골라 하루 종일 시간을 보냈다. 얕은 능선을 따라 펼쳐지는 야산을 둘러보면서 드라이브하는 것도 너무 좋았던 기억이 난다.

살아가면서 이런 호사를 부려본 적이 있었던가? 그 누구에게도 신경 쓰지 않고 시간에 구애받지 않으면서 자신만을 위한 시간을 보낸 적이 있었던가? 땀 속에서 노폐물이 빠져나오듯 내 삶에서 지니고 있었던 고달픈 것들이 한두 개씩 빠져나왔다. 오길 너무 잘한 것 같았다.

지금 이대로가 좋다. 모든 것을 내려놓으면 되는데 무엇 때문에 이렇게 온 힘을 다해 매진해왔는지 나 자신도 알 수 없었다. 삶은 생각하기 나름인데 방향을 너무 한쪽으로만 기울어지게 만든 것은 아닌가 생각해 본다. 어떻게 살아야 할지 재정비하는 시간으로 제주도에서의 생활은 그렇게 좋을 수가 없었다.

제주도 한 달 살기가 거의 끝날 무렵 한 통의 전화를 받았다. 의과대학 졸업생 중에서 학교를 빛낸 사람에게 수여하는 '자랑스런 영의인상'을 주신다는 게 아닌가. 그것도 동창회에서 주는 것이다 보니 졸업생이 받을 수 있는 최고의 영예로운 상이었다. 수많은 동문 중에서 공공의료에 온 힘을 쏟았다고 주는 상이었다.

나의 의료원 생활을 누구보다도 지지해 주고 격려해 주신 분들이 만들어 준 상이다 보니 자랑스러웠다. 상금도 무려 오백만 원이나 되었다. 거기에 오백만 원을 보태어 일천만 원을 영남대학발전기금으로 기부하였다.

총장님께서 그냥 넘어갈 수 없다고 하시면서 사진도 찍고, 온 신문에 홍보도 해 주셨다. 아마도 나 같은 사람이 많이 나왔으면 하시는 마음이라는 것은 충분히 이해하지만 여간 부담스러운 게 아니었다.

일이 아니라 여유로운 마음으로 보낸 제주도에서의 생활에서 많은 생각이 교차하였다. 복잡한 의료 업무를 떠나 새로운 일을 해 보고 싶다는 생각도 생겼다.

지역사회 보건소에서 보낸 24년과 김천의료원장으로 보낸 6년 동안 마음속에 작은 씨앗을 심고 있었다. 모든 것을 마무리하고 새로운 삶을 살기로 마음먹은 그런 시간이었다. 다만 용기가 필요한 일이었고, 나 혼자만 할 수 있다고 되는 일이 아니었기에 차근차근 생각을 가다듬고 정리하게 되었다.

한 번은 만나야 할 사람

언젠가 한 번은 꼭 만나야 하는 분이 있다. 매일 눈물만 보였던 과거를 청산하기 위해서라도 꼭 만나야 하는 분이다. 나의 주치의였고 스승이신 김 교수님!

무더웠던 그날, 내 인생을 송두리째 곤두박질치게 한 사고로 앰뷸런스에 실려 응급실로 간 그날 이후 나는 6층 정형외과 병동에 여름 내내 입원해 있었다. 다시는 그때를 뒤돌아보기 싫고 그 근처에는 얼씬도 하기 싫어 지금껏 찾아뵐 수 없었다고 하면 교수님은 이해하실까.

오늘이 스승의 날이기도 하고 지난번 어머니께서 꼭 찾아뵈라고 신신당부를 하셨기 때문에 꽃 한 바구니를 들고 길을 나섰다. 교수님은 연구실에서 기다리고 계셨다. 소파에 자리를 내어 주면서 잘 지냈냐며 먼저 안부를 물으셨다. 사는 동안 드문드문 내가 떠올랐다고 하셨다. 신문을 통해 잘 지내고 있다는 사실을 알았노라고, 지인들을 통해 어디 사는지 같은 일상적인 이야기도 들었다고 하셨다.

목이 메어 많은 말을 입 밖으로 꺼내지 못했다. 눈물이 날 것 같아서 어금니를 꽉 깨물었다. 깊고 질긴 인연이 말하지 않아도 느껴졌다. 고 왔던 어머니를 기억하시며 안부도 물으셨다. 그 어머니의 사랑 때문에 잘 살 수밖에 없었다고 대답했고, 착하고 성숙한 남편을 만나 두 아이의 엄마가 되었다는 말씀도 드렸다. 이미 알고 계셨다.

30년이 지났어도 단 하루도 잊지 못한 상흔을 되새기며 살아온 지 난날에 대해서도, 죽음의 문턱에서 살아난 기적이 나에게는 또 다른 절망의 시작이었다는 말도 했다. 매번 선택의 기로에 놓였지만, 이제 는 잘 살고 있다고 말씀드리자 그날의 절망적인 아픔이 생생하게 되살 아났다.

선생님께서는 수술 결정을 하며 고뇌했던 그 순간을 생생히 기억하 셨다. 회피할 수 없는 고통이 기다리고 있는 줄도 모른 채 다시 맞게 된 인생이었다고, 정작 고통은 다친 그 순간이 아니라 다시 세상을 향해 한 걸음 내디뎠을 때 찾아왔다는 것도 말씀드렸다. 그렇지만 그게 내 스토 리 넘치는 인생이 되었다는 것 역시 말씀드렸다.

그날을 잊기 위해 몸부림쳤던 시간이 쌓여서 오늘이 되었고, 하루하 루 흘린 눈물이 쌓여서 내 삶을 채웠다. 늘 젖어 있던 눈을 기억하고 계 실 선생님을 만날 용기가 나지 않아 30년이 지나서야 찾아뵈었다. 젊디 젊었던 선생님은 온데간데없고 주름살 패인 얼굴과 함께 나이 들어가 는 노신사가 계셨다.

이제는 다시 만날 수 있을 것 같아서 용기를 내어 보았다고, 인내심으로 채운 내 삶에 대해서 이제는 웃으면서 얘기할 수 있을 것 같아 찾아왔다고 말씀드렸다. 교수님은 그 고통의 시간을 잘 지나와서 다행이라고, 다시 한번 용기 내어 멋지게 살고 있으니 정말 다행이라고 기특해하셨다. 눈물을 참으려고 부단히 애를 썼다. 스승의 날에 잘 자라 찾아온 제자가 있어 보람되다고 하셨다.

모든 것이 좋았다. 고마웠고 또 감사했다. 오래오래 지켜봐 주신 선생님이 계셔서 행복한 하루였다. 작은 버릇 하나까지도 모두 바꿔야만 했던, 걸음마를 스무 살 넘어서 다시 배워야 했던 제자에게서 변하지 않은 것은 이름 석 자와 얼굴뿐이었을 것이다. 그래도 그때와 똑같이 나를 응원해 주시는 분이 계셔서 너무나 감사하다.

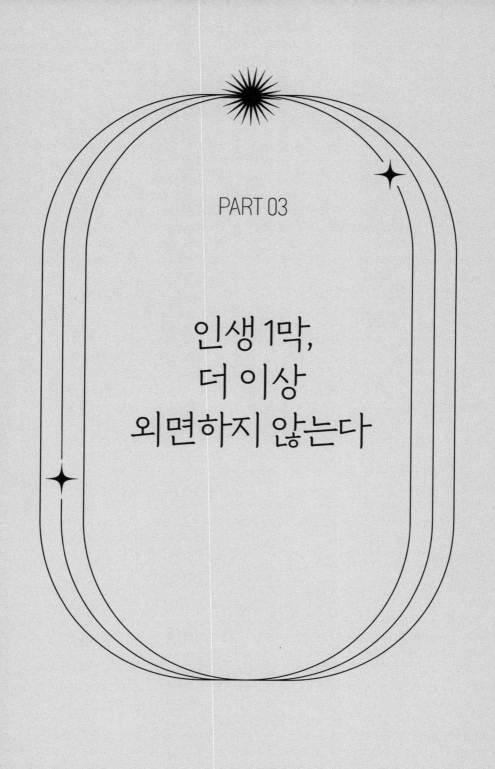

PART 03

인생 1막,
더 이상
외면하지 않는다

내 어린 날의 꿈

✦

가족과 함께 아침 식사를 하던 중 TV에서 다급한 목소리가 들렸다.

"여기는 바그다드입니다."

어느 여성 종군 기자의 목소리가 방송을 타고 나의 귓가를 흔들었다. 폭탄이 난무하는 걸프 전쟁터 한가운데임에도 두려워하지 않고 흔들림 없이 방송하는 한 기자의 모습을 보았다. 나는 너무 놀라 한동안 그 자리에 가만히 얼어붙었다. 적어도 내게는 멋짐의 완결판 정도로 강렬하게 각인된 장면 중 하나였다. 나도 저렇게 살아야 하는데, 영 다른 길로 와버렸다. 하지만 그날의 기억은 오랫동안 가슴에서 떠나지 않았다.

나의 어린 시절 꿈은 기자에서 방송 앵커로 바뀌었다. 초등학생 때에는 선생님이 되고 싶다는 생각을 잠시 한 적도 있었지만, 중학생이 되어서는 방송 앵커라는 구체적인 꿈을 꾸게 되었다. 현장에서 뛰어다니며 뉴스를 전하는 생동감 넘치는 삶을 동경했던 내게 어느 날 문득 방송을 통해 들려 온 목소리는 나의 꿈을 다시 한번 일깨워 주었다. 대학을 선택할 때 서울에 있는 신문방송학과를 들어가기 위해 유학을 갔어도 되었는데, 아쉬움이 솟는다.

나는 공부를 잘한다는 이유로 의과대학에 갔다. 하지만 세상의 모든 일은 별반 다를 바 없이 다 엮여 있어서 재미있게 내가 하는 일과 방송을 접목해서 수많은 에피소드를 가지게 되었다.

매스 미디어의 꽃이라 할 수 있는 방송은 공직에 있으면서도 한 번도 그 꿈을 잊지 않게 만들어 주었다. 그 어떤 매체보다 강한 전파력과 파급력을 가지고 있는 방송 매체는 쌍방향 소통이 가능하다는 점에서 매우 매력적으로 다가왔다. 또한, 세계 동향이나 우리 사회의 이슈를 직접 취재하여 온 국민에게 전달한다는 것은 그 어떤 것과도 비교할 수 없는 최고로 가치 있는 일이라 생각했다.

일하다 보면 방송 출연도 종종 하게 된다. 지역 방송국의 토크쇼, 종합편성채널인 MBN의 '엄지의 제왕'에 출연하기도 했다. 평소 관심 있는 분야여서 핵심을 꼭 붙잡고 즐겁게 방송할 때마다 방송인 기질이 있다는 칭찬을 듣곤 했다. 그 시간만큼은 방송 앵커를 꿈꿨던 예전으로 돌아간 것처럼 행복했다.

언젠가는 내가 관심 있는 분야를 통합해 이야기할 수 있는 방송을 해 보고 싶다. 비슷한 관심사를 가진 사람들과 즉각적으로 소통하면서 타인의 이야기를 듣고 나의 삶을 꺼내 놓을 수 있다면 얼마나 즐거운 일일까. 지금 소소하게 SNS를 하는 이유도 언젠가는 그렇게 소통하고 싶은 것들이 남아 있기 때문이다.

아드린느를 위한 발라드

요즘 출퇴근길에 블루투스로 음악을 듣는 즐거움에 푹 빠졌다. 언제나 첫 번째 곡은 리처드 클레이더만이 연주한 피아노곡 '아드린느를 위한 발라드'다. 나의 스마트폰에 담긴 많은 음악은 인공지능 덕에 따로 골라 선택하지 않아도 자동으로 들을 수 있다. 최애곡이 된 것도 그 덕이다.

이 곡을 만든 스토리를 들어 보면 기가 막힌다. 1976년 프랑스에 사는 폴 드 세느비유가 자신의 딸인 아드린느를 위해 작곡을 했다. 하루에 몇 번씩 들어도 늘 좋은 것은 아빠가 딸을 사랑하는 마음이 그 곡 전체를 가득 채워 담겨 있기 때문일 것이다. 가슴이 따뜻해지고 마음이 한없이 가라앉아 뭐든 할 수 있는 것 같은 느낌이 든다. 버킷 리스트로 만들어 피아노를 배워서 이 한 곡을 온전히 다 치고 싶다. 100세를 살 만큼 건강이 허락한다면 꼭 도전해 보고 싶다.

내가 어릴 적 살았던 곳은 작은 도시의 읍내라서 그때는 피아노 학원이 없었다. 유치원도 없을 때이니 말 다 했다. 성당이 한 곳 있었는데 거기에는 피아노가, 학교 강당에는 풍금이 있었다는 게 어렴풋이 떠오른다. 중학교에 입학하고부터는 공부 외에는 관심을 가져 본 적이 없어서 새로운 악기를 배워 보기 위한 노력도 해 본 적이 없다.

피아노는 초등학교 다닐 때 꼭 배워 두어야 하는 것 중에 하나라고 생각한다. 두 아이 모두에게 악기를 가르쳐 보니 악기를 배울 수 있는 아이는 따로 있는 것 같다. 꾸준하게 한 곳에 몰입할 수 있고 음악적 관심이 있는 아이는 취미로도 수준급의 연주 실력을 갖출 때까지 연습을 게을리하지 않는다. 하지만 호기심이 많고 다양한 곳에 관심을 두는 아이는 연주보다는 운동이 더 잘 어울리는 것 같다.

대학 시절 우리가 즐길 수 있던 취미 생활은 대부분 영화를 보는 것 아니면 음악을 듣는 것이었다. 주말에 갈 수 있었던 곳은 음악 감상실인데, 그때는 그곳에서 주로 클래식 음악을 찾아 들었다. 그것이 멋이 있는 사람의 상징일 때라서 클래식이 무엇인지도 모르면서 카세트테이프가 죽 늘어질 때까지 듣기도 했다.

요즘은 가장 좋아하는 피아노곡을 듣는 낙으로 살지만, 그때는 듣는 것이라면 무엇이든 가리지 않고 다 좋아했던 것 같다. 오늘 퇴근길에도 차에 오르면 울릴 아드린느를 위한 발라드가 휴식과도 같은 편안함으로 하루의 피로를 풀어 줄 것이다. 매번 기다려지는 그 시간이 최근 나의 '소소하지만 확실한 행복'이다.

기억하고 싶지 않은
6월 어느 날

✦

그날도 오늘처럼 날씨가 후덥지근했다. 토요일이었고 학교는 데모 때문에 시끌벅적했다. 대학교 2학년이 되었는데 수업이 없는 날이 더 많았고, 학교 수업은 정상적으로 진행되지 않았다. 주말을 본가에서 지내기 위해 고속버스 터미널로 가는 길, 다시는 돌이킬 수 없는 운명이 내 앞에 닥쳐오고 있는지도 모른 채 길을 나섰다.

기억하고 싶지는 않지만, 이제는 그날이 더는 두렵지 않다. 덤덤하게 그날을 적고 있다는 것이 지금은 아무렇지 않다는 뜻은 아니다. 하지만 더 이상 외면하지 않겠다는 의미다. 더는 회피하지 않고 정면에서 나 자신을 바라볼 수 있게 되었다는 의미다. 하지만 오늘만은 하루 종일 의식하면서 시간을 보냈다. 바로 그날이기 때문이다. 언제쯤 난 이런 기분을 떨쳐낼 수 있을까.

35년 전 오늘, 난 많은 것을 잃었다. 아니, 나의 전부를 잃었다고 해도 무방한 날이지. 기억하고 싶지 않은 현실이기는 하지만 나는 매일 그 상처를 느끼면서 35년을 살았다.

건널목을 건너다가 달려오는 트럭을 미처 피하지 못하고 부딪혀 내 몸은 산산조각이 났다. 이마는 깊이 찢어졌고 왼쪽 팔이 부러졌다. 무엇보다도 왼쪽 다리가 앞으로 어떻게 될지 알 수 없을 만큼 심하게 부서졌다. 바퀴에 휘감겨 살려내기 어려울 정도로 심각하게 손상된 상태였다. 왼쪽 다리를 절단하지 않고서는 생명을 구할 수 없다는 것이 의료진이 내린 판단이었다.

부모님은 당신들의 결정이 딸의 미래에 어떤 영향을 끼칠 것인지 생각하니 의료진의 판단에 동의할 수도 없고, 그렇다고 동의하지 않을 수도 없는 절망 상태에 빠졌다. 우리 가족 모두에게 슬픔과 고통을 한꺼번에 주기에 충분한 사건이었다. 사망하지 않은 게 기적이라는 말은 살 수만 있다면 뭐든 포기해야 한다는 말이다. 그래서 난 그날 살기 위해 나의 모든 것을 버렸다.

모든 것을 버리지 않으면 살아갈 수 없는 상황에 놓였다는 것을 한참 뒤에 알게 되었다. 그래도 삶은 나를 완전히 버리지 않았다. 벗어날 수 없다고 생각했던 그 고통에 나는 점차 적응했고, 나에게 왜 이런 고통이 주어졌을까 하는 의문을 품고 그 답을 찾아 나선 것이 나의 인생의 방향이 되었다.

의사라는 직업이 단순하게 남을 위한다는 마음으로만 좋은 것이 아니었다. 내가 원하지 않았지만, 운명처럼 나는 그 길을 걸었다. 그리고 나 자신을 이해하고 받아들이며 나를 찾아가는 길을 잘 안내해 주었다.

의과대학 진학 면접에서는 다른 사람들을 직접 도울 수 있는 훌륭한 직업이라 생각해서 선택하게 되었다고 했지만, 결국 난 그 직업을 통해 나를 이해하고 받아들이기 시작했다.

태어날 때부터 선천적 장애를 지녔다면 난 이렇게까지 성장할 수 없었을 것이다. 타고난 성정이 그러했다. 하지만 이미 성인이 되고 난 뒤 사고로 인한 후천적 장애이기 때문에 그것에 대한 일종의 반발심으로 삶을 나름대로 해석하고 앞으로 나아갈 힘을 얻을 수 있었다. 물론 아무런 기대를 하지 않는 삶을 산다는 것은 때때로 시시하고 무기력했지만, 뭐든 망설임 없이 시도해 보는 삶으로 탈바꿈할 수 있기도 했다.

불편하기는 했지만 나는 걸을 수 있었다. 빨리 걸을 수는 없지만, 천천히라도 원하는 곳에 내 발로 갈 수 있었다. 머리를 다쳤더라면 평생 누군가의 도움 없이는 살아갈 수 없었겠지만, 지금의 나는 나의 의지만으로 나의 삶을 선택하여 설계해 완성할 수 있다.

'숨을 쉴 수만 있으면 살아 있어 달라'는 어머니의 주문은 어쩌면 내 운명을 연장할 수 있는 최고의 도구였는지도 모른다. 그러나 난 숨만 쉬며 살아가기에는 너무나 많은 욕망이 있었다. 아무도 가지 않는 길을 가는 데에 주저하지 않자 그 길은 기회가 되었고, 기꺼이 나의 전환점이 되어 주었다. 그 흔한 경쟁도 별로 없었고, 소소한 갈등도 내가 겪은 고통에 비하면 아무것도 아니었다. 외롭고 힘이 들었지만, 그 노력의 몫은 보람과 성과로 즉각 나타났고, 내가 걷는 모든 길이 새로운 길이 되었다. 나는 여전히 숨을 쉬며 살아 있지만, 그것이 나의 전부는 아니었다.

진급을 위해 필요한
80점이면 충분합니다

✦

본과에 들어가기 위해서는 다른 사람보다 준비할 것이 더 많았다. 학교에 다니려면 불편한 몸 때문에 누군가 책가방이라도 들어 줘야 하는데 현실적으로 그럴 수는 없었다. 혼자 다닐 방법은 자동차를 사는 것뿐이었다. 그때만 해도 전국 어디에서나 운전면허를 딸 수 있는 것이 아니었다. 한국에서 오토매틱으로 2종 보통 면허를 딸 수 있는 곳은 서울 한남동에 있는 자동차 면허 시험장이 유일했다.

1986년 초, 한남동 자동차 면허 시험장에서 면허를 따기 위해 서울 고모네로 주소를 옮기고 맹연습에 돌입했다. 부담감이 상당했다. 공부에 대한 스트레스도 만만치 않았다. 동기들은 다들 본과에 진입하기 위해 여관에 모여 골학을 공부하는 데에 전념했지만, 나는 운전면허를 따는 것이 더 절박했다.

하루에 두 시간 넘게 걸리는 거리를 버스를 타고 이동한 지 두 달, 결국 새 학기가 시작하기 전에 면허증을 딸 수 있었다.

본과에 진입한 후 첫 구두시험이 있었다. 독학으로 우리 몸의 뼈를 모두 외우는 것은 쉬운 일이 아니었다. 친구들은 방학 동안 여관을 잡아 합숙하면서 공부를 했는데 나만 혼자 운전면허를 따는 데 급급했으니 걱정이 이만저만 아니었다.

시험을 치러 갔을 때의 일이다. 교수님께서 시험에 앞서 무슨 문제를 풀지 뽑고 있는 나에게 말씀하셨다. 뼈 이름 하나 더 아는 게 뭐가 대수로운 일이냐면서 어려운 일 겪은 것을 다 아니 힘들 때는 걱정하지 말고 언제든지 말하라고 하셨다.

해부학은 본과 1학년 때 하는 수업으로 생각보다 만만치 않았다. 기본이 탄탄해야 하므로 그 많은 해부학에서 기본이 되는 뼈와 근육, 조직을 모두 외워야 했는데 힘든 과정이었다. 해부학 태깅 시험은 근육과 뼈에다 꼬리표를 달아 놓고 빈칸을 채워 넣는 전형적인 실습 시험이었다. 현미경도 중간중간 확인해야 했다. 앉았다 섰다를 반복해야 해서 움직임이 많은 시험이었는데, 중간에 교수님께서 잡아 주시면서 천천히 해도 된다고 당부하셨다.

그 시험은 주어진 시간 안에 모두 적는 게 관건이라 나만 특별 대접을 받는 것이 부담스러웠다.

"선생님, 저는 100점이 목표가 아닙니다. 친구들과 동등하게 시험을 치르고 싶습니다. 제 기준은 80점이고 진급을 위해 필요한 점수로 충분합니다."

이렇게 딱 잘라 말하면서 같은 시간 안에 시험을 봤던 기억이 난다.

하나 더 맞혀서 조금 더 나은 점수를 받는 것보다 친구들과 동등한 조건 아래 시험을 치르고 싶은 내 마음이 너무나도 잘 반영된 일이었다. 그 이후로 대학에 다니는 내내 몸이 불편하다는 이유로 베푸는 지나친 배려를 여러 번 사양했다. 아마 그때 내가 특별한 배려를 물리지 않고 전부 받았더라면 친구들 사이에서 공짜 점수를 받았다고 두고두고 안줏거리가 되었을 것이다.

그 당시에는 한 테이블 4명 중 1명은 본과 2학년으로 진입하지 못할 정도로 진급이 어려웠다. 그때 내가 한 선택을 통해 자존심으로 똘똘 뭉친 나 자신을 발견하는 계기가 되었다. 지금도 대학 동기들과 친하게 지낼 수 있는 것은 몸이 불편하다는 이유로 특별 대우를 받아들이기보다 친구들과 같은 조건으로 정정당당하게 경쟁을 했기 때문이 아닐까.

그때만 해도 나처럼 다쳤거나 선천적으로 불편한 다리로는 의과대학 입학 자체가 불가능한 상황이었다. 조금만 불편해도 의과대학에 진학할 수 없다는 사실을 알게 되면서 이는 매우 불공평한 처사라고 생각했다. 아마도 그즈음에 세상에 잘못된 것이 너무도 많다는 사실을 깨달았을 것이다. 그러면서 알게 된 것은 내가 하는 선택이 다른 사람에게 새로운 기회를 만들어 주는 기준으로 자리매김할 수 있다는 것이다.

열심히 해야 하는 이유가 하나 더 추가된 것은 부담이 되었지만, 반드시 해야 한다는 절대성을 부여해 주기도 했다. 내가 의과대학을 졸업하는 것만으로도 다른 사람에게는 또 하나의 기회가 열리는 계기가 될 수 있기 때문에 그것이면 족하다는 심정으로 버텼다.

그러나 내가 아무리 열심히 하더라도 친구들의 도움 없이는 도무지

할 수 없었던 것이 있었다. 도서관이 5층이었는데 공부를 끝내고 내려가려면 누구든 내 책을 1층에 있는 내 차 앞까지 가져다주어야 했다. 잘 아는 친구든 모르는 학생이든 불문율처럼 꼭 그렇게 해 주었다. 학업에서의 특별 대우를 거부하자 친구들이 그런 나를 특별하게 배려해 주었다.

몸이 조금 불편했지만 난 여전히 그들의 친구였고, 우리는 정정당당하게 대학 시절을 함께 보낼 수 있었다.

자동차, 나의 동반자

처음으로 부모님이 사 준 차는 맵시 자동차였다. 자동차는 나의 삶의 지 평을 아주 많이 넓혀 주었다. 친구들이 버스를 타고 다니는 동안 나는 자동차로 온 곳을 돌아다닐 수 있었다. 어쩌면 많은 곳을 헤매고 다녔 다는 표현이 더 정확할지도 모르겠다. 의과대학 공부는 절대 쉽지 않았 다. 머리만 있어도 안 되고 체력도 따라 줘야 해낼 수 있었다. 그래서 언 제든 스트레스가 쌓일 때면 차를 몰고 나와 전국 어디든 달려갔다.

자동차는 내게 단순한 이동 수단 그 이상이었다. 불편한 다리의 부족 한 기동력을 최대한으로 끌어올려 주는 또 다른 다리였고, 사고의 트라 우마에서 벗어날 수 있게 도와주는 치료 동력이기도 했다. 상처는 그 상 처와 정면으로 맞설 때 치유될 수 있는데, 자동차는 고통에서 벗어나게 도와주면서 여행의 동반자가 되어 주는 소중한 존재였다.

당시 모든 용돈은 자동차 기름값으로 나갈 정도였다. 친구들과 불령

계곡에 놀러 갔다가 자동차를 계곡에 빠트리기도 했다. 그때는 차를 견인하는 방법을 몰라 트렁크 문을 열고 소달구지에 걸어 차를 건져냈다. 그것 때문에 트렁크가 늘어나서 문이 닫히지 않아 노끈으로 문고리를 묶어 집까지 온 기억이 있다. 기름이나 넣고 운전이나 할 줄 알았지 자동차에 대해 아는 것도 하나 없이 그저 신나게 타고만 다녔다.

지방도로가 얼마나 잘 포장되어 있는지 어디나 고속도로 못지않게 안전하게 운전할 수 있어 좋았다. 도로처럼 보이는 곳은 아마 다 들어가 봤을 거다. 작은 시골길을 드라이브하는 것도 무척이나 재미있었다. 작은 마을이 있는 곳으로 들어가 한 바퀴 둘러보고 잠깐 차에서 내려 산책하는 것은 또 하나의 즐거움이었다.

사통팔달로 뚫린 고속도로와 지방도로는 나의 드넓은 놀이터였다. 조금만 일찍 길을 나서면 이곳저곳을 다 둘러볼 수 있었다. 길에서 만난 사람들의 열심히 살아가는 모습을 보는 것도 재미있었고, 시골길 논두렁에 심은 콩을 보면서 한 톨도 놓치지 않으려는 농부의 마음을 읽는 것도 행복했다. 농부의 부지런한 모습에서 삶의 기본이 되는 자세를 배웠고, 때를 놓치지 않고 자연의 시간을 적절하게 받아들이는 모습에서 겸허한 자세를 익혔다.

가만히 있으면서 거저 얻어지는 것은 없다. 누군가는 이토록 뜨거운 열정을 논두렁에서 보여 주는데 가만히 앉아서 공부하는 것을 게을리할 수 없었다. 삶을 압박하는 것은 어떤 외부 요인도 아닌 나 자신인데, 이른 아침의 출근길은 나의 마음을 한 번 더 다스릴 수 있는 아주 귀한 시간이었다.

자동차와 함께 나의 일상을 안정적으로 지켜 준 것을 또 하나 꼽자면 바로 음악이다. 내게 가장 좋아하는 일을 하나만 꼽으라면 누가 뭐라 해도 당연히 드라이브하면서 음악 감상을 하는 것이다. 출근길에는 주로 클래식을 듣고, 퇴근길에는 오래된 팝송을 듣는다. 몇 곡 들으며 가다 보면 100km도 가뿐하다. 음악이 없었다면 운전하는 즐거움 중 하나를 잃었을 것이다.

고스란히 나 혼자만 남은 시간과 공간 속에서 내게 힘이 되어 준 것이 음악이었다는 것을 누가 알 수 있을까. 나에게 주어진 운명 같았던 어려운 시간을 가장 냉정하게 바라볼 수 있게 해 준 음악이 있기에 출근길 드라이브는 그 무엇과도 바꿀 수 없는 소중한 시간이자 일상이다.

길 위에서 보내는 시간이 많다 보니 스트레스 쌓일 새가 없다. 조금만 스트레스가 쌓여도 즐거운 음악을 들으며 넓은 도로를 지나다 보면 금세 해소된다. 사계절 자연을 벗 삼아 다니는 것도 즐거운 일이다. 특히 여름은 오후 5시에 퇴근하면 8시가 넘도록 여전히 해가 환해서 저녁 노을을 친구 삼아 길게 늘어진 가로수길을 드라이브하다 보면 스트레스는 바람에 날아가고 심장 박동 같은 리듬이 가슴에 날아와 영혼을 치유해 준다.

코로나19로 어수선한 시간 속에서도 나의 소중한 드라이브는 수많은 아이디어를 떠올릴 수 있게 해 주었다. 힘들고 어려운 시간을 함께해 주었던 음악 역시 이번에도 최선의 결정을 위한 배경이 되어 내 판단력을 한층 높여 주었다. 내 인생에서 빠질 수 없는 둘의 조합이 늘 감사할 뿐이다.

그대를 만나고

✦

모임에서 한 남자를 만났다. 그날은 경주의 힐튼 호텔에서 몇 명의 지인들과 점심을 먹으며 가볍게 환담하는 자리였다. 대부분이 선후배들이라서 한 다리 건너면 전부 아는 사이였다. 대학 동기와 그날 모임에서 한 선배에 관한 이야기를 나누었는데, 지금 생각하면 무슨 말을 했는지 기억은 나지 않는다. 여하튼 즐거운 자리였고 모두 각자 집으로 안전히 돌아갔다.

다음 날 사무실로 전화 한 통이 왔다. 그 선배가 한 번 더 만나고 싶다고 해 이유를 물었더니, 지갑을 잃어버려서 찾으러 가는 김에 잠깐 내 근무지에 들르고 싶다는 거였다. 누구든지 올 수 있는 곳이라 생각했기에 아무 부담 없이 알겠다고 했고, 그는 오후쯤 들르겠다고 답했다.

그날 난 약속이 있었다. 같은 병원에 근무했던 소아과 선배가 집을 구한다고 해서 함께 가 주기로 했던 것을 깜박 잊고 있었다. 어쩔 수 없이 셋이 같이 가게 되었는데 다행히도 그 선배가 좋은 집을 잘 봐 주었다며 기쁜 마음으로 집으로 갔고, 우리 둘은 점심을 먹으러 갔다. 시원한 바닷가에서 회를 먹고 자동차로 돌아오는 길에 선배가 뜬금없이 자신의 이야기를 하는 것이 아닌가.

자기는 가난한 농부의 아들이고 형제 중에 막내인데 부모님이 연로하셔서 자기에게 어떠한 관심도 기대도 없다고 했다. 왜 그런 이야기를 내게 하는지는 모르겠지만 가만히 들으면서 그냥 이야기하는 걸 좋아하는 사람인가 했다. 헤어질 때는 전화번호를 가르쳐 달라고 해 이유를 물었더니, 선배가 후배 전화번호를 좀 물으면 안 되냐고 반문했다. 그게 또 그런 것 같아 전화번호를 알려 주었다. 호감이 전혀 없었다면 전화번호를 알려 주지 않았을 텐데 그날 함께 했던 점심 식사가 꽤 즐거웠던 탓이었다.

이후 그날을 완전히 잊고 살았다. 그렇게 몇 주가 지난 후에 갑자기 우리 집 앞으로 오고 있다는 선배의 전화가 왔다. 무슨 일인지 궁금하기는 했지만 묻지 않고 그를 기다렸고, 드라이브를 가자고 하기에 차를 타고 달렸다.

선배는 사귀자고 했고 나와 결혼하고 싶다고 했다. 그 말이 몹시 불편했다. 만난 지도 얼마 되지 않았지만, 애초에 난 결혼에 대해서는 전혀 생각하지 않고 있었다. 그냥 넘길 문제는 아니었기에 그때부터 결혼에 대해 깊게 고민하게 되었다. 나의 짐을 함께 짊어지고 가겠다는 선배의 마음은 잘 알겠지만, 그래도 결혼은 단순한 문제가 아니었다.

혼자 살아도 충분할 만큼 직장 생활을 하고 있고, 결혼이 가져오는 많은 문제를 만들고 싶지 않았다. 구질구질하게 자신을 드러내야 하는 순간을 맞이하는 것 자체가 막연한 부담이 되어 결혼 자체에 대한 생각을 전혀 하지 않았다. 선배도 나의 그런 마음을 알게 되었는지 더 이상 내색은 하지 않았다. 하지만 이후 친구들에게 나에 대해 여러 가지를 물어보고 나름대로 결론이 섰는지 어느 날, 결혼하는 데에 문제가 될 것은 전혀 없다고 선포했다.

그래도 여전히 난 자신이 없었다. 결혼은 둘만의 문제가 아니므로 부모님께서 찬성하지 않는 결혼은 할 수 없으며, 나 자신을 굽히면서까지 결혼 허락을 받을 생각은 전혀 없다고 딱 잘라 말했다. 몇 번 만나지도 않았는데 냅다 결혼하자는 말이 부담스럽게 느껴졌다.

어머니에게 이러한 내용을 조용히 말씀드렸다. 그런데 어머니 생각은 달랐다. 어머니는 그가 생김이 반듯하고 착실해 보이니 결혼을 생각해 보아도 좋을 것 같다면서 한 말씀을 더 보태셨다. 그 역시 의사인 데다 대학 선배이며, 무엇을 숨기고 있는 것도 아니고 너를 너무도 잘 아는 사람인데 왜 망설이냐는 것이다. 해 보지도 않고 두려워할 필요는 없다면서 반색을 하며 좋아하셨다.

어머니의 조언 때문인지 조금씩 마음을 열어 가고 있을 때 선배의 생일이 다가왔다. 그때 선배는 문경에서 공중보건장학의를 하고 있었다. 대구백화점에 들러 선물을 정성껏 골랐다. 지갑과 와이셔츠를 고르고 장미꽃도 한 다발 준비해 문경까지 차를 몰고 가 좋은 식당에서 생일을 축하하며 즐겁게 하루를 보냈다.

그때 내가 선물한 지갑은 결혼하고도 10년은 더 들고 다녔다. 어찌나

아끼면서 사용하는지 사 준 내가 고마움을 느낄 정도였다. 나는 늘 그의 몸에 밴 물건이든 사람이든 아끼는 마음을 배우고, 모든 것을 소중하게 생각하는 사랑 많은 사람이라는 것을 매번 느낀다.

둘만의 생일 파티를 하고도 한동안 소식이 없더니 몇 달이 지난 어느 주말 저녁, 대구 누나네 집에서 사는 선배에게서 연락이 왔다. 대구에서 만나자는 말에 그냥 영화 보고 밥이나 먹는 일반적인 데이트를 생각하고 평소처럼 대구로 갔다. 선배의 차를 타고 이동을 하였다. 차가 시내가 아닌 시골길을 달리고 있었지만, 굳이 어디로 가냐고 묻지는 않았다. 차에 흐르는 음악이 좋았고 시골길 드라이브도 눈이 탁 트여 좋았기 때문이었다. 한참 달려 어느 파란 대문집 앞에 도착했고, 그제야 비로소 여기가 어디냐고 물었더니 자기 본가라고 했다.

대문을 열고 들어서자 바로 입구에 물이 한가득 들어 있는 세숫대야가 보였는데 내게 그 세숫대야를 넘어서 오라고 했다. 나중에 안 것이지만 한가득 물이 담긴 세숫대야를 넘어간다는 건 모든 불운을 넘어서 새로운 길로 들어선다는 의미라고 한다.

한참 동안 연락이 없었던 이유를 그제야 들었다. 부모님께 결혼 허락을 받기 위해서였는데, 선배 댁에서는 그 누구도 우리의 결혼을 반대하지 않았다. 연로하신 아버님께서 하신 말씀은 딱 이 한마디뿐이었다.

"너희 선택이니 잘 살아라."

젊음은 일장춘몽이니 마음 맞추어 오래 잘 살라고 하셨다. 어른들은 나름대로 반대하실 것이라고 생각했는데, 선뜻 허락하시는 것을 보고 나는 너무 의외라는 생각에 꽤 놀랐다.

결혼하고 나서 한참 후에 알았다. 선배가 집에서 결혼 문제를 두고 가족회의를 했고, 나와 결혼하는 것이 아니면 평생을 혼자 살겠다고, 다시는 결혼이라는 말을 꺼내지도 말라고 했다고 한다. 반대하는 결혼은 애당초 할 생각조차 없다던 나의 뜻에 맞추기 위해 모든 설득을 끝낸 후 나를 데리고 간 자리였다는 걸 그제야 알았다.

반대가 무서워서 결혼 생각조차 하지 않았는데 이렇게 아무 일도 없다는 듯 순조롭게 결혼을 하는 것도 다 내가 복이 많아서라며 선배는 내 덕으로 돌렸다. 결혼이라는 일생일대의 결정이 그렇게 어렵지 않게 느낀 것은 순전히 그 사람의 배려 덕분이었다. 얼마나 성숙한 사람인지 나중에야 깊이 깨달았다. 내가 불편함을 느끼지 않게 보이지 않는 곳에서 많은 배려를 보였다는 것을.

평생 살아가면서 가장 감사를 전하고 싶은 사람은 남편의 아버지이자 우리 아이들의 할아버지시다. 단 한 번도 싫은 내색을 하지 않으셨다. 어머님도 마찬가지였다. 충분히 말씀하실 것이 많았을 텐데도 불구하고 그 어떤 말도 입 밖에 내놓는 법이 없으셨다.

어머님께서는 '너는 무슨 말을 하면 예 말밖에 모르냐'라고 자주 말씀하셨다. 무슨 말이라도 덧붙이면 좋을 텐데 무조건 '예' 하고 대답하는 것이 어머니는 마음이 쓰이셨던 모양이다.

시골 생활을 해 보지 않아 적응하기는 어려웠지만, 어른들을 존경하는 마음은 지금까지 변함이 없다.

시어머님의 음식 솜씨는 일품이었다. 고들빼기김치를 잘 먹는다고 시댁에 갈 때마다 맛있게 듬뿍 담가 주시고, 콩잎으로 요리조리 만들어

256

내시는 반찬은 얼마나 일미였던지. 그때는 너무 바빠 무엇이 중요한지 몰랐는데 지금 생각해 보니 그런 사소한 일상이 얼마나 소중하고 중요한지 알 것 같다. 그때 시어머님께 많이 배워 두지 못한 아쉬움이 두고두고 남는다.

시간이 얼마나 잘 지나가는지 어느 날 보니 웨딩드레스를 입고 있는 내 앞에 턱시도를 입은 선배가 있었다. 결혼 날짜를 정하고 나니 일사천리로 모든 게 진행되었고, 고민할 새도 없이 이미 결혼식이 진행되는 중이었다. 이제 그를 통해 새로운 세상과 소통해야 하는 시간이 내 앞에 다가오고 있었다.

결혼식은 시아버님의 75번째 생신날로 정해졌다. 31평 아파트를 반씩 부담하여 전세로 신혼집을 구했다. 둘 다 직장 생활을 계속하다 보니 살림과 아이들을 맡아 줄 누군가가 절실히 필요했기 때문에 우리는 친정 부모님과 함께 살았다. 친정에서는 아들을 하나 얻었다고 아주 많이 좋아하셨다.

부모님과 함께 사는 것이 쉽지 않을 것이라 지레 겁먹었던 것과는 달리 현실은 생각보다 괜찮았다. 서로를 배려하면서 가능한 한 모든 것을 의논하며 지금껏 잘 살 수 있었던 것은 그 무엇도 따지려 들지 않는 남편의 특별한 배려 덕분이었다는 것을 이제는 잘 안다.

명절날 시댁에 갈 때마다 어머니는 트렁크를 한가득 채워 주었다. 언제나 부족한 것처럼 시댁 어르신들께 잘해야 한다며 당부에 또 당부를 거듭하셨다. 어머니의 이런 말씀은 언제나 내 안에 새겨져 있다.

시어머님의 건강이 안 좋아지셔서 우리 집에 모시게 되었을 때, 나는 시어머님에 대한 연민의 정을 느끼지 않을 수 없었다. 이유 한마디 달지 않고 나를 가족으로 받아 주신 것처럼, 남편이 모셔 온 시어머님을 나 또한 우리 집의 가족처럼 받아들이게 되었다.

어려운 모든 일은 마음 좋은 남편의 몫이 되어 있어 항상 미안한 마음이 있다. 힘들지 않냐고 말을 건네면 '이 모든 것이 살아가는 것이고 일 상으로 돌이켜 보면 아무것도 아니다'라며 힘들지 않다고 이야기할 때 마다 미안함과 고마움, 그리고 존경스러움이 교차한다.

나와 결혼해 주었다는 이유만으로 나는 최선을 다해 열심히 살았다. 나를 믿어 주는 반쪽의 선택이 틀리지 않았다는 것을 증명이라도 해야 하듯이 살림 밑천이라는 첫 딸을 얻을 수 있었다. 딸은 남편의 사랑을 듬뿍 받으며 건강하게 자랐고, 5년 터울로 둘째를 낳고 나니 남편이 이 렇게 말했다.

"귀한 아이 둘 낳아 준 당신께 감사해. 나에게 해 줄 선물은 다 했으니 이제는 당신 하고 싶은 것은 그 어떤 것이든 해도 좋아."

두 아이를 품에 안겨 준 것만으로도 행복해하는 남편을 볼 때마다 많은 사람이 하는 출산을 그렇게도 귀하게 생각해 주어서 몹시 감사했다.

아이들은 남편이 다 키웠다. 난 그저 내 일하는 재미에 푹 빠져 가정에는 소홀했지만, 그 어떤 것도 우리에게 문제가 되지 않았다. 서로 존중하고 최대한 배려하면서 살았다.

아이들로 인해 성가신 일도 일어나지 않았다. 우리 어머니와 아버지가 예쁜 손자 손녀를 말 그대로 사랑 가득하게 키워서 구김살 하나 없는 아이들로 자라났다. 공부도 전부 잘한 덕에 딸은 미국에서 유학을 마치고 한국으로 돌아와 자신의 삶을 충실하게 살고 있고, 아들은 포항과학고를 나와 컴퓨터공학을 공부하고 있고 현재는 졸업반이다.

두 아이가 건강하고 어떤 어려움도 이겨낼 수 있었던 것은 아빠의 사랑을 듬뿍 받았기 때문일 것이다. 잘 살아가는 모습을 몸소 보여 주고, 어떤 일이라도 강력한 응원과 지지를 보내는 아빠의 모습에서 사랑을 배운 것이 아닐까 하는 생각이 든다.

남편의 전폭적인 지원이 없었더라면 나는 직장에서 이렇게 많은 성과를 낼 수 없었을 것이다. 남편이 없었더라면, 남편이 없었다면.

나의 일을 자기의 일과 같이 이해하고 존중해 준 남편 덕분에 이 모든 것이 이루어질 수 있었다.

상처는 아물고
내일은 웃을 수 있다

✦

우연히 마주친 한 여성 때문에 한참을 울었다. 내 의족의 소켓을 훌륭하게 만들어 주신 허 사장님을 뵈러 센터에 갔는데 그녀도 그날 예약을 했는지 사무실로 들어섰다. 지난번 사장님께서 말씀을 꺼냈던 분인 걸 한눈에 알아볼 수 있었다. 허 사장님이 그녀의 사정을 말하며 도움을 요청했을 때 나는 뭐든 말만 하라고 큰소리를 쳤다. 한 사람의 운명이 등불 앞에 위태롭게 서 있는데 내가 할 수 있는 것이 있다면 무엇이든 해야겠다는 생각이었다.

그녀는 몇 달 전 교통사고로 심하게 다쳐 오른쪽 무릎 위를 절단하는 수술을 받고 재활 중이었다. 꼭 다문 입술에는 슬픔이 묻어 있고, 눈에는 체념이 가득해 공허한 눈빛이었다. 그것이 꼭 과거의 내 모습을 보는 것 같아 낯설지 않았고, 아무 말 없어도 어떤 말을 하고 싶은지 다 알 것만 같았다. 상세한 내용을 묻지 않아도 그녀 마음속에 폭풍우가 얼마나 휘몰아칠지 나는 누구보다 잘 알고 있었다.

그녀가 내 앞에 앉아 나를 바라보는데, 나의 이야기를 사장님께 이미 들은 모양이었다. 성급한 마음이 말로 툭 튀어나올 것 같았지만 꾹 참고 가벼운 인사만 나눈 채 서로 한동안 아무 말도 하지 않았다. 내가 무슨 말을 해도 그녀에게 곧장 전달되지 않을 것이다.

그렇게 침묵을 유지하다가 한참이 지나 조심스럽게 말을 꺼냈다. 그녀가 맞닥뜨린 불행을 나는 잘 알지는 못하지만, 이미 벌어진 일에 대해서는 외면하고 부정적으로 모르는 척할 것이 아니라 받아들이는 게 상책이라고. 화학 시간에 주로 언급되는 가역성, 비가역성에 관한 이야기를 해 주었다. 인력으로 돌이킬 수 있는 것이야 노력을 통해 극복하면 되지만, 그럴 수 없는 일은 어떻게 해도 안 되는 것이라고 말이다.

무엇이든 이야기해 달라는 요청에 어떤 말을 해야 할지 머릿속으로 몇 가지를 빠르게 정리했다. 내가 오랜 시간을 들여 결국 받아들이게 된 일들이었다.

첫째, 남들은 나의 아픔에 전혀 관심이 없다는 것이다. 타인이 얼마나 큰 아픔을 겪었든 자신의 손톱 거스러미에만 관심이 있다. 이건 긍정적이기도, 부정적이기도 한 말이다.

둘째, 초등학생인 아이에게 어떻게 말해야 할지 고민이라는 점에는 굳이 어떤 말을 덧붙이지 않아도 된다고 답했다. 굳이 아픈 가슴을 쥐고 이야기하는 것보다도 때가 되면 아이는 자연스럽게 알게 될 것이라고. 아이가 물었을 때 마음이 괜찮으면 설명해 주면 된다고 말이다.

셋째, 몸의 상처는 생각보다 쉽게 아물지만, 마음의 상처는 나을라치면 끝없이 도져서 시간이 오래 걸릴 것이라 말해 주었다. 그 어떤 것도 받아들이기가 힘들 때, 그때마다 내게 전화해도 된다고 당부했다.

시간이 많지 않아 손을 꼭 잡고 마지막으로 하나만 더 전했다. 장애가 생겼다 하더라도 당신의 삶은 당신의 선택에 따라 하늘과 땅처럼 달라진다는 사실을 명심하도록 했다. 나도 고통의 시간을 겪었지만 내겐 그 이후의 삶이 남아 있었고, 살아가는 데에 장애가 앞을 가로막았던 적은 단 한 번도 없었다는 것을 꾹꾹 눌러 담아 전달했다. 선택에 따라 남은 삶을 지옥에서 살 수도 있고 즐겁고 행복하게 살 수도 있다. 내가 그것의 산증인이었다.

내가 다쳤던 시기가 대학교 2학년 때라고 하니 그 어린 나이에 어떻게 견뎠냐고, 자신은 42세란다. 오히려 나는 다르게 생각했다. 난 살아온 20년 만 극복하면 되었지만, 습관이 된 42년을 어떻게 극복해야 좋을지 마음이 먹먹했다. 그렇게 서로를 위로하며 전화번호를 교환했다.

돌아오는 길에 나의 20대를 돌아보니 가슴이 답답해졌다. 그 시절은 나에겐 앞으로도 뒤로도 갈 수 없는 감옥 같은 시간이었다. 오직 지나가기만을 간절히 바라며 버텼던 그 시절이 그녀에게도 찾아왔다는 것이 가슴 저렸다.

허 사장님께선 이야기를 안 듣는 척하면서 다 들으셨던 모양인지 오늘 대화한 것만으로도 그녀의 마음속 상처가 절반은 나았을 것이라고 했다. 내가 안 이상 나는 그녀를 혼자 내버려 두지 않을 것이지만, 그렇다고 그녀의 아픔이 줄어드는 것은 아닐 터이다.

아무도 대신 아파해 줄 수 없고, 회피하려고 부득부득 노력해도 도망

갈 수 없다. 그래도 남은 인생을 해피 엔딩으로 끝내려면 하나하나 좋은 선택만을 해야 한다. 자신이 괜찮아야 가족도 괜찮고, 자신이 행복해야 가족도 행복하다. 그러나 가족의 행복을 위해서가 아니라 오로지 자신의 행복과 미래를 위해 더 밝은 내일을 꿈꾸어야 한다. 그렇게 한다면 걱정하던 주변 사람들의 행복은 선물처럼 자연스럽게 따라오게 된다.

내 앞에 인생의 새로운 동생이 나타났다. 지구를 돌고 있는 달이 궤도를 벗어나지 않고 항상 지켜보듯 나도 그녀의 주변에서 궤도를 이탈하지 않도록 함께 걸어야겠다.

아직 누군가에게 도움을 줄 수 있는 사람이라 다행이다. 그녀 때문에 울고, 그래도 다행이라 울었다. 그리고 옛날 생각이 나서 한 번 더 울었다.

평생 갈 것만 같은 상처도 언젠가는 아물고, 상처가 아물고 나면 언제 다쳤냐는 듯 아픔을 잊기 마련이다. 그렇게 기억 저편으로 날아가고 나면 매일 웃을 일이 생기고, 웃을 일이 있으니 그냥 웃는다. 나처럼 말이다. 종종 가슴이 저며 와 눈물이 나도 내일이면 다시 웃을 수 있을 것이다. 반드시 그럴 것이다.

싸워야 할 대상은 나 자신

대학 친구들은 대체 너는 못하는 게 뭐가 있느냐고 묻곤 한다. 뭐든 해 보지 않으면 직성이 풀리지 않는 성격은 그때 더 고착된 것 같다. 친구들은 사고 이후에도 입학할 때 보았던 내 모습 그대로 보아 주었다. 어떤 편견도 선입견도 없이 있는 그대로 나를 대했다. 그런 동기들 덕택에 의과대학을 6년 만에 무사히 함께 졸업할 수 있었고 의사가 될 수 있었다.

이것은 하나의 행운이었다. 나 자신이 할 수 있는 일에 집중하였고, 스스로 무엇을 잘하는지에 대한 생각을 정리하고 가장 잘하는 것을 선택하여 의미 있는 삶을 만들며 살아올 수 있었다. 살아야 하는 이유에 대한 답을 구하는 일도 게을리하지 않았다. 본과에 진입한 후에 난 한동안 방황했지만, 그 이유가 공부 때문은 아니었다.

의사 면허증이 주는 기회는 셀 수 없을 만큼 많았다. 지금처럼 치열하게 경쟁하지 않아도 마음만 먹으면 어디든지 갈 수 있었다. 특별함이 더는 나에게 특이한 게 아니었다. 몸이 불편하다는 이유로 많은 도움을 받았지만, 그 어느 것도 공짜로 얻은 것은 없었다. 나에 대한 기대와 성적의 기준점을 바꾼 체력에 맞추어 조금 낮추었을 뿐이지 어떤 것도 포기하지 않았다. 조금 더 시간을 들이고 조금 더 노력을 기울이면 못할 것이 없었다.

나의 불편함을 모든 사람에게 이해시킬 필요도 없었고, 알면 아는 대로 모르면 모르는 대로 어느 쪽이라도 문제가 될 것이 없었다. 솔직한 태도는 나에게 자유를 가져다주었다. 작렬하는 자존심은 나 자신을 지탱할 수 있도록 도왔고, 그런 나의 모습을 유지할 수 있는 데에는 친구들의 보이지 않는 배려가 큰 역할을 했다.

그래도 다행스러운 것은 내가 아직 덜 여물었을 때 사고를 당한 것이 아니라는 사실이다. 나 자신을 움켜쥐고 스스로 드라이브할 수 있는 시기에 맞은 사고였기에 짧은 고민을 마치고 감당해낼 수 있었다.

나는 나 자신을 있는 대로 받아들일 수 있을 만큼 정신적으로 성숙해 있었고, 더는 쓸데없는 질문과 상상으로 자신을 헤집는 어리석은 행동을 하지 않았다. 힘들 때는 그냥 눈앞에 닥친 일들을 충실하게 해냈고, 물러서야 할 시점에는 시간이 해결해 준다는 것도 경험을 통해 어렴풋이 알게 되었다.

내가 싸워야 하는 상대가 친구들이 아니라는 것은 아주 일찌감치 알았다. 내가 싸워야 할 것은 오직 나 자신 하나뿐이라는 것을. 나는 단 한 번도 포기하거나 물러선 적이 없다. 다만 다른 사람보다 더 많이 생각하고 더 많은 시간을 투자했을 뿐이다.

내가 가야 할 길을 나의 페이스대로 조용히 걸어가며 흔들리지 않는, 흔들리지 않을 나 자신을 믿었다. 그렇게 나를 어루만지면 그 어떤 것이라도 마음먹은 것은 다 할 수 있을 것이라 믿었고, 실제로 다 해낼 수 있었다. 나는 그렇게 단단한 삶을 살았다.

죽음에 관한 치열한 생각

20대 때부터 치열하게 죽음에 대해 공부했다. 남다른 삶을 살기에 죽음을 먼저 생각해 보았기 때문이기도 할 것이다. 병원이라는 곳은 생사가 갈리는 곳이기도 하고 죽음에 가장 가까운 곳이기는 하지만, 가깝다고 해도 잘 알 수 없는 것이 바로 죽음이기도 했다. 타인의 죽음을 들여다보면 담겨 있는 수많은 사연 속에서 삶에 대하여 깊이 이해할 수 있게 되었지만, 정작 나의 죽음에 대한 깊이는 심연과 같았다.

사람의 팔자는 모르는 일이다. 무슨 일이 일어날지 한 치 앞도 보지 못하면서 자신감 넘치게 허세를 부리며 살아왔다는 것을 그때야 알게 되었다. 사고가 있기 전 나의 모습은 그야말로 우등생이자 모범생의 표본이라 할 수 있었지만, 인생을 바꿔 놓은 사고를 당한 후에는 전과는 다르게 살지 않으면 안 되었다.

정상적인 경쟁은 나에게 엄청나게 불리할 수밖에 없었다. 체력은 말할 것도 없고 정신 또한 피폐함 그 자체였다. 의욕도 없었고 희망이라는 것은 찾아보려고 해도 찾을 수 없었다. 그만큼 내 삶이 송두리째 바닥으로 떨어졌다. 황당하기 그지없는 일을 겪어 보지 못한 사람들은 이해할 수 없을 것이다. 추락이라는 단어 외에 적당한 말을 여전히 찾을 수 없다.

내가 왜 살아야 하는가에 대한 질문부터 시작했다. 그런 다음에는 어떻게 살았는지에 대한 질문에 스스로 답을 하고, 무엇이 나를 변화하게 했고 어떤 것들을 적용하고 응용하며 살아왔는지에 대한 글을 써 보기로 했다. 그토록 간절하게 지켜온 모든 것에 대해 물음표를 붙이고 답을 하나씩 하나씩 찾아 이 삶을 살아내면서 아쉬웠던 일들에 대해 답변을 남겨 보자고.

시간이 걸렸지만 집요하리만큼 생각을 모으고 해답을 찾기 위해 몰두하는 시간은 내게 전혀 지루하지 않았다. 책도 많이 찾아 읽었고 다양한 사람을 만나서 어떻게 살아왔는지도 물었다. 내가 찾으려 했던 문제에 대한 답을 구하지 못한 채 한 가지 사실을 알게 되었다. 내가 고민했던 수많은 문제는 비단 나만의 고민이 아니었다는 것을. 이전 시대를 살아왔던 사람도, 지금 시대를 살아가는 사람도 다 같이 고민해 왔던 문제였다는 것을.

그걸 깨달은 순간 두려움이 사라졌다. 그 고민은 앞으로의 사람들의 것이기도 했다. 그러자 어차피 죽음이라는 것이 모면할 수 없는 일이라면 앉아서 기다리는 것이 아니라 죽을 때까지 이 삶을 값지게 알아보자는 생각이 들었다. 그 결심 이후에는 어떤 갈등도 없이 해야 하는 일보다는 하고 싶은 일에 먼저 뛰어들게 되었고, 삶의 우선순위가 완전히 달라졌다.

어느 한순간도 그냥 흘려보낸 시간이 없다. 그만큼 바쁘게 열심히 살아왔다. 뭐든 열심히 했다. 공부도 열심히 하고 일도 열심히 하다 보니 그 열정이 어디서부터 오는 것인지 묻는 사람이 많았다. 밤낮없이 달리면서도 지치지 않을 수 있던 이유는 내 가슴속에 다른 불꽃이 피어올랐기 때문이다.

시간이 너무 소중하다는 생각에 기왕 살아야 한다면 삶의 의미와 가치를 부여하고자 했다. 일생을 보낼 직업을 선택하는 것에도 돈보다는 다른 의미를 내세웠고, 인맥을 쌓는 일조차도 보통 사람들과는 다른 잣대를 들이댔다.

살자고 마음을 먹으면서 어떻게 살아야 할지를 사람에게서 배웠다. 수많은 사람을 만나면서 그들은 내 스승이 되었고, 수많은 책을 읽으면서 찾지 못한 해답을 찾았다. 누군가 책 속에 길이 있다고 했을 때 처음에는 그 말을 이해하지 못했지만 책을 한 권씩 읽어나갈수록 그 말의 뜻을 깊게 이해하게 되었다.

나만의 고민인 줄 알았던 사실들이 수천 년 전 사람들이 고민했던 것들이었고, 그것들이 글로 고스란히 남아 내게 새로운 지혜를 주었다. 아 이러니하다. 죽음의 깊이와 삶의 방법을 사람과 책을 통해 배울 수 있다니. 이렇게 책은 또 하나의 스승이 되었다.

실패는 성장을 위해 새로운 것을 배워 나가는 기회이다. 사람들은 고통스러운 시간에 끈질기게 매달리며 버텨낸 나를 특별하다고 생각했지만, 난 그저 회피하지 않고 눈을 부릅뜨며 어려움의 강도를 조금씩 올렸을 뿐이다. 그렇게 인생에 닥친 문제를 하나씩 포기하지 않고 풀다 보니 이제는 시간 문제에 불과하다고 나 자신을 설득하면서 말이다.

그러면서 생각했다. 인간을 성장시키는 최고의 선물은 호기심이 아닐까. 나는 할 수 있다는 것을 증명하려 했고, 실제로 나를 막아서는 것은 아무것도 없었다. 어려움을 분명히 만났지만 인내하면 모든 상황이 바뀌어 지나갔고 힘들이지 않아도 문제를 해결할 수 있었다. 변화하는 시간 속에서 웅크려 적기를 기다릴 수만 있다면, 급한 마음을 제어할 수만 있다면 문제가 될 것이 하나도 없었다.

장마가 몰아쳐도 시간이 지나면 자연스레 해결된다. 아무리 우산을 쟁여 둔다 해도 장마는 오래 가지 못한다. 사람도 조직도 영원할 것이라고 착각하는 사람이 많지만 언제나 시간이 지나면, 적당한 때가 오면 모든 것은 변한다. 직접 하느냐 혹은 다른 사람의 손을 빌려서 하느냐의 문제이지 그 이상의 문제는 아니다.

밥을 지어 빨리 먹고 싶다면 설익은 밥도 기꺼이 먹을 자신이 있어야 하고, 뜸을 들여 맛있게 먹고 싶다면 최소한 필요한 시간을 꼭 지켜야 한다. 짧은 시간에 완벽하게 익은 밥을 먹을 수는 없다는 사실을 사람들은 종종 간과하곤 한다. 현명하지 않아도 알 수 있을 것 같은 사실이지만, 사람들은 생각보다 조급해하고 불안해한다.

사람들은 얼굴만큼이나 각기 다른 특성을 가지고 있다. 개성도 성격도, 지성과 도덕성도 다르다. 생각하는 것을 멈추지 않는다면 누구든 매일 선택을 통해 성장하며, 인생에서 나만 가질 수 있는 답을 구할 수 있다. 답을 구하기 위해 노력했던 시간이 모여 선택의 기로에서 최선의 답을 내릴 수 있게 되고, 자신만의 특별한 가치와 신념을 바탕으로 스스로 정말 하고 싶은 것을 선택할 수 있도록 이끌게 될 것이다.

어느 순간 세상이 바라는 나로 사는 것보다 내가 만들어 가는 나만의 삶을 살고자 결심한 나 자신을 칭찬해 주고 싶다. 편견을 가지지 않고 인생에 딱 맞는 정답은 존재하지 않는다는 것을 깨달았기 때문이다. 피폐의 늪에서 오래 허우적대지 않고 빠져나온 용감함에 대견하다고 말해 주고 싶다.